中　册

第九章
红颜祸水杜温柔

裴家瓷窑。

张老五吹琉璃的技术已经练得较为熟练了。他已经能吹出个圆,自己剪多余的琉璃料,也能吹几个杯子,拿去让裴方物当宝贝卖掉。

裴方物是聪明的商人,这些东西都是高价钱,而且卖得很远,基本没有机会出现在上头的主子面前,以免冲撞。

他手里有温柔送来的琉璃配方,那人却再也没有来过了,不知现在在萧家过得如何。

这段日子裴方物偶尔会在周围看见温柔的影子,每一次她都是笑着朝他走过来,对他伸出手。可当他伸手去接她的时候,那影子却碎成了无数的琉璃碴儿,掉在地上什么也看不见。

他一定是疯了,不知道为什么会这样想念她。她分明一点儿机会也没有给他,一丝幻想也没有留,为什么他却断不了这心思?

"裴公子。"

又是她的声音在前头响起,裴方物痛苦地皱眉,抬头看过去,果真又看见温柔笑着朝自己跑了过来。

"找了你半晌,你竟然在这里。"

他的幻觉越来越厉害了,现在幻象还会开口说话了。裴方物苦笑一声,伸手捂住了自己的眼睛,哑着声音说道:"你走吧。"

啥?温柔有点儿蒙:"我刚来,你让我走哪里去?"

"别总是在我面前出现。"面前这男人低声道,"我快疯了。"

温柔歪着脑袋看了他半响,伸手摸了摸他的脑袋:"我是活人啊,你看。"

温热的触感从头皮上传下来,裴方物愣了愣,慢慢放下了自己的手。

眼前的人没消失,正神情有点儿古怪地看着他,应该不是假的。

"你……"喉咙有点儿发干,裴方物抿了抿唇,"终于找到机会出来了?"

"是啊,让你久等了。"温柔收回自己的手,笑道,"我来问问琉璃灯罩做得怎么样了?"

裴方物深吸一口气,回道:"用你送来的东西做出了些成品,你来看看。"

"好。"温柔领首,小心翼翼地看了一眼四周,然后便跟着裴方物进了一间小屋子。

黑布被扯开,里头盖着的是五个琉璃灯罩,做得精致,更难得的是,琉璃已经没了杂色,是真正的透明琉璃。

"好厉害啊!"温柔拎起一个灯罩看了看,"啧啧"点头,"张老五果然是有悟性的。"

"我没亏待他。"裴方物笑道,"按照你说的价钱给的,他尽心尽力在做,家里猪肉有大生意都没回去接。"

"嗯,可以,这些都可以当成品送去给上头的主子瞧瞧了。"温柔问他,"你试过效果吗?"

裴方物摇头:"下面的底座用金子铸就,其实也是今天才做好,我还没来得及试。"

"那就现在试吧。"温柔瞧着旁边有蜡烛,立马把灯给组装好了,点上蜡烛。

亮堂十足的光线,照得人眼前发光,温柔满意地点头,将灯放在小黑屋里观察了一下,说道:"果然是一盏抵六盏。"

她看着灯盏,旁边的人看着她,低声道:"是啊,很难得,放一个在屋子里,全世界都像亮了一样。"

温柔眯眼,没看裴方物,只"喃喃"道:"就看这东西能不能打开一条路了,还有四万两银子,老娘就自由了!"

四万两银子?裴方物抿了抿唇:"你可以先同我借的。"

"不用,"温柔摆手,"自己挣的钱比较踏实。"

是自己挣的踏实,还是她不想那么快离开萧家?裴方物垂眸,低声开口道:"有件事我需要跟你商量一下,事关这东西到底能不能进皇宫。"

这么重要的事?温柔正了神色,看着他说道:"公子请讲。"

"琉璃灯罩在被送进皇宫之前,上头的主子想跟我们确认这东西的唯一性以及保密性。"裴方物深深地看了她一眼,继续说道,"这东西肯定是只会从咱们手上出去,所以肯定是唯一的,但保密性……他问我做琉璃的人是不是都是裴家的,我应了是。"

然而她是萧家的人,并且萧惊堂最交好的,正是三皇子轩辕景。大皇子坐在那种位置上,自然不会别人说什么他信什么,定会派人来查,若是查到她……

温柔愣了愣,歪着脑袋问他:"您的意思是,我得离开萧家来裴家,上头那位主子才会放心信任裴家的东西,让这琉璃罩子进宫?"

"大抵就是这个意思。"裴方物捏紧了手,轻笑道,"他们那边的争斗,可比咱们这些小打小闹复杂多了,万事都很谨慎,出了问题,也难免殃及人命。"

这个不用他说,温柔也能知道一点儿,但当真要离开萧家站在裴家这边的话……会不会有点儿不太妥当?

温柔摸了摸桌上的琉璃灯罩,叹息:"我能考虑两天吗?"

裴方物又深深地看了她一眼,点头:"可以,只是你两天之后还能出来吗?"

"没事,我可以在你家瓷窑里待上五天。"温柔说道,"我跟萧惊堂请假说是回娘家,他允了,那边有疏芳和牵穗帮我顶着。"

五天……裴方物眼眸微亮,嘴角也扬了起来:"正好,裴家新来了厨子,可以让你尝尝新菜色。"

"好啊,"温柔点头,摸着肚子道,"我很久没吃好东西了。"

这话听得人心头一紧,裴方物抿唇,看了她一眼,道:"既然你在萧家过得很不好,那有什么理由不马上离开?"

"哈哈——"温柔干笑了两声,垮了脸,"我也不知道。"

不知道是杜温柔在作祟还是怎么的,要离开萧家吧,她还真有那么点儿犹豫。更关键的是,以萧惊堂的性子,他要是发现她一直在帮他的对手做生意,那她可能会死得很惨。讲道理,在幸城这地盘上,她还真担心裴家护不住她。

她还是再思考两日吧。

裴方物没有逼问,只叹了一口气便恢复了笑意,打开门道:"时候不早了，先去用膳吧。"

"好。"温柔颔首，走过他身边的时候，顿了顿，停下来问了一句，"咱们是合伙人吧？就是那种有共同利益，从而彼此不会出卖的那种？"

裴方物微微一愣，听懂了她的意思。

他们连朋友也不算，就是一起做生意的人而已。

她当真是半点儿退路也不给留的人。她现在这种处境，多他这一条路，有益无害。她做琉璃那么厉害，想事情怎么就想不明白？

心里是恼的，然而他竟舍不得对她发脾气，只垂下了眼眸，缓缓地点头："是。"

"那我就安心了。"温柔松了一口气，继续蹦跶着往前走，边走边说道，"人情这东西不好欠的，欠了没东西还，你想要的我给不了，给的你不想要，那多尴尬啊。"

"没有什么要你还的。"裴方物跟在她身后，无奈地说道，"你过好自己的日子就行了。"

她帮的忙已经够多了，若是没她的琉璃，他现在怕是已经被萧家逼得焦头烂额了。

萧惊堂是个极为狠戾的商人，做事霸道又不留余地，上次碎星楼的事情之后，萧家所有与他有竞争关系的店铺通通做了降价活动，抢夺他的客源。就算有的区域萧家没有店铺而他有，那萧家也会派出货郎挑着担子出来在他的店铺附近散卖东西。

这种不要脸的手段，只有萧惊堂做得出来，分寸拿捏得恰到好处——自己不会亏本，又要挤得他无法生存。

更可怕的是在这幸城里，县太爷一手遮天，他上无路下无门，只能努力打开大皇子那条路，才能有点儿呼吸的空间。

其实他骗了温柔，大皇子没有那么严厉的要求，并且已经将一个琉璃灯罩送进皇宫里了。但……他没办法等下去了，总是等，她永远不会来，倒不如逼迫一二，或许她还能在自己身边多停留一段时间。

男人也是有手段的，在想爱的人面前，自私是本性，手段是获取方式——男女平等，没什么分别。

温柔毫无所觉，去饭厅里用了一顿美妙无比的饭。然后裴方物给她分了房间，里头锦缎绫罗，布置得很美，也很舒服，以至温柔倒进去就睡了个极好的午觉。

不用给萧惊堂干活儿，也不用吃被苛刻了的饭菜，外头的日子当真比在萧家好了不少，她舒舒服服地就睡到半下午，再起来吃东西。

"你家新厨子的手艺也很好。"一筷子夹下来一块亮晶晶的肘子肉，温柔一下就塞进了嘴里。

肉软糯香滑，不用咬就在舌尖上化开，调料汁的味道和着肉香在嘴里弥漫，让人万分满足。

就算为了这肉，她也该好好考虑考虑离开萧家的问题。

裴方物在旁边看着她，见她这表情，忍不住失笑："你可真是好养。"

她每次吃东西都让看着的人觉得幸福，活像是吃到了天下最好吃的美食似的。

"嘿嘿。"温柔敷衍似的笑了两声，也没多说什么。她再好养，也不会交给别人来养的。

夜幕降临，温柔舒舒服服地在高床软枕里睡下了，而萧宅之中，萧惊堂依旧在看账本。

"人已经到半路了？"

"是。"萧管家颔首，"车夫一直看着，每到一个驿站都会送信回来。现在估摸着她们是在半路上了。"

走得很慢哪，萧惊堂皱眉："照她们这个速度，五天回得来？"

"不好说。"

"那就不管她们了，等回程时再告诉我。"萧二少爷说完，拎起旁边整理好的菜单，眼里的光柔和了些。

这女人到底是吃过多少东西，才能写出这么一大片食物来？她还真是爱吃。

"她当丫鬟的时候，在府里吃了些什么？"萧惊堂突发奇想地问了一句。

管家愣了愣，看了他一眼，低声回道："自然是下人的吃食。"

下人终究是下人，肉食是很珍贵的，自然不会给下人吃，府里正常的奴仆的饭食都是两个素菜一碗饭，但……因着厨房那边苛待杜氏，给她的都是残羹冷炙。杜氏有很多机会在二少爷面前抱怨的，然而不知道什么原因，竟什么也没说。

"咱们府里的下人……"萧二少爷抿了抿唇，"是不是挺辛苦的？"

"不辛苦，"管家摇头，"比起外头，他们简直是在享福了。"

萧二少爷沉默，深深地看了管家一眼。

萧管家愣了愣，立马改口："但像贴身丫鬟这样的，还是挺辛苦的，起早贪黑，经常伺候主子，饭都吃不上。"

"嗯，那等人回来之后，给加点儿肉吧。"萧惊堂拿账本挡了脸，说道，"也省得她总是一副没力气的样子。"

"是。"萧管家应了，觉得有点儿好笑。

人才走一天，二少爷今日已经时不时地念叨七八次了。他自己可能都没发现，杜氏如今像是充斥了他的生活，早上的洗脸水、中午的茶、晚上的膳食和深夜更衣，每处都是她。人在的时候没感觉，走了之后才显得有些不同。

"少爷！"

这时门外突然有人大喊了一声，吓得萧管家打了一个哆嗦，他连忙开门问："怎么了？"

气喘吁吁的家奴看着他，大声回道："人找到了！"

人找到了？什么人找到了？萧管家很茫然，他背后的萧惊堂却站了起来，大步走过来问："找到了？"

"是，人是活着的，现在正在接回来的路上！"家奴回道，"人还完好，就是身子弱了些，大夫一路都跟着。"

"好。"萧惊堂颔首，神色有些复杂，"先送去别院，别惊动了母亲。"

"是！"

萧管家到底聪明，听了这几句话之后，瞬间明白是谁被找到了。

"杜家……二小姐？"

萧惊堂沉默地站在旁边，像是在想事情，许久之后才轻轻点了点头。

他一直在找杜芙蕖，先前以为还活着，所以一直没放弃，但最近知道她被杜温柔给害死了，也就不打算再寻。

谁知道命运就是这么凑巧，人竟然被找到了，还是活着的。

那杜温柔，是不是就不算是杀人犯了？

"啊嚏！"

一大清早起来，温柔就连续打了三个喷嚏。她吸了吸鼻子，看了看外头的天，嘀咕道："谁这么惦记我啊？"

"姑娘起来了？"有小丫鬟端着水进来，像她往常伺候萧惊堂那样，伺候她起身洗漱，"公子在饭厅里等着您呢，说是今日要出去看货，您可得快些收拾。"

"嗯，好。"温柔乖巧地坐着让人梳了未出嫁的姑娘头，穿了裙子就跑去了饭厅。

"等会儿要出门，"裴方物一见着她就说道，"我带你去看看萧家的生意。"

萧家的生意有什么好看的？温柔撇嘴："您这是要知己知彼？"

裴方物没多解释，只笑了笑，替她盛了一碗粥。

虽然温柔并不觉得在大街上看萧家的店铺能有什么作用，但是跟着裴方物走在街上，倒是听见了不少消息。

"听闻萧家别院接了人回来？杜家的？是那四小姐吗？"

"这事我知道，我侄女是萧家的丫鬟！那姑娘哪里是什么四小姐，分明就是二小姐！萧二少爷压着杜四小姐进门的日子，就是为了等这二小姐。先前听说人被杜氏给弄死了，可不知怎么的，又被接回来了。"

温柔身子微僵，停下了步子。

旁边的茶肆里，几个人神秘兮兮地继续说道："早就听说萧家二少爷对杜家二小姐情根深种，在萧、杜两家没联姻之前两个人便时常有往来，还一起游湖呢。那杜氏也是作孽，占了人家的位置，强行当了二少奶奶，结果怎么的——还不是被休弃了？"

"我倒是听说，那杜家二小姐的生母尚在，杜老爷为了联姻顺利，肯定会扶她的生母做正室，然后这不又是一桩嫡亲的联姻了？"

"这些个贵人的手段，咱们也就只能看着，其实与咱们有什么相干？还是等萧家的胭脂铺子开门，咱们去选一点儿价钱合适的胭脂吧。"

几个妇人嘻嘻哈哈了一阵，回头就看见了站在后头戴着斗笠的人，当下就惊了惊，埋着头不敢说话了。

温柔抿唇，也不知道自己在想什么，就觉得步子有点儿沉，走不动路。

萧惊堂那种冰山一样的人，也会情根深种？也是，从之前的事上温柔也看得出来他有多喜欢杜芙蕖，那现在人被找回来了，也就皆大欢喜了，就杜温柔一个是多余的人罢了。

"怎么了？"站在她旁边的裴方物低声问了一句，"想喝茶吗？前头有茶馆。"

"不用。"温柔回过神来，笑了笑，"裴公子，咱们再去皓月湾看一眼，便回去吧。"

皓月湾？裴方物颔首，带着她上了马车，马车一路往城外的方向驶去。

在车上，温柔就掰着指头算着："七千……八千……我的私房钱好像还剩了不少。"

273

"你算这个做什么？"裴方物说道，"你的私房钱本就不少，卖给上头的瓶子和新出的一些琉璃杯的分红，我都还没有给你。"

他们说好利润是五五分，其实裴方物是占了便宜的。毕竟他只出了一个瓷窑，她就做出了那么多价值连城的东西。他想把成本之外的盈利都给她，然而温柔的小算盘打得可准了，她"噼里啪啦"一算就说道："那加起来一共也就一万八千两银子，我还差两万两千两。"

她在算自己的赎身钱？裴方物顿了顿，心里微喜，却再不敢开口说要借钱给她。

然而，温柔先开口了："这两万两千两银子，裴公子就先借我吧，要还的钱就从之后的分红里扣，扣完再给我分红，如何？"

嘴角抑制不住地往上扬，裴方物颔首，深深地看了她一眼，应道："好。"应完又觉得太草率，他马上补上了一句，"回府就让人把银票给你。"

"嗯，多谢。"温柔朝他颔首后，便安静地坐着，伸手撩开帘子看向窗外。

皓月湾的确是个很好的地段，道路通达，左有船只右有行人，所以那烤肉场的生意很好，空气里满是香料和炭火的味道。

"两位里头请，坐宽敞点儿还是坐安静点儿？"两个人刚下马车，就有伙计上来招呼。

裴方物看了温柔一眼，说道："坐安静点儿吧。"

"好嘞，里头请。"

安静点儿的自然是贵人区的隔间，一路走过去，看着自己写的食谱被人变成真正的食材放在铁丝网上烤，温柔倒觉得有点儿好笑，在隔间里头一坐下，就点了自己最爱烤的茄子和猪脑，还有少刺的梭边鱼。

"这……"第一次看见这种吃法，裴方物微微皱眉，想起外头坐满了人和这隔间四处不停传来的笑闹声，忍不住就说道，"这样吃一点儿也不方便，如何还会有这么多人？"

"因为新鲜，"温柔一边烤着东西，一边解释道，"更因为大家一起动手，比自己吃现成的更有意思，也更好吃。"

好像也是这个道理，并且客人不想自己动手的话，旁边还有丫鬟上来帮忙。

萧惊堂可真是会做生意，这样的主意也想得出来。

温柔大概是饿了，一边烤东西一边吃，目光有点儿复杂，再也没说过一句话。裴方物觉得有点儿奇怪，正想开口，却听得旁边一直安静的隔间里传来了声音。

"你怎么想吃这个？"柔软的女声带着丝丝抱怨之意，却也有些好奇。

这声音没人会在意，毕竟满大街的人多了去了，但当另一个人开口的时候，温柔差点儿咬着舌头。

萧惊堂回道："这里的特色是烤猪皮。"

是他的声音没错，只有萧家二少爷能说出这种一本正经到掉冰碴子的话，是个姑娘听了都会觉得他可能是对自己有意见。

然而隔壁那姑娘没有，反倒笑了笑："他们都说你变了，我先前还不信，现在瞧着也该信了，你以前哪里会吃这些东西？"

温柔停了手，仔细想了想，会是谁有这么天大的面子，让萧惊堂陪着出来吃饭？声音她没听过，不是萧家的人，那就只有一种可能了——杜芙蕖。

"既然你想吃，那我也就陪着你吃。"杜芙蕖眼里满是怅然之色，一张小巧的瓜子脸上带着浅笑，杏眼盯着萧惊堂，动也不动，"一年多没见了，这样坐着看你吃东西，我总觉得是活在梦里。"

萧惊堂没吭声，点了要烤的东西，便让旁边的丫鬟帮他烤。

杜芙蕖早就习惯了他的沉默，一点儿也不介意，只问道："听闻我那大姐还在府上？"

"她暂时不在，"萧惊堂淡淡地回道，"出了远门。"

手微微捏紧，杜芙蕖勉强笑道："有人跟我说，岁月才是最伤感情的东西，我与你一年多不在一起，她却陪伴了你这么久。惊堂，我是不是输给她了？"

萧惊堂莫名其妙地抬头看了杜芙蕖一眼，夹了一块烤好的猪皮慢慢尝着，没有吭声。

杜芙蕖自顾自地说道："应该也不会，杜温柔那样的性子，你怎么可能喜欢她？她又毒辣又野蛮，连她生母都不是很待见她。"

杜温柔毒辣野蛮吗？萧二少爷沉默，倒是想起那人笑眯眯的模样：眼睛弯弯的，带着点儿狡黠，浅浅的梨涡里像是装了酒，有些醉人。

他都已经快忘记她毒辣野蛮起来是什么样子了，现在她顶多踹踹他的门，龇牙咧嘴地骂他两声，还以为他听不见。一被他问起，她就表情无辜地装作什么也没发生，让人哭笑不得。

以前的不愉快经历，好像都是他们上辈子的事了。

"不过她倒是的确很喜欢你，"杜芙蕖依旧喋喋不休，"喜欢得都发疯了，竟然对我下毒手。要不是被人所救,我现在哪里还能回来?"

"救你的那个人,是那个同你一起去别院的大夫吗?"萧惊堂问了一句。

杜芙蕖点头,垂下眼眸说道:"他名唤听风,是个医术很好的大夫,捡了我回去帮我调养了一年,才将我从阎王爷手里抢回来。"

倒是有救命之恩,萧惊堂颔首:"我会好好谢谢他的。"

杜芙蕖下意识地打量了他两眼,犹豫了一会儿,问:"二少爷该不会是吃醋吧?"

萧惊堂摇头:"不会。"

"你信任我就好了。"杜芙蕖微微一笑,继续说道,"旁人不知情的说闲话也就罢了,我最怕你也像他们那样看我。我与听风没有任何瓜葛,就只是想偿还恩情罢了。"

"我知道。"

"那……"杜芙蕖咬了咬唇,试探性地问,"他可以继续留在别院里吗?"

萧惊堂颔首:"你想让他留,那就让他留吧。"

"太好了,你真是疼我。"杜芙蕖笑了笑,高兴地继续吃烤肉。

温柔听得嘴角直抽。

要不然为什么这人头上的草原越来越宽广呢?这人一点儿底线都没有!自己的心上人要跟别人待在一个院子里,他也能无动于衷?男人该有的占有欲呢?他不是应该马上动用手里的力量,把那男人扔出去吗?

心里吐槽得厉害,温柔也就忘记了手上还烤着东西,一个没留神,肥肉爆出来的油就溅上了她的手背。

"啊!"温柔下意识地低呼了一声,扔了肉串就捂上了自己的嘴,戒备地听了听旁边的动静。

杜芙蕖依旧在说话,应该没人注意这边。

松了一口气,温柔眼泪汪汪地接过丫鬟递来的湿帕子擦了手。

坐在她对面的裴方物皱眉道:"都伤着了,还是别吃了。"

这么多东西已经被烤上了,不吃多浪费啊?温柔瞪眼,不敢开口说话,只伸了筷子将烤好的肉和菜都夹去裴方物的盘子里。

"好吃吗?"有人淡淡地问了一句。

温柔点头,轻声回道:"可好吃了,你先尝尝。"

裴方物身子微僵,慢慢转头看向门口。温柔头上的斗笠没取,只将前头的白纱捞开了，两边的视线都被挡住，故而她也就没看见门口说话的人。反应了一会儿，瞧着对面的人神色不太对劲，她才疑惑地转过头去。

萧惊堂站在门口，面色平静地看着她，然而那深黑泛蓝的眼眸里，像是卷起了惊天动地的风暴，先是疑，后是惊，然后便是无边无际的愤怒。

她竟然又骗了他！

什么回娘家，什么五天，这人可不是好端端地坐在这里，陪别的男人吃饭？！

转头看见裴方物的脸，萧惊堂冷笑了一声："还真是忠贞不二。"

温柔很想说，成语不是这么用的，但实在心虚，只能干笑道："二少爷，好巧。"

萧惊堂没说话，目光如同一张带刺的大网，将她死死罩在了里头。

"萧二少爷，"裴方物起身，挡在温柔前头说道，"既然在这里遇见了，那咱们不如就来谈谈她赎身的问题，如何？"

"赎身？"萧惊堂顿了顿，极轻地笑了一声，看着他问道，"你要给她赎身？"

"正是，"裴方物颔首，"听闻她的卖身契上的价钱是十万两，在下愿意赎她出来。"

四周都安静了一瞬，接着听见风声的人就都过来围观了。杜芙蕖站在萧惊堂身侧，脸色不太好看地看着温柔，慑于萧二少爷正处于暴怒状态，暂时没敢开口。不过温柔看杜芙蕖的眼神，对方应该是有很多话要说。

温柔勉强地笑了笑，觉得这场面实在尴尬，正想当个鸵鸟呢，却听得萧二少爷问道："是你要他替你赎身的？"

逃是没法儿逃了，温柔索性破罐子破摔，点头道："是的，奴婢的卖身银子已经还了六万两了，再给二少爷四万两，奴婢就自由了。"

心口闷痛，萧惊堂狠狠地瞪着她，一时被气得说不出话来。

这种不知好歹、没心没肺的女人，自己是疯了还是傻了才一再纵容她！她已经是他的人了，却勾搭着别的男人要给她赎身？这人简直是放荡！

"这种人赎出去，裴公子怕是不会太好过。"萧惊堂深吸一口气，大步走进来，伸手就将温柔从裴方物的背后扯了出来，手指收拢，捏得她脸色发白。

"轻点儿，"手骨都快被捏碎了，温柔皱眉，"二少爷！"

"你喜欢轻柔的？"萧惊堂垂眼看着她，冷笑，"怪不得你看上他了，

277

但很遗憾，我不放手的话，他花十万两银子也带不走你。"

说罢，他扯着她就往外走。

温柔有点儿慌。萧惊堂是真的生气了，她感觉得出来，要是就这么跟他走了，会不会有去无回？

"救命哪！"她下意识地喊了这么一声。

萧惊堂愣了愣，转过头来正要说什么，却见裴方物飞身上来，一个解绳手，轻轻巧巧地便将他捏着温柔的手给卸开了。

"到底是人，不是什么物件，二少爷何必这么粗暴？"裴方物微微皱着眉道，"您既然已经找到愿娶之人，又恨温柔入骨，为什么不能拿钱放人，让彼此都好过？"

温柔。

这两个字从他唇齿间出来，当真是缱绻柔软，充满情意。

萧惊堂面无表情地看着他，说道："我不喜欢的东西，就喜欢留在身边折腾着玩。裴公子若是有能耐，就把人从我面前带走试试看。"

气氛莫名其妙地就僵硬了起来，温柔尴尬地站着，看了看裴方物。

她的印象里，裴方物一直是个拿着扇子的文弱公子哥，脸上总带笑，让人觉得很亲近。然而现在，他脸上一丝笑意也没有，眸子里满是认真的神色，盯着萧惊堂说道："她在你手里，你无论如何都占上风。我舍不得她成为逃奴，更不会让她背上什么祸水的骂名。就算要带走，我也会堂堂正正地带她走。

"二少爷给了她多少恨和多少伤，在下以后势必都会补偿给她。世间的男人，并非都像您这般无情。"

一字一句，掷地有声，听得旁边看热闹的人感叹不已。

萧二少爷没有打断他，冷漠地听他把话说完，才淡淡地转头看向温柔，张嘴只吐了两个字："过来。"

温柔撇嘴，心想这人真没礼貌，裴方物的话都是给他说的，他竟然不回话，而是叫她过去。

他叫她就过去？！

温柔哼了一声，乖乖地过去站在了萧惊堂的身后。

不是她怂，而是现在萧惊堂这模样，再惹怒他一下，她不敢保证自己能不能站着出去。

裴方物安静地看着她，目光幽深，见她抬了头，便做了个口型："等我。"

温柔点头，心想：这下不走也不可能了，再留在萧家，萧惊堂绝对会对她用真正的家法，不能垫垫子的那种，更何况……

旁边有道灼热的视线落在她身上很久了，温柔叹了一口气，硬着头皮跟人家挥了挥爪子："好久不见了，二妹。"

"二妹？"像是听见了什么不得了的话似的，杜芙蕖神色古怪地笑了笑，说道，"不敢当，我只是庶女，下人一样的地位，哪里配让您叫一声妹妹？"

杜温柔如今连杜家的庶女也不是，杜芙蕖这话说出来明显是寒碜人的。温柔干笑了两声，也没好跟她计较，总觉得对不起人家。

都是杜温柔以前造的孽，害得她这个无辜的人也觉得抬不起头。

萧惊堂一眼也没看她，等她们说完了，转身就往外走。裴方物站在原地看着他们，等他们那一行人完全消失在外头，才拿了银子放在桌上，慢慢地离开。

他不能急，与萧惊堂这种人做对手，一定不能急。可是……萧惊堂若是执意不放手，他要怎么做才能把人抢过来？

萧家大宅。

温柔是被家奴押着进去的，直接被押到了大堂里跪下。萧惊堂神色阴郁，坐在主位上便开口道："杜温柔，我看起来是不是特别好糊弄？"

温柔乖乖地跪坐着，摇头："您可精明了！"

"那你还敢在我的眼皮子底下耍花样？！"

只能说明她更聪明啊！要不是今天作死想去烤肉场吃吃看，她也不至于会被逮着。

然而这话温柔是不敢说的，她只能低着头小声说道："奴婢知错。"

知错？她已经出去两天了，两天都同裴方物待在一起？

脑海里有些不太好的画面冒出，萧二少爷气上了头，眼睛都微微泛红："我看上次真的是没有打痛你，所以你不知道犯错到底有多严重！"

"有话好好说，别动手啊。"温柔撇嘴，弱弱地道，"打我能有什么用嘛，大家有道理讲道理，奴婢与裴公子……又没有什么关系。"

裴方物那话说得太容易让人误会了，可这个锅她背不起啊，她自然要撇清关系了。

萧惊堂没说话，旁边的杜芙蕖先开了口，掩唇笑道："这话可真有意思，堂堂裴家的少爷——裴记的东家，在大庭广众之下说要为你赎身，给你补偿，你却说与他没什么关系。裴公子要是听见这话，不知道该多伤心。"

"他又不是没听过。"温柔皱眉,"是我的错我认,比如欺骗少爷。但不是我的错我为什么要认?我与裴公子,本就清清白白。"

"清清白白?"萧惊堂忍不住笑了,目光跟刀子一样落在她身上,"那你说,这两日你住的是哪里?我会去查,若是你撒谎,我保证会要了你的命。"

背脊一凉,温柔打了个寒战,张了张嘴,却没法儿出声。

她要怎么说?她这两日的确住在裴家,可也只是在裴家瓷窑里。若她说出来,接下来的事又该怎么解释?

若是发现她帮裴方物做琉璃,那萧惊堂也是会要了她的命的。

见她沉默,萧惊堂的心就止不住地往下掉,像是掉进了无底的深渊里,再也捞不起来。

"家法处置吧。"良久之后,他沙哑着嗓子开口,"芙蕖监刑。"

"好。"杜芙蕖应了,深深地吸了一口气,看向温柔。

这么多年的债,也该好好算一算了,她终于等到了杜温柔落难的这一天,十几年来受的欺辱,今天通通可以还给杜温柔了。

温柔干笑,抬头看向萧惊堂,试探性地问了一句:"我还能先回房间去准备准备吗?"

萧惊堂冷笑,声音如同一把剪子,将她的侥幸心理剪得干干净净。

他再也不会那么傻地包容她了,该她受的罪,全部由她自己承担!若再心软,他萧惊堂,天打雷劈,不得好死!

被家奴拖下去时温柔还有点儿茫然。当趴在长凳上,第一棍结结实实地落下来的时候,她才从恍惚中惊醒。

"啊!"

这次她是真的疼,裂骨似的疼。萧惊堂没来,杜芙蕖站在她面前不远的地方,冷眼看着她狼狈的模样,低声问:"杜温柔,疼吗?"

温柔咬牙,觉得有些委屈。她遇见的都是什么事?!好歹她也伺候他这么长时间了,他竟然不肯多问她两句,多相信她一点儿,说打就打。

这人果然是没心的冰块!她也是疯了,竟然还幻想着他依旧能护她。

棍子一下下地打在身上,温柔疼得忍不住,只能大声叫唤。然而她叫得越凶,后头的两个家丁打得越起劲。

"你还记得小时候吗?"站在她面前的杜芙蕖喋喋不休地说道:"小时候我比你长得惹人喜欢,你也是让人打我,几个丫鬟围着我打,就打脸。

我这张脸上，到现在都还有一道口子。"

温柔顿了顿，皱眉闭眼，脑海里不由得浮现杜芙蕖说的画面。

杜温柔一向自恃嫡女身份欺负旁人。无论是杜怀祖还是杜芙蕖，她看不顺眼的，都会让下人教训。尤其小时候的杜芙蕖水灵灵的，很招旁人喜欢，自然就很招杜温柔讨厌。

每每杜芙蕖对她有一丝冲撞，杜温柔都会让人打杜芙蕖，就像杜芙蕖自己说的那样，多是照着脸上去的，非要杜芙蕖第二天见不得人。

脑子有问题啊？温柔忍不住在心里咆哮，嫡女怎么了？庶女怎么了？杜温柔非就这么欺负人？这不是积怨吗？而且这些怨恨情绪倾覆的时候，杜温柔躲在别处半点儿事都没有，倒是让她出来挨打！

温柔气愤地怒吼，然而杜温柔一声也没吭，更没有要帮她承受责罚的意思，整个身体充斥的全是温柔的灵魂，棍子一下一下也全是打在温柔身上。

"咯咯——"杜芙蕖看得直笑，眼里有无比舒爽的神色，"真是报应。"

她没做错过什么，这一年多的厄运全是杜温柔给的，就算现在打死杜温柔，下了地狱，杜温柔也告不了自己任何罪状！

杜芙蕖正要让人再用点儿劲，外头的萧管家就急急地喊了一声："杜姑娘，您快去看看，二少爷出事了！"

杜芙蕖微微一愣，连忙转身往外走去，边走边问领路的家奴："出什么事了？"

家奴焦急地回道："方才不知怎的二少爷吐了血，已经请大夫过去了。二少爷念叨您，咱们便过来请您了。"

杜芙蕖点了点头，也来不及管正在受家法处置的杜温柔了，飞快地就去了萧惊堂的院子。

来报信的管家却停在原地没有走，瞧着杜二小姐走远了，才低喝了一声："停手！"

举着棍子的家丁愣了愣，停住手疑惑地问道："不是二十棍子吗？这才十下。"

"也够了。"萧管家摆了摆手，"不用这么较真，先随我去领赏。"

"是。"

温柔小脸发白，趴在长凳上动也不敢动，一动就扯得骨头疼。

疏芳和牵穗都还没有回府，几个姨娘更是不知情，知道旁人也不会来管她，她一个人缓了半大，才慢慢爬下长凳，站直身体往外挪。

棕垫效果真好，温柔笑了笑。打人这么疼的棍子，上次她竟然没什么感觉，那垫子真是适合大量生产，然后售卖给府里的丫鬟奴仆什么的，说不定还能赚上一笔小钱呢，哈哈。

温柔垂眸，撇了撇嘴，突然有点儿想家。离开这里的话，她说不定就能回去了呢？

平常一炷香的时间就能走完的路，现在她走了半个时辰，路上遇见不少丫鬟和家奴，大家都是幸灾乐祸地看热闹的，有胆子大点儿的人，上来故意撞了她一下，撞得她跌倒在地，又一阵疼。

"哎呀，二少奶奶，奴婢没长眼睛。"撞温柔的是平时负责给下人发饭食的李嬷嬷。李嬷嬷斜睨着温柔，阴阳怪气地说道："哦，我说错了，你哪里还是什么二少奶奶？当个丫鬟也是挨打的命，你还好意思跟人抢二少爷呢？"

温柔疼得龇牙咧嘴，看了她一眼，慢慢爬起来，深吸了一口气，微笑道："您该拿个梯子去旁边的树上看看。"

"什么？"没想到她会突然说这个，李嬷嬷有点儿愣怔地看着她继续往前走，都忘记拦她了，"树上有什么？"

"你妈挂上面了。"温柔头也没回，趁着人没反应过来，一瘸一拐地溜得飞快。

她平时是个很有礼貌的小姑娘，骂人不带父母。但是吧，像李嬷嬷这种滥用职权公报私仇还凑上来找人麻烦的人，她要是还尊重人家，那岂不是对好人太不公平了？

反正现在她也打不过人家，只能骂两句过过瘾，那还是骂吧，李嬷嬷可能还听不懂她骂的是什么意思呢。

自我乐了一下，温柔回到了自己的小柴房里，把门上了锁，自己翻找出上次留下的药，闭着眼睛胡乱抹了点儿，便趴在床上休息。

同一个院子里，萧惊堂沉默地坐在软榻上，听着外头的动静，眉头微松。

"好端端的，怎么会吐血？"杜芙蕖皱眉看着他，问道，"您怕是太累了没休息好吧？"

正开着药方的听风低声回道："二少爷是积劳成疾，饮食无律，导致胃出了血，加上急火攻心……好生调养方能恢复，若继续下去，怕是更加严重，甚至会丢掉性命。"

"你听见了吗？"杜芙蕖急得跺脚，"难不成命都不要了？"

"我没事，"萧二少爷终于开口，"只是想休息，你们都出去吧。"

这还能叫没事？杜芙蕖还想再说什么，听风却摇了摇头，示意她闭嘴。

芙蕖太过聒噪了，而萧家二少爷大概是喜欢安静，每每在她说话的时候脸色都不太好看。所以若是她当真想和萧家二少爷在一起，这性子怕是得改改。

把后头想说的话都咽了下去，杜芙蕖叹了一口气，甩了甩帕子就出去了。听风跟在她后头，将药方给了刚到门口的管家，吩咐道："一日早晚两次即可，病人若是喜静，就莫要吵着他。"

少爷喜静？萧管家愣了愣，接过药方看着那大夫的背影，心想：他也是没见过杜氏在二少爷跟前的时候，咋咋呼呼的可闹腾了，但二少爷从不喝止，甚至这两日身边安静了，二少爷还不太习惯。

他到底是从哪儿看出来二少爷喜静的？

"人呢？"门被关上后，萧惊堂就问了这两个字。

萧管家抿了抿唇："回房间了，挨的板子不多，但也够她疼上几日了。"

萧惊堂张了张嘴又闭上，脸色很难看。他不知道为什么总是改不掉这习惯，那女人都已经背着他与人私通了，他还问她做什么？！

"二少爷，"管家犹豫了片刻，开口道，"方才县太爷那边传了消息来，说裴家已经要上公堂赎人了，问您要怎么办。"

"不给。"萧惊堂平静地吐了这两个字，微微咳嗽，白着嘴唇说道，"他裴方物还有精力来我手上抢人，想必是日子过得太清闲了。既然如此，我便认真同他玩玩吧。"

先前他还算仁慈，没把裴记往死路上逼，如今倒是气得上了头，起身就回到书桌边，拿了信纸开始写字。

外头不知何时下起了大雨，温柔觉得浑身发凉，周身关节隐隐肿胀疼痛，忍不住就嘀咕了一句："杜温柔年纪轻轻的，该不会是得风湿了吧？"

话音刚落，门就被人推开了。温柔愣了愣，费劲地转头看了看。

萧惊堂面无表情地走进来，到她床边坐下，用一种俯视蝼蚁的神色看着她，轻笑道："你是不是觉得自己还有机会离开？"

为什么没有？温柔歪了歪脑袋："不是只差四万两银子了吗？"

"天真。"声音仿佛来自地狱，萧惊堂哼笑道，"就算你拿来四十万两银子，我不想放你走，裴方物永远没有法子能救你。"

温柔愣了愣，回过头去就笑了："也是，有钱也没用。你与县太爷交好,那裴方物就算想上公堂把我救出去,你也有法子让他告不赢。"

"他也不会有精力再去公堂了。"萧惊堂看了看她,勾了勾唇,"你满意吗?裴记若是被毁了,也算是你毁的。区区女子,毁掉人家辛苦多年累积起来的铺子、窑子,是不是很有成就感?"

这人好像是故意来刺激她的?温柔笑了笑,心里有些恼,但也不至于表现出来让这人更高兴。在面对敌人的时候,她从来都是表现得天衣无缝的。

"二少爷打算对裴家如何?"她问,"恶性竞争,用你丰厚的萧家家底挤垮他吗?"

她还是在意裴方物?萧惊堂抿唇,眼里满满的都是嘲讽之色:"裴家不见得有多干净,要挤垮他,实在简单得很。"

"裴家不干净,萧家也定然干净不到哪里去。"温柔笑了笑,很是平静地说道,"裴公子再不如您,那也是一个年少有为的商贾,以其人之道还治其人之身的法子还是能想到的。就算二少爷在这幸城算是地头蛇,县太爷偏您,可上头还有巡抚大人。您背后的三皇子,总不能掺和到这种小事里来。到时候撕扯一番,您未必讨得了多少好。

"二少爷睿智,手段高明,自然知道裴家如今是以奇货居上。就算您弄垮了裴家所有的生意,只要还有琉璃,裴方物就有东山再起的机会。到时候,两家仇怨已经是难分难解,您相当于是给自己弄出了一个强大的敌人。"温柔看了看他的神色,劝道,"您这又是何必呢?"

她竟然懂得这么多东西?萧惊堂有些惊讶,看着她平静的神色,内心的暴怒和躁动情绪倒是慢慢平复了下来。

"你肯安心待在萧家了?"沉默了一会儿,他闷声问。

这话是从何问起的?温柔失笑,越想越觉得好笑,笑得直捶床:"二少爷,您将我抛于狼林中在前,休我在后,废我正妻之位,冠我奴隶之籍,令我痛失一子,又将我打成这般形状。我要是还安心留在萧家,那是得多贱得慌哪?"

萧惊堂微微一震,沉了脸:"你竟然全怪在我的头上?"

若不是她扔阮妙梦在先,他何至于让她尝尝被扔在狼林中的滋味?若不是她背负了杀害杜芙蕖的罪名,他何至于休她让她冠以奴藉?若不是她三番五次私会裴方物,欺骗于他,他又怎么会这般打她?!

女人真是不讲道理!

至于那孩子……怪他没护好,他倒是没什么话好说的。

"我是当真很委屈,但是还解释不了什么。"温柔深吸一口气,眼泪直冒,"这一桩桩一件件都不是我犯下的过错,如今全部将恶果塞进了我的嘴里,我真是比窦娥家的鹅还冤!"

萧惊堂皱眉:"你没做那些事?"

"我……"温柔哑然,喉咙哽得生疼,再想解释,也只能苦笑一声,摇头,"是杜温柔做的没错。"

"你是杜温柔,那不就完了?"萧惊堂淡淡地说道,"冤有头,债有主。"

好一个"冤有头,债有主"!温柔又气又笑,伸手就推他:"您走吧!奴婢已经很惨了,您想要的效果全部已经达到了!奴婢现在生不如死,或许想不开就直接踏上黄泉路了,所以您不用急,继续您和杜家的联姻,好好过您的日子去吧。"

"我要对付的是裴方物而已。"萧惊堂皱眉,"我刘付他,你就这样生不如死?"

温柔冷笑,直接点头:"是啊,我爱他爱得死去活来!您伤了他,我就是生不如死,还想给他殉情呢,行不行?!"

说完,她翻到床里头,裹着被子气得发抖。

萧惊堂顿了顿,唇上最后一点儿血色也消失得干干净净。

他身上有常人都穿不透的铠甲,无论面对什么人,他都能镇定自若,面不改色。然而,现在他眼里的冰就薄得只剩一层了,她轻轻一敲就整个碎掉,碎片扎进心口里,血淋淋地疼。

他的心为什么会这么疼呢?他不知道。他还是像以前那样讨厌杜温柔,可杜温柔这个人怎么变得那么清晰,清晰得她说的每句话都传进了他的耳朵里,他躲都躲不开?那些声音真锋利,跟锋利的游丝一般,勒在他的心口上,挤出一条条血痕,痛得他叫不出声来。

世人都羡慕他家财万贯,分外向往他的地位和财富。但是谁痛了都能哭,谁苦了也都能说,独独他,永远不能落泪,也永远没办法跟人说委屈。

萧惊堂咳嗽两声,缓缓站了起来,哑声道:"从明日起,你要继续当我的贴身丫鬟,有一处不对,我便在你的卖身契上加一万两银子。"

温柔对此置若罔闻,仿佛睡着了。

"装作听不见也没用,"他冷笑,"你愿意欠上几百万两银子,那就欠着。除非你还能找到一个比裴方物更有钱的人,不管多少,对方都把银票送进我的账房里,然后带你走。不然,你就一辈子都留在这里陪着我。"

门被打开,外头冰凉的雨水被风卷了进来,湿了他的半片衣摆。萧惊堂呆呆地站了一会儿，没等管家把伞拿来，便抬脚跨进了雨里。

温柔没吭声，感觉到外头吹进来的凉风，只将被子拉高了些。

她不是个悲观的人，遇见事情的第一反应肯定都是思考怎么解决问题，不会花太多精力在感叹上头。所以，那边萧惊堂淋着雨犹自在死胡同里打转，这边的温柔已经想好了出路。

萧惊堂背后是三皇子，能与三皇子抗衡，又有路子让她接触到的，就只有一个大皇子。裴方物是男人，且是个对她有感情的男人。她没办法欠他太多人情，等琉璃灯罩有了销路之后，便得想办法自力更生，通一通属于自己的关系。然后她要永远地离开萧家，再也不回来了。

这些打啊伤啊，她都替杜温柔受了。杜温柔是罪有应得，但她不是。说她不讲道理也好，不辩是非也罢，这些打她、伤她、嘲笑她的人，她势必都会一一还回去，反正杜温柔也不是什么好人，既然她顶着杜温柔的身子做好人没用，那继续做个聪明点儿的坏人也无妨。

她自己舒坦就行。

萧惊堂病了一场，好好的人，大病下来瘦了一圈。萧夫人心疼地问他怎么了，他只摇头，一言不发，继续做事。

在他病着的时候，裴记瓷窑的工人被瓷窑管事打死，工人告上公堂，裴家吃了官司。一波未平，裴家酒楼的饭菜又出了问题，吃死了三个人，县太爷直接便将裴方物扣在了大牢里，一封书信便送去了裴巡抚那儿。

在裴巡抚给回复之前，裴方物一直无法脱身，想赎出温柔的事情自然也就搁置了。

温柔不慌不忙地养了两天伤，在萧惊堂大病初愈的时候，便回到了工作岗位上。

"二少爷，茶。"脸上满是没有温度的笑容，温柔将茶盏放在萧惊堂的手边，然后便恭敬地站在旁边。

萧惊堂抿唇，看了她一眼，端起茶喝了一口，微微皱眉："太淡。"

"奴婢这便去换一盏。"温柔二话没说，端着茶盏便退了出去，姿态恭敬，跟府里其他的丫鬟没有什么两样。

然而萧惊堂的脸色并没有好转，他看了看她的背影，低声问旁边的管家："谁教训她了？"

"回少爷，没有。"管家摇头，"从上次受家法之后，再没人动过杜氏。"

那她为什么会变成这样？萧惊堂皱眉。

他这两日想过，以杜温柔现在的性子，她可能会反抗、挣扎，然后想尽一切办法离开。所以他已经准备好了很多种应对的方法。

然而，她竟然变得比以前更加温顺了。饶是他故意挑刺，她也再没有半点儿反应，浮在脸皮上的笑容像是竖起来的荆棘，突然就让人完全无法靠近。

她想做什么？

又一杯茶被泡了端来，温柔垂手站在旁边，看着萧惊堂品了茶又放下。

"如果你是想讨好我，为裴方物求情的话，"他冷声说道，"没用。"

温柔点头，不置一语。

屋子里安静了一炷香的时间，萧惊堂忍不住又开口："你若是想用这种法子求得我原谅，放你离开，那也不可能。"

温柔还是点头，顺便把厨房送来的点心放在了他的桌上。

萧惊堂皱眉，脸色很难看地将点心扫到了地上。温柔也不恼，半跪下去把东西收拾了，恭敬地退了出去。

像所有的拳头都打在了棉花上，萧惊堂感到无力的同时，心里有种说不出来的慌张感。

"她想做什么？"他问萧管家。

管家叹息："少爷要担心的，不是她要做什么，而是她可能什么也不想做。"

这话是什么意思？萧惊堂皱眉，张了张嘴想问，却又将问题咽了回去。

她只是个丫鬟而已，他何必那么关心？只要不离开，那随便她做什么还是不做什么，都没什么关系。

夜幕降临，书房里亮起了灯，晚膳被送来的时候，萧惊堂还在看账。

"二少爷，用膳。"有丫鬟恭敬地提醒了他一声。

萧惊堂不耐烦地抬头，看了一眼满桌的菜，皱眉道："我没空吃，做个汉堡送来就可以了。"

汉堡？丫鬟表情茫然，呆愣在原地。

"温柔呢？"萧惊堂命令道，"让她去做就是了。"

"已经到了她休息的时间。"丫鬟小声回道，"白天是她，晚上是奴婢来伺候。"

丫鬟也是要轮班的，不然非得累死不可。往常温柔是自由自在地随时在伺候，但这回挨了打，倒是老实了，对了轮班的时辰，该来伺候就来，该休息就休息。

"把晚膳都端走,让温柔去做汉堡。"萧惊堂冷哼,"萧家的奴婢,在休息时也得听主子吩咐。"

丫鬟愣了愣,麻利地提着裙子出去叫温柔了。

听了吩咐,温柔也没多说什么,去厨房做了汉堡,便端去了萧惊堂的屋子里。

"二少爷,您的汉堡。"

"嗯。"

萧惊堂依旧就着她的手吃,咬下去一口尝到点儿熟悉的味道,一直皱着的眉头总算是松开了点儿:"就这么拿着吧。"

"是。"这回温柔没有反抗,也没有说上了茅厕没洗手,恭恭敬敬地拿着三个汉堡,让他全吃了,然后才收拾了东西退了出去。

嘴里炸肉和蔬菜的香味儿仍在,屋子却空荡得紧,萧惊堂抿唇,继续看着手里的账本,屋子里烛光闪烁,影子映在墙上,倒是有两个。

疏芳和牵穗回来的时候,温柔正哼着曲儿在洗衣裳。

虽说是夏天,但水到底是冰凉的,温柔完全没在意,洗完了衣服就晾在后院里。后院里有三排架子,都已经晾满了衣服。

"主子?!"疏芳被吓了一跳,连忙过去接过她手里的衣裳,将她的手握住,感觉一阵冰凉。

"您……身子还没好透呢,碰了凉水,以后要落下病根的!"疏芳急了,"谁又让您做这个的?"

"没事,反正躲也躲不过去。"温柔耸了耸肩,笑道,"你们回来了倒是好,可以帮帮我,那边的柴火还没劈。"

牵穗脸都绿了:"又是巧言在背后使坏吧?"

巧言那姑娘虽说只是个通房丫鬟,但在府里的人脉还真不少,外有看侧门的看守,内有管下人衣食的李嬷嬷,背后给人穿小鞋实在是太容易了,而且还让人抓不着什么错。一旦二少爷问起,她完全可以说是别人做的,跟她没什么关系。

"那姑娘脑子不太好,理解理解她吧。"温柔耸肩,"杜二小姐在府里,她不去对付,偏生要跟我过不去,那有什么办法?"

"这还要理解她?"疏芳咬牙,"我真恨不得打她!"

"要是能打,你以为我会忍着?"温柔失笑,"若是打得过,我就不跟她说什么理解不理解了,往死里打了再说。"

疏芳愣了愣，随后觉得又好笑又心酸，低头帮温柔洗着衣裳，"喃喃"了一句："这日子可怎么过才好？"

人生嘛，船到桥头自然直，温柔一点儿也不担心，每天尽好丫鬟的本分，就等萧惊堂那股子火气慢慢消散。

萧二少爷看起来不像是个很记仇的人——果然她没等多久，他便没再针对她了。这天她伺候完他洗漱，萧惊堂还问了一句："你被人派去洗衣裳了？"

"是。"

萧惊堂微微皱眉，有点儿恼："你自己的身子，自己不知道？"

这时候她还敢碰冷水做重活儿，以后可怎么办？

"人在屋檐下，不得不低头。"温柔莞尔一笑，回道，"二少爷不护着奴婢，奴婢能有什么办法呢？"

萧惊堂脸色有些阴沉，任由她替自己更好衣，抿着唇没说话。

午膳的时候，巧言就收到了萧管家传的话。

"杜二小姐在别院里寂寞，二少爷的意思是让你先过去陪伴两日。"

巧言正在与李嬷嬷谈笑，一听见这话，当即便沉了脸："为什么是我？"

萧管家笑得和蔼："大概是您最让少爷放心。"

说得好听，二少爷让她去别院，不是等于变相冷落她吗？巧言心里沉得厉害，却不敢说什么，只问了一句："上午伺候二少爷的，是杜氏？"

"这个老奴没注意。"萧管家颔首，转身便走了，没透露半句。

然而不用他透露，巧言稍微一问也能知道，定然是杜温柔在萧惊堂面前说了什么。

于是用过午膳，温柔就被堵在了主院外头。

"你陷害我？"

温柔挑眉，平静地看着面前这丫头，问道："这突然来的罪名又是为什么？我陷害你什么了？"

巧言压着脾气，脸微微扭曲："你在二少爷面前说了什么，让他要赶我去别院？"

"二少爷吗？"温柔装作认真地想了想，笑道，"也没说什么，他问我是不是洗衣裳去了，我回了'是'，然后便没说什么了。怎么？难不成因为这事，你堂堂二少爷的通房丫鬟，竟然要被送走？"

先前还温顺的人，一夕之间竟然变得有了刺？巧言有点儿错愕，看温柔的眼神便也不掩饰了,满满的都是敌意,"你这狐媚子,迷惑二少爷,就是为了害我?"

"巧言姑娘多想了。"温柔耸肩,"我只是不想洗衣裳和劈柴了。决定是二少爷下的,你若是不满,可以去同二少爷说。"

巧言捏着拳头看了她几眼,转身当真去找萧惊堂了。她好歹陪了他这么多年,他不让她贴身伺候就罢了,哪里还有赶她出去的道理?

"二少爷。"

萧惊堂正在喝药,闻声便看了她一眼:"怎么?"

巧言抿了抿唇,低声道:"您为什么要让奴婢去别院?"

"不好吗?"萧惊堂继续将一碗药喝完后,才又说道,"我看你在这里待着也不是很开心。"

"如何会不开心?"巧言微微一惊,连忙说道,"奴婢能陪在二少爷身边,就是最开心的了。"

萧惊堂点了点头,面无表情道:"因为太开心了,所以你就撺掇府里的人故意为难起了旁人?"

还真是因为杜温柔?巧言心里冷笑。她一早想到有人会告状,说辞都准备好了:"二少爷,奴婢从未为难过谁。杜氏每日的活儿,都是郑管事分配的,饭食是李嬷嬷给的,先前这两个人同杜氏就有些旧怨,如今与她有些摩擦,事情怎么就能算在奴婢身上?"

除了活儿,饭食也有问题?萧惊堂顿了顿,垂下眼皮道:"就算有旧怨,若不是你煽风点火,他们会做得那样过分?"

没意识到他是在套话,巧言咬了咬唇,辩解道:"也不是很过分,先前杜氏给自己院子里的丫鬟吃的不也是残羹冷炙吗?现在她自己尝尝这滋味儿,就该知道下人也是人,至于活儿什么的……也不是太重……"

他们竟然给杜温柔吃残羹冷炙?萧惊堂呼吸一窒,沉默了好一会儿才问:"她吃了多久?"

"什么?"巧言没明白他的意思。

"我说,她吃你们给的残羹冷炙,吃了多久?"

巧言愣了愣,没想到二少爷竟然会问这个,吞吞吐吐道:"也没多久……就几天。"

几天?萧惊堂笑了,以巧言这性子,她要为难人绝不会等,怕是杜温柔成为他的贴身丫鬟后,吃的就没什么好东西了。

她那样的人,以前非精肉不吃,非泉水不喝的,如今竟然吃那些东西，还一句未给他说过。到底她是脑子坏了，还是觉得他连这种事都不会帮她？

萧惊堂深吸一口气，下令道："你出去吧。"

"二少爷？"巧言有些欣喜，"奴婢不用去别院了？"

"车在外头等你。"萧惊堂起身往外走去，淡淡地甩下了一句，"没我的吩咐，你可以一直留在那里，不用急着回来。"

刚有的喜悦之情被这两句话给击得粉碎，巧言愣怔，眼瞧着那人的背影消失在门口，目光没了焦距，嘴里喃喃道："我就知道……我一早就知道……您对她不一样了，比对其他人都不一样……"

她曾经是萧惊堂最亲近的人，也是最先看透他的心思变化的人。比起萧管家，到底是女人的心思更细腻。从狼林回来开始，杜氏变了，二少爷也变了。这个冷漠到对她也只是多说两句话的男人，竟然会对一个曾经最讨厌的女人动了心。

这简直是笑话！但她又不得不承认，她这十几年苦心经营，最后还是败给了杜温柔。

她怎么挽救都没有用了。

输得措手不及，巧言站在原地愣了半晌。直到管家带人来送她出门，她才反应过来。

"男人的心变得真是快。"巧言嗤笑一声道，"这么多年，我竟然比不上人家的几言几语。"

萧管家看了她两眼，笑了笑："有句话不知当讲不当讲。"

"哦？"巧言回头看了他一眼，说道，"您一向最通情理，有话自然可以说。"

"那就恕我直言。"萧管家说道，"二少爷的心可有在巧言姑娘身上过？"

巧言身子一震，变了脸色："您这是什么意思？"

"巧言姑娘很温和，也很会做人。"萧管家看着前头的路，继续说道，"但对少爷来说，您只是夫人指来的丫鬟。少爷会同您多说两句话，却也未见得动过什么心。既然少爷没动过心，您又如何能说少爷变心了？"

脸上有点儿磨不开，巧言咬着牙没吭声，心里却很是不忿。

二少爷怎么可能对她没有半点儿喜欢？若是没有，他待她也不会与院子里的姨娘们不同了啊。既然他待她不同，那不是喜欢是什么？

不过她不敢与萧管家争，毕竟萧管家在某种程度上就代表了二少爷，她争赢了也不是什么好事。

于是她忍着这屈辱上了车,掀开帘子看了一眼萧府的后门,神色晦暗。

温柔正在做午膳的时候,就被丫鬟叫去了萧惊堂的院子。
"二少爷有何吩咐?"
"坐下。"
萧惊堂的脸色很不好看,看起来他心情也不太好,温柔不知道谁惹他了,也就乖乖地听吩咐坐在了他对面。
桌上满是佳肴,闻着隐隐有药味儿,温柔倒是有些熟悉。
"一桌子菜难吃得很,"萧惊堂闷声开口,"你把它们都吃完,免得浪费。"
啊?难吃的菜他就叫她来吃?她又不是潲水桶!
温柔心里吐槽,却什么都没说,点了点头就拿起筷子,随意夹了点儿肉塞进嘴里。
这种水准的东西叫难吃的话,那珍馐斋都可以关门大吉了。
温柔深深地看了对面的人一眼,心里冷笑,装作什么也不知道的样子,饱饱地吃了一顿,然后起身,平静地问:"二少爷还有什么吩咐?"
"下去吧。"
"是。"
退出房间后,温柔捏了捏拳头,然后展开看了看自己的手。
她的手里,也未必什么都没握啊。
晚上的时候凌挽眉来看她,拉着她的手沉默了半晌,问:"你是不是恨透二少爷了?"
"谈不上恨,"温柔耸肩,笑眯眯地说道,"就是有机会的话,我一定会掐死他!"
凌挽眉沉默片刻,低声说道:"其实先前我说要带你走,又没能走成,是因为二少爷来找了我。"
"哦?"温柔目光一变,"他找你说什么了?"
"他让我在府里多待一段时间,顺便将你留住,说是欠了你东西,要补偿你。"凌挽眉皱了皱眉,后悔道,"谁知道他这补偿也不怎么好,你这日子倒是越过越惨了。"
堂堂萧家二少爷,竟然为了区区丫鬟,跑去让自己的姨娘帮忙。
温柔笑了,笑得有点儿诡异,看得凌挽眉背脊发凉。
"你……在想什么?"凌挽眉问。

温柔笑了笑，低声回道："我在想，属于萧二少爷的报应，好像终于来了。"

他对她未必无情，既然未必无情，那风水轮流转，她就占了上风。

凌挽眉没听明白，但也不是很想问了，只说道："不管怎么说，我得先走了。我院里剩下的几个丫头，你多看着点儿，有什么不妥的地方，就让人去虎啸山庄找我。"

虎啸山庄？温柔愣了愣，回过神来看着她问："那是什么地方？"

凌挽眉笑了笑，眉宇间少了闺阁女子的柔情，倒是多了几分江湖儿女的侠气："那是我家，你若到了山南一带，随意找人打听就能找到。"

那地方还挺有名气的？想起萧家院子里的虎啸阁，温柔干笑两声，问了一句："你……到底是为什么在萧家的？"

"为了等人来娶我。"凌挽眉叹息，"我随他从江湖到了这繁华之地，收剑做人姨娘，为的只是等到他说的'安全'那一天，然后十里红妆，随他回家。然而现在，我觉得我等不到那一天了。"

他的十里红妆，都已经不知道给了多少人，再来给她，她也不稀罕了。

温柔张大了嘴，脑子里有东西闪过，突然像是明白了什么："你与萧惊堂……没有圆房？"

凌挽眉怔了怔，轻笑道："你怎么别的不问，就问这个？"

"因为从一来这院子，我就觉得奇怪。"温柔有点儿傻眼，"你们几个姨娘都对二少爷不是很上心，他也不常去看你们。原先还有人说他这一院子的姨娘都是出身不高的心头爱，可我怎么瞧怎么觉得不对劲。

"你们……该不会都是他替别人养着的人吧？"

凌挽眉深深地看了她一眼，又看了看门外，才开口道："温柔，别的我不同你多说，但你与这院子里的其他姨娘为友，总比为敌要好得多。若有一天她们等到了自己想等的人，也势必会念着你的好，将你救出这囹圄。而我，如今只能帮你一件事。"凌挽眉从衣袖袋子里拿出一枚金漆令牌递到了温柔手里，说道，"这是木府的牌子，你拿着，可以让木青城帮你一件事，只要不是太为难，他都会做到的。"

温柔讶然，接过牌子看了看："这该不会是他给你的分手礼吧？"

"分手礼是什么？"凌挽眉不解。

"就是他觉得亏欠了你，离开的时候留下点儿东西给你做补偿。"

木青城亏欠她了吗？凌挽眉失笑："那他亏欠我的，这一个牌子可弥补不了，得多要几个。"她笑完，眼神又有些落寞，"还是不要了，我不想看见他了。"

温柔拍了拍她的肩膀,想了想,转身去柜子里找啊找,找出一颗琉璃珠子。

这是上次她去裴家,裴方物留的最后一颗珠子,也是最漂亮的一颗,里头有絮状物,刚好是一颗心的形状。见温柔觉得有意思,他便将珠子塞回了她手里,道:"这颗珠子卖你。"

"多少钱哪?"温柔失笑。

"成本价,只取你这笑意即可。"

于是温柔很实诚地给他傻笑了一炷香的时间,然后将这珠子带回来了。眼下她手上也没别的贵重之物,只有这个拿得出手。凌挽眉待她不错,她也不能小气了。

"这是什么东西?"女子哪怕是握剑的,也会对漂亮东西很有兴趣。见她的神色像是很喜欢,温柔也就放心地把珠子塞进了她的手里:"琉璃珠,很值钱的。你孤身一人回家,路上若是遇见什么问题,就把它卖了吧。"

琉璃珠?凌挽眉低呼:"你怎么会有这个?先前她们还在说呢,说淑妃娘娘在皇上的寿宴上以一头折光透明珠翠艳压群芳,大家纷纷在打听那珠子的来历。民间偶有人得,都已经炒到五千两银子一颗的天价了。"

五千两银子?温柔讶异,却半点儿也没有后悔的神色,只说道:"这样也好,你在路上也能多换点儿钱。"

凌挽眉怔了怔,又好气又好笑地说道:"你是个傻子吗?这五千两银子可够你自己生活一辈子了,你竟然眼也不眨地就送给了我?"

"我暂时还出不了门,"温柔耸肩,"所以要这么多银子也没用,被其他人发现了,还怀璧其罪,不如给你,倒能帮上点儿忙。"

说完,她又补充了一句:"这珠子不是我偷的,朋友送的,所以你可以放心卖。"

凌挽眉呆呆地盯着她,都不知道该用什么表情,最后只站起来抱了抱她。

"有机会的话,我会再回来的。"凌挽眉捏着手里的珠子,笑道,"这份恩情,我也记住啦。"

说起来她与杜氏交好的时间也不长,但这人总让她感觉很舒服——她有什么话都可以同杜氏说,杜氏绝不同其他人透露半个字,会陪伴她、安慰她、听她说话,也会给她适当的建议。杜氏真的是很好的手帕交。

可惜她没办法把杜氏从萧惊堂的手里捞出来。

"好好准备上路吧,"温柔拍了拍她的肩膀,叮嘱道,"你回到家,也想法子给我报个平安。"

"好。"

两个人惜别了一会儿,凌挽眉就当真回去收拾行李了。温柔看了看外头阴沉的天空,捏着手里的令牌,轻轻叹了一口气。

凌姨娘从萧家宅子里消失得无声无息,没有人再提起她,虎啸阁的牌匾也被取掉了。

萧家开始准备与杜家的第二次联姻,萧夫人再次看见温柔的时候,发现温柔当真瘦了不少。

"柔儿,"萧夫人还是像以前那样唤温柔,只是语气变了些,不再有以前的偏爱和宠溺,只含着淡淡的愧疚感,低声说道,"你妹妹芙蕖现在成了嫡女,要嫁过来了。她与你素来不和,我的意思是……你要不就先来我的院子里伺候?"

温柔顿了顿。

萧家老太太偏爱的果然只是杜家嫡女,而不是杜温柔这个人。从前杜温柔爱萧惊堂爱得死去活来,萧夫人这当人家婆婆的自然心疼杜温柔两分;而现在,杜温柔带给萧惊堂的即将是家宅不宁,萧夫人也就选择让杜温柔回避。

要是放在先前,能离开萧惊堂,温柔还是挺乐意的。但是现在,她笑了笑,垂下眼眸低声回道:"柔儿舍不得离开二少爷。"

旁边坐着的萧惊堂顿了顿。

"若夫人当真觉得柔儿碍事了,不如就将柔儿卖掉,还能得十万两银子,怎么也比多养个人在府里划算;"温柔建议道,"若是不想卖,不如就将柔儿留在二少爷身边。"

说来说去,她就还是想走。萧惊堂盖上了茶杯,在萧夫人开口之前便说道:"我萧家不缺那十万两银子,也不怕一个下人会欺负到二少奶奶头上,你安心留在我的院子里就是。"

"惊堂,"萧夫人皱眉,看了温柔一眼,轻轻拉了拉他的袖子,"你也该为芙蕖想想。她差点儿被杜氏害得没命,如今怎么好让她们在同一个屋檐下过活?"

先前的一桩联姻,两家人都不是很痛快,萧惊堂说娶错了人,杜家也就糊弄了事,两边虽说是各取所需,但婚事不稳,合作得自然不是很愉快。

如今好不容易可以有一场两边都满意的婚事了，他们萧家怎么还好让杜家二小姐受委屈？

萧惊堂摇头，淡笑道："儿子自有分寸。"

先前萧夫人想让他宠杜温柔，推都推不去；如今不想要他宠了，却拦都拦不住。这算是怎么回事？萧夫人很头痛，看着自家儿子，叹气道："这次的婚事若是出了什么麻烦，你别怪为娘心狠。"

萧惊堂没吭声，站起身来，拉着温柔就往外走。

他拉的是衣袖，温柔跟在后头看了他的手一会儿，微微笑了笑，伸手就钻进了他宽大的手心。

前头的人顿了顿，身子微微僵硬，回头看了她一眼："你做什么？"

"不做什么，牵一下不可以吗？"他身后的人笑得像只狡猾的狐狸，"反正都圆房了，牵一下也没什么大不了的吧？"

萧惊堂回过头算是默认，继续往前走，只是步子慢了些，手僵硬地捏着她的手，动也不是，不动也不是。

察觉到他的手心微微的汗意，温柔笑得更欢了，开口道："你马上要有新的二少奶奶了，我给你送点儿什么东西当贺礼呢？"

"不用，"前头的人闷声道，"你别再与她为难就好了。"

"我不与她为难。"温柔点头，"可她要是与我为难呢？我是不是要打不还手，骂不还口？"

"她没那么心狠。"萧惊堂回道，"你不去招惹她，她不会这样对你。往日的事情，我让她都作罢了。"

这人还真是不了解女人，他一句作罢就作罢？杜温柔可是害得杜芙蕖差点儿没命！杜芙蕖流落在外一年，杜温柔还抢了人家的男人做丈夫。这仇恨简直不共戴天，杜芙蕖势必会全部报复给杜温柔的。

然而温柔没有替杜温柔赎罪的必要，定然是不会忍着的。萧夫人想得没错，有温柔在萧惊堂的院子里，真的会家宅不宁。

杜芙蕖正在别院里待嫁。因着杜家离这边也远，双方一商量，直接让杜家的嫁妆过来，杜芙蕖从别院去萧家大宅即可。所以现在，杜芙蕖就坐在满屋的琳琅珠翠之中，望着对面的男人流泪。

没错，她在流泪，眼泪都在脸上滚出了两条线，晕开了妆，湿了手帕。

"我终于能嫁给他了，可为什么一点儿也高兴不起来？"杜芙蕖看着听风，低声"喃喃"，"你能告诉我为什么吗？"

听风脸色微白，坐在她身边，修长的手指搭在她的手腕上，却无心诊她的病症。

她是他救回来的人,两个人在山谷里一起生活了一年,情愫暗生,对彼此都是有感觉的。然而,萧家找来了,她不得已地回来,却是要嫁给其他人。

"可以不嫁吗?"他低声问。

杜芙蕖摇头,眼泪流得更凶了:"若是我不嫁,杜家怎么办?他那么喜欢我,要是知道我……我喜欢你,那咱们更是没办法活下去了。萧家的势力之大,你根本没办法想象。"

眼神黯淡下来,听风抿了抿唇,沙哑着嗓音道:"那该如何呢?芙蕖,你要我如何?"

"不要离开我。"杜芙蕖哽咽,双目满是泪水地看着他,"你留在萧家陪我好不好?那个害我的女人还活着,就在萧家。她在惊堂身边待了一年多了,我……我怕我还会被她所害。"

听风又是心疼又是难受,垂下了眼眸,清瘦的脸上一片颓然之色。半响之后,他才轻轻点头:"好。"

杜芙蕖破涕为笑,拉着他的手摩挲:"不管我嫁给谁,我的心里都只有你。"

"嗯。"

心情不太好,说了这么几句话,听风便出门散心了。杜芙蕖抹了眼泪,重新上了妆,对着镜子深吸一口气,然后笑了笑。

是她的男人,始终会是她的,杜温柔再也没办法抢走她的任何东西。杜家的嫡女是她,萧惊堂的正室,也只会是她。

"二少奶奶。"门外有人喊了一声。

杜芙蕖顿了顿,听出了来人的声音,有些不悦:"进来。"

萧惊堂的通房丫鬟几天前被萧惊堂送了过来,一直没来跟她说过什么话,这会儿怎么突然来了?

门被打开,巧言提着裙子跨了进来,恭恭敬敬地给杜芙蕖行了三个大礼,然后说道:"奴婢谨慎思量之后,决定来帮二少奶奶一把。"

"哦?"杜芙蕖有些莫名其妙,看着她问道,"我有什么事是需要你帮的?"

巧言抬头,微微一笑:"帮您得到二少爷的心。"

心里一跳,杜芙蕖转过头去,看着镜子说道:"你瞎说什么?他心里要是没有我,怎么会找了我一年多,又怎么会推了杜四小姐,执意要我?"

"是因为什么，二少奶奶自己应该知道。"巧言跪坐在地上，笑得别有深意，"奴婢是二少爷的通房丫鬟，也是最早陪着二少爷的人。二少爷什么话都会同奴婢说，然而奴婢从未从二少爷那里听闻二少奶奶的事迹，倒是先前的杜氏，二少爷提起过不少。"

杜芙蕖脸色微沉，缓缓转过头来，看着她问道："你是什么意思？"

"奴婢没别的意思，只是觉得二少奶奶还需要人帮助，才能坐稳这正室之位。"巧言回道，"不然，万一哪日二少爷被那狐狸子迷惑，二少奶奶难免不会像奴婢这样，被赶出萧家大门。"

荒谬！萧惊堂那般讨厌杜温柔，先前不是还对她用了家法吗？他怎么可能为了她，赶自己出门？杜芙蕖是不信的，不耐烦地挥手道："你少把我拿去当刀子使，我只是想嫁给惊堂好好过日子，不想害人。"

"奴婢不急。"巧言笑道，"奴婢就在别院里等着您，您要是有需要的时候，就将奴婢接回萧家吧。作为报答，奴婢一定会全力帮助二少奶奶的。"

说完，巧言朝杜芙蕖行了礼，提着裙子出去了。

屋子里安静下来，杜芙蕖慢慢地皱起了眉心，呢喃了一句："不可能哪。"

萧惊堂怎么可能不喜欢她呢？她能感觉到，他对自己是有感情的，不然光是其他的原因，他也没必要非娶她。

那丫鬟一定是在危言耸听，她不会中计的！

大婚的这天，碰巧天公不作美，温柔本该去伺候萧惊堂更衣，准备行礼，可浑身的关节隐隐作痛，肿胀难受，实在是起不来身，干脆就让别的丫鬟替自己去了。

四处的红绸在阴暗的天色之下显得有些阴森，萧惊堂看着来更衣的人，皱了皱眉："杜氏呢？"

丫鬟硬着头皮回道："她身子不舒服，在屋子里歇着。"

她是身子不舒服，还是心里不舒服？萧惊堂轻笑，眉头松开，整理好了衣裳便说道："我去看看。"

"二少爷，"管家连连摇头，"大喜的日子，您不宜进腌臜之地。"

仿佛没听见这句话，萧惊堂抬脚就去了柴房。他不是关心这人，就是很想看看她痛苦的样子，这样心里大概会觉得好受一点儿。

然而当真瞧见她的样子时，萧二少爷发现，他并没有多好受。

"怎么回事？"看着床上那皱着眉直哼哼的人，他沉声问了一句。

旁边的疏芳看了他一眼，淡淡地回道："二少爷放心，她只是产后湿气入侵，以后阴雨天浑身的骨头都会疼罢了。"

罢了？萧惊堂愕然："她怎么会得这种病？"

"托二少爷的福，"疏芳红了眼，"杜氏流产之后洗衣劈柴什么活儿都做，小月子没坐满，苦吃得比平时都多，自然会落下病根，痛苦一辈子。

"不过这与您没什么关系，今日是您的大喜之日，您还是快些去忙正事吧。"

听见床上的人痛得闷哼了两声，萧惊堂皱眉，再次看向了她："喂了你那么多药膳，也没用？"

他这几日都偷偷给她开小灶让管家送吃食去，就说是厨房剩下的，让她吃了，她每次都乖乖吃完，谁知道还会落下病根。

"这话您该去问那些药膳，问奴婢有什么用？"温柔失笑，白着脸笑得可开心了，"不过二少爷，今日是您的大喜日子，您再在奴婢这儿待着，新的二少奶奶进了门，怕是要不痛快。"

"真的会一辈子都这么痛？"萧惊堂对她的话置若罔闻，神色凝重地问。

"这话您得问大夫。"温柔转过身去不再理他，闭上了眼，裹着被子努力入睡。

床边的人站了一会儿，不知道在想些什么。直到外头热闹起来，也响起了管家叫他的声音，他才回神，大步跨了出去。

温柔没能睡着，感受着浑身骨骼的肿胀疼痛，低哼了两声。

真正疼起来她才知道女人最该爱的不是这些个破男人，而是自个儿的身子。疼在自己身上，难受都是自己的，没人能替你承担半分。在小月子里都不爱惜你的男人，这辈子你也别指望他能有多好了。

温柔深吸一口气，闷进被子里正打算再睡，却听见门又被打开了。

有人喊道："大夫来了！"

疏芳愣了愣，上前将那府里的老大夫给迎了进来。

老大夫一坐下就说道："都不用太细看，听二少爷的话，你怕也就是风邪入骨。"

萧惊堂竟然还当真请大夫了。温柔抿了抿唇，翻身坐起来，认真地问："能治好吗？"

"能是能，但……"大夫看了看她，叹息道，"丫鬟比不得主子，总是要做活儿的，也没什么机会养着身子，所以你这罪怕是得受下去。"

想了想以后每逢下雨就会这么痛，温柔打了个哆嗦，很是严肃地说道："大夫您尽管说，我觉得我还能抢救一下。"

老大夫看了她一眼，拿纸给写了个方子："这是偏方，一共三帖，一日服，二日再服，最后一帖半月后服用，捂被出汗，也许能有效。但，中途你若是再沾染湿气，就前功尽弃。"大夫扫了一眼她住的柴房，摇头，"这地方湿气本就重。"

温柔沉默。

这怎么办？她换地方住？她现在觉得这小柴房挺好的，就在萧惊堂的眼皮子底下，谁也没法儿动她。要是她住到其他地方去，那可就说不准了。

"多谢大夫，"温柔接了方子，说道，"我姑且试试吧。"

大夫颔首，拎了药箱就走了出去，刚走出柴房没几步，就被萧管家带到了二少爷的房间里。

午时将近，马上就该萧家出喜宴，念礼词了，然而一身喜服的萧二少爷坐在房间里，看见大夫来，竟然开口问了一句："如何？"

大夫有点儿傻眼，本以为那丫鬟是讨好了萧管家，所以让他这一向只给主子把脉的人去给丫鬟把脉，谁知道……这竟然是二少爷的意思？

"回二少爷，"大夫深吸一口气，不敢再敷衍，认真地禀道，"那姑娘是月子里没休养好，落下了风湿的毛病，若是再不调养，以后逢阴雨天，就会疼痛不止。若要调养，小的能给两种药方，有的药材珍贵难寻，但能根治这病，有的药材常见，但得多吃上几年，二少爷可以都看看。"

"不必，"萧惊堂摆手，"选第一种。"

她那么爱吃肉又怕苦的人，哪里肯长期吃药。

老大夫愣愣地点了点头，又建议道："那柴房阴湿，住着肯定难受，二少爷若真想她好，还是得换个地方住，那边就不错。"

西院的厢房不错是不错，却是所有下人群居的地方。萧惊堂颔首算是听见了，却没开口。

天色渐晚，新郎要出去迎新娘回来了，温柔却接到了奇怪的吩咐。

"二少爷最近休息不好，总是做噩梦，需要人陪夜。"萧管家站在她面前，神色忧虑地说道，"旁的丫鬟都觉得陪夜辛苦，思来想去，还是只有你较为合适。"

陪夜？温柔眯了眯眼："二少爷不是在迎娇妻吗？等二少奶奶过了门，若二少爷还是要人陪夜，岂不是惹二少奶奶不快？"

"这个老奴不敢过问,毕竟是主子的想法。"萧管家摇头,"你晚上记得过去就是。"

她脑子里装的又不是豆腐渣,怎么可能在他新婚之夜过去人家的洞房里陪夜?那她不是找死吗?温柔笑着点头,心里却是没打算去的。

杜芙蕖穿着正红的嫁衣,从萧家正门被抬了进来。所有仆人都行着礼,萧夫人也坐在喜堂的主位上,萧家众位叔伯皆在,排场不可谓不大。从面帘的缝隙里看着,杜芙蕖就觉得很满意。

嫡女啊,她现在终于是嫡女了。

萧惊堂一身喜服,玉树临风地站在喜堂中间,却没回头看她,手里捏着同心结的一端,另一端垂在地上。

他怕是太高兴了,所以没反应过来吧?杜芙蕖莞尔一笑,扶着喜娘的手过去,便将那同心结捡了起来,捏在手里。

从今天开始,萧惊堂是她的人了。这幸城不知多少人想嫁他为妻,其中不知多少是高门嫡女。然而,如今这正室之位只落在她的身上,多少人得芳心暗碎,不肯甘心?

想想她都觉得开心。

婚事很烦琐,然而萧惊堂全程没有不耐烦,只安静地站着,按照喜娘说的规矩办事,只在最后要被送入洞房的时候,开口说了一句:"芙蕖已经很累了,先让她去自己的院子里休息吧,我陪各位叔伯好生喝一场。"

此话一出,众人觉得好像没哪里不对,可又觉得哪里怪怪的。

这话他们是不是在哪里听过?

杜芙蕖脸上的笑意僵了,她有些不解地看着萧惊堂问:"你不想跟我圆房?"

"没有,"萧惊堂答道,"你先好生休息吧。"

也许他是有想要应酬的人?杜芙蕖抿唇,疑惑地想了一会儿,还是顺从地跟着喜娘走了。萧惊堂转过了头,平静地同众人饮起酒来。

站在旁边的萧管家轻轻叹了一口气。

旁人不记得,他却还记得,当初二少爷迎杜温柔进门时,也是这样说的。

彼时年少的商人,有超越年龄的觉悟,在十几岁的时候便对他说道:"管家,我这辈子是不是注定不能娶我喜欢的人为正妻了?"

萧管家当时回答:"也许有身份合适的人,您正好喜欢。"

小少爷想了想,笑道:"罢了,当真必须娶不喜欢的人,我也留她们清白,给她们往后再嫁的机会。不算我薄情,也不算我耽误人。"

他以为少年说话不过玩笑,二少爷却是当真如此做的,未同当初的杜温柔圆房,而且看模样,二少爷也没打算和杜芙蕖圆房。

二少爷真是个固执的孩子。

然而,人家并不会领萧二少爷的情。当初的杜温柔哀怨纠缠了一年,如今的杜芙蕖也不会好到哪里去。

"他是不想跟我圆房吧?"杜芙蕖坐在床上,"喃喃"了一句。

旁边的丫鬟茯苓连忙安慰道:"怎么会呢?您瞧瞧今日的排场这么大,谁都知道您是萧二少爷的心头肉,他哪里会不想跟您圆房?也许……也许他是最近太累了吧。"

杜芙蕖沉默,眉头皱得死紧。

夜色渐深,眼瞧着外头的宴席要散了,杜芙蕖问了一句:"二少爷醉了?"

"醉了,已经回房去了。"茯苓低声回道。

眼泪骤然冒了上来,杜芙蕖哽咽道:"我头疼,快让听风来给我瞧瞧。"

"是。"

她一向是被男人捧着的,饶是当初的萧惊堂,也会放下架子陪她游湖来着,如今……她怎么会落到嫁过来独守空房的地步?

萧管家带着几个奴仆将萧惊堂扶进房间的时候,温柔已经在床边跪坐着了。

大概是等困了,这人闭着眼睛,脑袋瓜儿一点一点的,像小鸡啄米。萧管家看得连连摇头,忍不住想过去将人唤醒。

然而他刚往那边走了一步,衣裳就被人拉住了。

萧惊堂收回被家奴架着的手,朝萧管家摇了摇头。

萧管家抿唇,颔首示意,带着几个家奴便退了下去。

夏末的季节,天气刚刚转凉,萧二少爷的屋子里却暖和得跟春日一般,温柔饶是跪坐在地上,也没有半点儿受凉。

他看了床边那人一会儿,见她头没个地方搁,总是往下点的样子,便走过去在床边坐下,缓缓伸手抵住了她的额头。

有了受力点,温柔就放心大胆地睡得更熟了,哈喇子都流出来了。

萧惊堂皱紧了眉,心里瞬间有无数个问句飘过。

他怎么会对这种女人上心?当杜家嫡女的时候她真的没有学过睡觉姿

势吗？在这种地方她怎么睡着的？她眉头皱这么紧是做噩梦了？这人流这么多口水，该不会晚饭又被人克扣了吧？

想到最后一个问题，萧二少爷起身，保持左手不动，右手伸到床前的桌上去，拎了个摆着的鸡腿下来，在她鼻子跟前晃了晃。

好香……温柔咽了一口唾沫，醒了。她睁开眼啥也没看见，就看见那鸡腿了，"啊"一口就咬了上去！

还真给人饿着了？萧惊堂皱眉，收回左手拿帕子擦干净，然后冷声开口："大好的喜宴，你也不去混吃的？"

听见声音，温柔愣了愣，这才发现旁边有人，一口鸡肉差点儿噎着自己，咧嘴尴尬地笑了笑："奴婢也想偷吃的来着，没成功。"

她刚准备去就被人拎到这里来等着了。

萧惊堂也没多问，只伸手命令道："替我更衣。"

"哦。"温柔咬了两口鸡腿，手也没擦，直接就上去将他那一身衣裳给脱了。萧惊堂安静地看着，盯了那红绸上头的油渍两眼，也没吭声。

"奴婢能问您个问题吗？"给萧惊堂洗漱完，温柔忍不住开口，"您是打算在这洞房花烛的时候让奴婢来陪夜，第二天好让二少奶奶手撕了奴婢？"

萧惊堂回头看了她一眼，上了床，盖好被子，冷声说道："我说了她不会那样做。"

在这男人心里，杜芙蕖难不成是个圣母？温柔皱眉，走到床前看着他问道："那万一二少奶奶动手了，二少爷是不是打算给奴婢点儿补偿？"

"明日起，你吃住都在这屋子里。"萧惊堂闭上了眼，没理会她的问题，直接道，"我不在的时候，萧管家会看着你，没人敢动你分毫。"

他这算是什么？金屋藏娇？温柔笑了，朝他行礼之后，老老实实地跪坐在了床边的软垫上。

整个萧家安静了下来，灯盏火了，温柔都能听见黑暗里萧惊堂的呼吸声，并不均匀——他没有睡着。

"二少爷，"她小声开口，"您冷不冷？"

床上自然是不会冷的，但她这样问了，萧惊堂直接就伸手下来扯住她的手腕，将她整个人扯进了他的被窝。

怀里满是冰凉的气息，他皱眉，沙哑着声音在她耳边开口："怎么会这么冷？"

温柔打了个寒战，贴近他，浅浅地笑道："体寒吧。"

303

柔软的身子贴了上来，和他的身体严丝合缝，玲珑的曲线蹭着他，刚开始还是冰凉的，后来竟然变得滚烫。

萧惊堂喉头微动，压住了怀里这人乱动的手，嗤笑道："怎么，想做通房丫鬟？"

"反正身子也是您的了，"温柔笑道，"通不通房也没什么区别。"

重要的是，她当真是通房丫鬟的话，那待遇还是要比普通丫鬟好上一些的。反正没什么区别，那她为什么不要点儿更好的待遇？

黑暗之中，温柔清晰地听见了萧惊堂喉头的响动，接着自己的身子便被他压在了身下。

"你倒是当真想得开。"他说道，"既然你想得开，那我也不必客气了。"

从上一次圆房之后，他没再碰她，但每每见着人，都很想把她压在身下蹂躏。他不是重欲的人，但……如果是她的话，他觉得明日可以起来得晚一点儿。

比起先前，温柔这次很是主动，亲吻他，纠缠他，像午夜的妖精，要与他做逢晨便散的欢好对象。

"你想要什么？"情最浓之时，萧惊堂沙哑着嗓音问了一句。

他是商人，能感觉到她有所求。

"我啊……"舌尖舔过他的耳郭，温柔笑眯眯地说道，"我想要你。"

心里一跳，他陡然捏紧了她的手腕，下身猛地占有她，抵到她的灵魂最深处，不愿意松开。

温柔捂着嘴叫了一声，身子轻颤，呜咽不已，一双水灵灵的眼睛在月光下看着他，里头有无数的委屈和缠绵之意。

萧惊堂低咒了一声，伸手挡住了她的眼睛，张口就咬在了她的脖子上。

"你要什么，我都可以给你……"在她的呜咽声里，他说道，"只要你别激怒我。"

你别离开我。

温柔失笑，缠着他的腰，点了点头，应道："嗯，好，奴婢不会激怒您。奴婢会好好做好自己该做的事。"

丫鬟该做的事是什么呢——睡了主子。

于是接下来的漫漫长夜里，温柔就认真履行着这件事，用满腔的热情、极致的诱惑，引得萧惊堂与她不死不休。

翻滚的红被、外头挂着的大红喜结，显得这像是属于她的洞房花烛夜。

到天亮的时候，萧惊堂还没有合眼，眼眸深深地看着她，手放在她的脸颊边,任由她在熟睡之中轻轻蹭着他的手。

她好像又瘦了,下巴尖尖的,锁骨分明,他抱在手里都没什么分量。他分明给她塞了那么多东西在肚子里,她却不争气地一两肉都不肯多长出来。

手上的皮肤没有那么嫩了,大概是她开始干活儿了的原因,有些细小的伤痕;指甲也不像原来那么长了,剪得短短的,不过倒是干干净净的。

这样的杜温柔,似乎更容易惹人心疼。

不过更重要的是,她饶是这般不要命地勾引他,动作看起来还是生涩得紧,强装镇定,身子却轻轻颤抖着,让他分外控制不住。

她似乎没有属于过别人,全身上下每一处都依旧被他独占。

意识到这一点,萧二少爷莫名其妙地很开心,心口压着的东西像是终于松了一般。他想伸手抱紧她,却又怕把人勒着了,只能将手环在她的周围,这样她若是想走,自己便一定能感觉到动静,然后把人扯回来。

这是他的女人,永远都是他的。

然而温柔醒来的时候,对上的依旧是一张冷冰冰的脸。

"你觉得一个丫鬟,睡到日上三竿,比主子起来得还晚,合适吗?"萧惊堂冷声问。

心里一跳,温柔飞快地坐了起来。眼见雪白的腰肢从红被里露出一半,她又连忙扯了他落在旁边的衣裳盖上:"那啥……二少爷,奴婢的衣裳呢?"

萧惊堂顿了顿,伸手指了指地上。

被撕得七零八落的衣裳,连蔽体都不能,她穿了也没什么用。

"二少爷?"门外响起萧管家略微着急的声音,"夫人已经在正堂里等了很久了,您还去敬茶吗?"

温柔惊了惊,裹了萧惊堂的长袍,下床就想跑。可她转念一想,她这样能跑到哪儿去啊?她还不如躲在里头呢。

"您快去吧。"她催促道,"等这院子里没人了,奴婢再偷溜回去。"

"偷溜?"萧惊堂皱着眉看了看她这模样,"你不穿衣服偷溜?"

温柔:好像也不太现实。

"你还是等着我回来吧。"萧二少爷轻哼一声,下了床,去衣柜里取了新的衣裳自己换上,又取了个什么东西捏在手里,打开门,没让萧管家进来,就跨出去合上了门扇,接着就是门被上锁的声音。

他竟然把她锁起来了?!

温柔瞪眼,听着众人离开的脚步声,想了想,干脆倒回去继续睡觉。反正他这样锁上门,别人也进不来了,她想做啥都没关系。

萧家大堂。

萧夫人脸色不太好地坐着,早早来了的杜芙蕖则已经跪了许久。听见外头的奴仆通禀说二少爷来了,杜芙蕖顿了顿,神色复杂地回头看了一眼。

萧惊堂一身常服,身上没有半点儿昨日的喜庆装饰,仿佛刚刚成亲的不是他。他走到杜芙蕖身边跪下,心情倒是极好,端了茶就朝萧夫人笑道:"母亲用茶。"

被他这突如其来的笑意惊了惊,萧夫人有些错愕,接过茶盏后看了他一眼:"这是怎么了?"

"没怎么,今日天气不错,儿子想着,等会儿该带杜二小姐去府里转转。"

杜二小姐?这是个什么叫法?萧夫人皱眉,颇为不解地看了看他,又看了看一脸愣怔表情的杜芙蕖,放下茶杯就将他拉到了一旁。

"你怎么回事?"

"母亲问的是什么?"萧惊堂微笑。

"自然是杜氏的事情。"萧夫人咬牙,低声问道,"你不是喜欢这个杜二小姐吗?都把四小姐的婚事推了迎娶了她,你现在怎么又像是不情不愿的?"

萧惊堂抿了抿唇,好奇地问了一句:"母亲是从何得知儿子喜欢这杜二小姐的?"

萧夫人瞪了瞪眼,反问道:"大家不是都这么说的吗?更何况,你当初想娶的的确是她,你也一直在派人找她来着。"

萧惊堂沉默了。他一向没有跟自己的母亲说这些话的习惯。至于当初到底是怎么回事,那怕是只有杜芙蕖和他知道。

想要嫁进萧家的是她,而他,想要的是她手里的东西,一早就说清楚了的,却不知为何流传出去,倒成了一段郎有情妾有意的佳话。

当然,这传言对他无害,他也懒得去澄清。若无杜温柔在前,他定然也会礼数周全地继续给杜芙蕖"二少爷心头好"的地位。

然而现在,杜芙蕖想要的未必是他这个人,他也没了心思再逢场作戏,所以这些虚礼,关着萧家大门的时候,就可以省一省了。

杜芙蕖大概也是这样想的吧?

萧惊堂回头看了坐在大堂里的人一眼，顿了顿，微微皱眉。

与他想的不太一样，杜芙蕖此时正看着他，眼神哀怨，眼眶微红。

想了想，他朝母亲微微颔首，走回杜芙蕖面前提议道："出去逛逛？"

"好。"杜芙蕖点头应了，起身就跟着他出了大堂，礼都没来得及给萧夫人行。

萧夫人也没在意，只看着萧惊堂的背影叹息。这孩子，怎么什么话都不肯同她说？

"二小姐睡得不好？"走到花园里后，萧惊堂问了一句。

杜芙蕖摇头，苦笑道："您不在，让妾身怎么安睡？"

萧惊堂停了下来，看着她说道："二小姐以前自己说过的话，如今不记得了？"

两个人相遇相识之时，她满眼狡黠之色，瞧着他说道："你缺个杜家的媳妇儿，我缺个萧家的相公，不如你就娶了我吧。别的我也不图，有吃有穿，我半分也不会扰你。"

他当时听着这话觉得有趣，了解一番之后，也就决定采纳她的建议了。反正对杜家的女儿他一个也不熟，他娶个不会扰他的，自然更好。

然而现在人进了门，似乎和先前就不一样了。

杜芙蕖抬眼看着他，眼里慢慢有了泪："我以为你寻我这么久，是当真在意我，所以我才嫁过来的。没想到……没想到竟是我自作多情了。"

萧惊堂有点儿错愕，微微皱着眉看着她。

这话听着，怎么倒像是他薄情了一般？杜芙蕖为人开朗，与他相识之时也与不少人交情匪浅，就算是一起游船，与在场之人说话皆没什么分寸，他以为她本性如此，难不成她独独对他是真心的？

面前的女子垂下了眼，语气轻柔地继续说道："都道萧二少爷薄情寡义，我偏生不信这个邪，就觉得当初船上一遇，你是真心要待我好，所以才想嫁给你。没想到……这一片春心错付，倒是惹了新婚不圆房的笑话。"

当初船上一遇……那还是前年春天的时候，天气甚好，微风和煦，杜家二小姐发帖邀约连家次子、方家三子等当地的风流雅士，以及萧家二少爷游湖。当时的萧惊堂是有生意要与杜家合作，故而也没推托，应约前往。

杜家二小姐穿得不是很体面，但笑意动人，开朗大方，颇得在场之人好感，饶是不会弹琴不会跳舞，也能与众人谈笑风生，半分没让冷场。

萧惊堂坐得很远，对声音却听得很清楚。

杜芙蕖笑道："你们这些男人哪，都爱女子多才，爱女子多艺，可小女子偏生什么都不会,就只有这一张入不得人眼的脸,是不是要嫁不出去了?"

"哎,二小姐谦虚了。"旁边有人摇着扇子笑道,"佳人有沉鱼落雁的容颜即可,要才艺又有什么用?"

"陈公子说这话,是要娶这杜二小姐的意思吗?"

"在下可不敢高攀。"

杜芙蕖听着,"咯咯"直笑,眼含秋波地朝那陈公子扫了扫,后者顿了顿,眼神也别有深意起来。

然而,她并没有跟人家多说,一转身却提了裙子来到萧惊堂身边,低声问:"萧二少爷是不屑与咱们一起聊天儿吗?"

"二小姐多虑。"

他说人家多虑,却没有要跟过去坐下来的意思,也没有开口多说几个字。杜芙蕖微微皱眉,转眼却又笑开,伸手拉着他的衣袖道:"既然我多虑了,那二少爷可否跟我多说两句话?"

"二小姐想说什么?"

"我这个人,与别的女人不一样。"杜芙蕖笑了笑,"我不爱你的家财,也不爱你的容貌,就是缺个夫家,你可愿意娶我?"

头一次遇见女子一上来就这么大胆直接的,萧惊堂愣怔之下,倒是觉得有趣:"我为什么要娶你?"

"因为我合适啊!"她笑道,"杜家大小姐尖酸刻薄,四小姐尚且年幼,二少爷有惊世之才,与杜家联姻,能更上一层楼,何乐而不为?"

萧惊堂想了想,竟也觉得挺有道理的,于是转过身来看着她道:"我不喜欢二小姐,令你独守空房也没关系?"

"没关系。"杜芙蕖大方地笑了笑,"我知道二少爷这样的人很难接近,能让我衣食无忧就好。"

萧惊堂眯眼,认真地开始思考。

旁边的人趁热打铁,连忙又说道:"你缺个杜家的媳妇儿,我缺个萧家的相公,不如你就娶了我吧。别的我也不图,有吃有穿,我半分也不会扰你,说话算话。"

这好像是桩不错的生意,并且面前的女子爽朗大方,半点儿也不黏人,他觉得,若是萧家二少奶奶的位置上必须坐个人,那是她也不错。

但是他没有表现出想答应的意思,只静静地看着她。

杜芙蕖有点儿慌,毕竟是年纪不大的姑娘家,没见过什么风浪,站在他面前半晌，见他不说话，便有些沉不住气了："我手里也许还有二少爷想要的东西，只要二少爷给我萧家二少奶奶该有的荣光，我便帮二少爷一把！"

这就是两个人的开端，她手里的筹码的确诱人，他便应了，按照她的要求，开始频繁与她一起出行。虽然杜芙蕖有些爱慕虚荣，但他不介意，反正只是娶她回去镇宅的。

然而现在，这个当初口口声声说不图其他，不扰他半分的人，竟然站在他面前哭得要多委屈有多委屈。

"当初追求妾身的人实在不少，妾身未曾多看他们一眼，只选了二少爷，希望二少爷不会负我。可我这才刚进门，二少爷就什么都不记得了吗？"

萧惊堂："……"

他的记忆是出了偏差吗？她……未曾多看别人一眼？

"你想如何？"萧惊堂忍不住皱眉道，"你要二少奶奶的位置，我给你了，我要的东西，也已经自己拿到了，按理来说，买卖已经结束，剩下的就是你自己在这萧宅里衣食无忧。"

他不曾欠杜芙蕖的，只因她当初牵线让他与三皇子结识，他感念在心，所以哪怕她后来没能嫁成他，失踪于天地间，他也耗费人力、物力去找了，给她一个交代。而现在，找到她之后，他也依旧按照约定迎她过门了，给了她二少奶奶的荣光。

作为商人，他当真不知道自己有哪里做得不妥。

但作为男人，他看懂了，如今的杜芙蕖是不满足了，她想要更多的东西。

杜芙蕖微微睁大眼，笑道："二少爷竟然是这样想的，我以为……"

"我一早说过，不喜欢你。"萧惊堂打断了她的话，正色道，"当初是如此，现在依旧如此，你若是觉得委屈了，我会替你更换名牒户籍，让你以萧家之女的身份重新嫁个好人家。你身未破，名未损，不会有半点儿难堪。"

杜芙蕖倒吸了一口气，想也不想便摇头："不要。"

"那你便好生在这宅院里待着，莫要来扰我。"萧惊堂转身就要离开，想起点儿什么，又停了下来，"杜温柔有谋害你之心，已经得到了报应，现在与你也算两不相欠，你与她也不再有姐妹之谊，就彼此放过吧。"

杜温柔？

一片茫然之中抓住了这个名字，杜芙蕖瞬间清醒了，抬头就问了他一句："是因为她？"

什么因为她？萧惊堂听不明白，也懒得再问，该说的话都说完了，于是甩了袖子就走。

"二少爷，"杜芙蕖皱眉，跟在后头跑了两步，不甘心地说道，"妾身很喜欢您，会一直喜欢您的！她能做到的事，妾身同样能做到，并且会比她做得还好！"

她的声音不大不小，恰好只有萧惊堂能听见，然而他的脚步未停，直接离开了花园。

杜芙蕖抿唇，神色晦暗地在花园里站了一会儿，听见身后的脚步声，才慢慢蹲下来，眼眶变得湿润。

"二少奶奶？"听风沉声道，"您还是先回去休息吧。"

呜咽声越来越大，杜芙蕖终于哭了出来，颤抖着低声道："我没事，你先回去吧。"

都听她哭成这样了，听风哪里还能自己回去？他顿了顿，连忙上前蹲下来扶她："发生什么事了？"

花园外头还有奴仆来往，杜芙蕖推开了他，站起来就往自己的屋子里跑去。听风皱眉，跟着便过去安抚她："萧二少爷给你气受了？"

"他……"到自己的屋子里关了门，杜芙蕖才开口，眼泪"啪嗒啪嗒"往下掉，"男人的心变得真是快啊，他娶我进门之前，说爱我如山如海，永不负我，进门之后，却告诉我他爱上了别人。我如今已经嫁了进来，怕是一辈子都要毁在这里了！"

听风愣了愣，当即沉了脸："怎么会这样？"

"我不知道……"杜芙蕖抬头看向他，咬了咬唇，"有一天，你也会这样对我吗？"

听风认真地摇头，伸手捏着她的手，在她的手心上吻了吻："不管他怎样负你，我不会。但是，既然你在这里这么不开心，不如咱们回去吧？就算是粗茶淡饭，我们也能自由自在，长相厮守。"

杜芙蕖微微一慌，摇头道："不能的，我背负的是萧家与杜家的联姻，哪里那么轻易就能离开？"

听风听了这话心里一沉，看着她问："你是不是也喜欢上这二少爷了？"

"你怎么会这样想我?"杜芙蕖有些恼,咬了咬唇,梨花带雨地说道,"我与你在一起那么久,在你眼里,我就是这般三心二意的人?"

瞧她哭得更凶,听风便心软了,柔声哄道:"我随口胡说的,以后再也不怀疑你了,好不好?"

杜芙蕖不管,"嘤嘤嘤"地哭了好一阵子才缓过来,左右瞧了瞧没人,便靠在听风的胸膛上,环着他的腰说道:"你要相信我,不管我在谁身边,心里都只有你一个人。"

听风叹息一声,闭上眼点了点头。

秋初的时节,树枝还有些绿,萧二少爷从树下经过,头上不免就带了些叶子,颜色鲜亮,分外好看。

他推开主屋的门,扫了一眼内室,里头有影子晃来晃去的,不知道里头的人在做什么。

"二少爷回来了?"听见门锁打开的声音,温柔从帘子后头伸出头来朝他笑了笑,"奴婢马上就收拾好了。"

心莫名其妙地就软了,萧惊堂扫了一眼干净整洁的屋子,抿了抿唇,掀开帘子就进了内室。

温柔身上穿的是他的外袍,很大的银月袍,袖子被挽了起来,露出一截皓腕,长长的衣摆拖在地上,她走动的时候,雪白的小腿在衣摆缝儿里若隐若现。领口的扣子系得松松垮垮的,他一低头就能看见她那玲珑的锁骨,以及……里头什么也没穿而露出来的沟壑。

喉头微动,萧惊堂眯起眼看着她:"你这是在勾引我?"

温柔错愕,一脸"你有病"的表情回头看着他:"昨儿折腾得那么惨,我还勾引你,我的脑子里是咸豆腐脑啊?"

萧二少爷抬脚走过去,将人堵在床边,哑声道:"没想勾引我,你就别穿我的衣裳。"

被他眼里跳着的火焰吓了一跳,温柔连忙解释:"可是除了你的衣裳,这屋子里已经没别的东西可以穿了啊!要不……你让萧管家帮我拿一套?"

她的意思是,拿一套丫鬟的衣裳,然而这话听在他的耳朵里就变了意思,他当即脸色一沉:"你敢穿别人的衣裳,就试试看!"

"我……"温柔还来不及解释,整个人就被他扑进了被子里,身上宽松的衣裳被解开,肌肤触着微凉的空气,瞬间起了一层鸡皮疙瘩。

"你……这大白天的!"温柔羞红了脸,咬了咬牙,"不是应该很忙吗？"

"嗯。"萧惊堂用鼻音应了一声，伸手就解了自己身上的衣带，一点点品尝着自己的"早点"，"是挺忙的，所以你别动。"

温柔："……"

白天可不像晚上那样人少，一点儿动静外头的人可都是能察觉到的，所以纠缠之间，温柔简直要哭了，连连摇头，小声提醒道："您注意点儿影响！"

然而这发情的"种马"哪里听得见她的话，一点儿也没个预警，直接便占有了她。

"啊！"

屋子里的叫唤声吓得外头的萧管家打了一个激灵，他连忙问："二少爷，怎么了？"

温柔眼泪汪汪地捂着嘴，抬起头，头一次在这人脸上看见了痞子般的坏笑，一时间还失了神。

这人长得真好看，鼻梁挺得让人想伸手摸一摸。

然而，她别说摸人家的鼻梁了，人家根本连挣扎的机会都没给她。萧惊堂将她按在被里，专挑她反应大的地方磨，就非要她难堪。

变态啊你！温柔瞪他，面色绯红，死死咬着嘴唇。

萧惊堂失笑，低头撬开她的牙齿，温柔地舔吻着她的上颌，动作细致又深情。温柔忍着没出声，喉咙间却有鸽子一样的轻"咕"声，带着无边的难耐感，传进了他的耳朵里。

他本是想整整她，想看看她这羞恼的模样的，然而没想到，最后还是把自己套了进去。

红被卷浪，温柔眼泪一串串地掉，身上的人看得心疼了，低头吻着她的眼睛："别哭。"

"你太欺……欺负人了，我还不哭？"眼泪"唰"地就往下掉，温柔断断续续地说着话，身子却缠着他，一点儿没松。

萧惊堂低骂了一声，张口咬着她的喉咙，口齿模糊地问："你有什么想要的吗？"

"有啊。"温柔粗声喘息着，说道，"奴婢不是说过了吗？就想要您。"

"除了我，还有别的东西吗？"他声音陡然变得温柔，像是小孩考试得了第一，和蔼地询问要什么奖励的父母。

眼神闪了闪，温柔撇了撇嘴，道："奴婢想吃珍馐斋的肉，再过两日活儿就多了,最好明日能去吃。"

萧惊堂顿了顿,动作没停,却没马上回答她,只磨得她唇齿间溢出了动听的声音,才低笑着应道:"好。你想吃,我便带你去吃,只是明日恰好有应酬,你怕是吃得没那么轻松。"

"奴婢明白。"温柔点头,"不过下人没法儿跟主子同桌吃饭的,奴婢不如就装成歌姬,陪吃那种,行不行?"

歌姬?萧惊堂想象了一下她的样子,抿了抿唇,点了点头。

去就去吧,她想去,那他就当她只是当真想吃肉了。

温柔笑了笑,在他的下巴上轻吻了一口。

女人的武器有很多,最原始的那就是自己的身体。萧惊堂既然喜欢的话,那就拿去好了,她不介意,反正也挺舒服。

至于珍馐斋……

第二天,温柔早早地就开始收拾自己,沐浴更衣,换了萧管家送来的一身金黄长裙,配着藏青色的宽束腰带,银边儿刺绣,看着精致又有些风情。她脸上上了浓妆,比杜温柔原来的脸显得妖媚了不少,也容易让人认不出来;头上的发髻是当下幸城中艺妓最偏爱的倭堕髻,瞧着有风尘味儿,却也不轻浮。

两个人出门的时候,旁边的家奴都是一脸蒙的,以为自家二少爷半夜招了妓子回家,想看看那人的模样,却又碍着二少爷的脸色,没敢抬头。

"你是一早就打算好的?"瞧着她这装扮,萧惊堂冷着脸问了一句。

温柔笑得人畜无害:"怎么就叫一早打算好的?二少爷昨儿个允了奴婢,奴婢今日准备了一天呢。"

她准备了一天,就穿成这样?萧惊堂冷哼了一声,伸手就将她挂在肩上的衣裳拉了上去,将人捂严实了,再塞上了马车。

温柔也没恼,乖巧地依偎在他身边,抱着他的胳膊问了一句:"二少爷今日是要同谁应酬?"

这也没什么好瞒的,萧惊堂直接回道:"京官萧少寒。"

京官?温柔挑眉,能让萧惊堂出门应酬的人,那自然官职不低,或者是对萧惊堂要做的事很有帮助的,不过……

"姓萧?"

"嗯。"萧惊堂点头,一个字都没肯多说。

温柔低头想了想,这世上的人这么多,同一个姓氏也没什么奇怪的,萧惊堂指不定就打算拿姓氏跟人家套近乎,从而达到某种目的呢。

不过前天是牵穗跟她说的，萧惊堂今日在珍馐斋会有个重要的酒席。既然如此，那她就来看看好了。

珍馐斋一如既往地生意好，掌柜的一看见萧惊堂就跟看见亲爹似的，连忙往上头送："您的客人已经等着了，小的给热了酒，没有怠慢。"

萧惊堂微微颔首，将打赏的银子放在旁边的托盘里，然后领着温柔进了厢房。

来之前温柔还在想，正经应酬场合，就萧惊堂带她这么个女伴，会不会有点儿太刻意了……

但进去之后她发现，自己实在是想多了，里头的女人并不少，个个穿得跟她一样，依偎在身边的人怀里，打情骂俏，好不热闹。

温柔怔了一会儿，扯着旁边的人的袖子低声问："如果我不来，你打算跟谁来？"

萧惊堂面无表情地侧过头来，唇未动，声音从牙齿缝儿里传了出来："你若是不来，我便请淮春楼上最美的歌姬来。"

敢情她还给他省了一笔带人出台的费用？温柔冷笑。那她就要不客气地吃东西了。

"萧二少爷来了？哎呀，站在门口做什么？"里头一个尖嘴猴腮的人看见了他们，连忙招呼道，"快进来坐啊，萧大人都等老半天了。"

萧惊堂微微颔首，带着她便走了进去，在右边的空桌边坐下。旁边的侍女立马摆上了佳肴，再放了两个酒杯。

"方才正与萧大人说到二少爷呢，您正好就到了。"对面一个半百的儒雅老头儿笑道，"萧家香火虽不算鼎盛，但这一代萧家的两个孩子各有所成。二位不管经商还是入仕，都是给萧家祖先添光的事情。"

"是啊，萧大人如今升了户部侍郎，二少爷也拿到了御贡的单子，萧家什么时候也该办一场宴席，祭一下祖了。"

众人都应和起来，温柔听着也不觉得意外，毕竟萧惊堂这样的人，走到哪儿都是被人奉承的。

然而，主位上的人没笑，斜靠在歌姬的身上，满脸都是嘲讽之色："士农工商，我听过从仕给家里争光的，却没听过经商也能算光宗耀祖。"

此话一出，整个厢房都安静了。

温柔心里一跳，下意识地就抬眼看了过去。

说话的人与萧惊堂有八分相似，只是眼睛与萧惊堂的不同。萧惊堂是一双丹凤眼，严肃起来慑人，温柔起来也迷人。但主位上这人是一双柳叶眼，眼睛形如柳叶，半含秋水，本也该动人，但目光嘲讽之意太浓，令人不敢直视。

他穿的是黑紫色的锦袍，袍子上绣着黑色的暗纹，气势也压旁人两分。目光扫过来，掠过温柔后就直接停在了萧惊堂的脸上，他淡淡地说道："拿了御贡单子是了不起，但也没拿什么重要的，大皇子此次进献的琉璃花瓶深得皇上喜爱，大皇子又秘密进献了不少其他东西，皇上已经拟了旨意，要给进献琉璃的裴家题匾。"

御笔题匾！在场的人都惊讶不已，萧惊堂也微微皱起了眉。

裴家如今官司缠身，正是油尽灯枯之时，眼瞧着就剩最后一口气了，皇帝却在这个时候拉了他们一把？

有皇帝帮衬，裴家的官司自然就不再有什么问题，虽然裴家不至于马上能与萧家抗衡，但时间久了的话……就说不准了。

温柔抿唇，眼里总算有了点儿轻松的笑意，低着头默默夹肉吃，才不管气氛风起云涌。

"萧大人今日让我出来用膳，就是为了挤对我？"良久之后，萧惊堂面无表情地开口了，"若是如此，那这饭不吃也罢。"

"二少爷这么按捺不住脾性，可怎么是好？"萧少寒轻笑，"我好歹也算是你的亲弟弟，能透露这种内情给你，就说明是来帮你的。若是连这两句挤对的话都听不进去，你还做什么生意？"

萧惊堂抬眼，目光平静地看着他说道："你早晚也得回萧家跟母亲吃饭，到时候再说怎么帮我，那也不迟。"

"你！"萧少寒脸色骤变，又恼又觉得好笑，"你这人怎么这么无耻？我要是看你不顺眼，就偏生不帮你，你又能如何？"

"还有母亲。"萧惊堂半点儿不受威胁，淡淡地吐出了这四个字。

萧少寒："……"

气氛有点儿僵硬，眼瞧着侍郎大人要下不来台了，旁边的人连忙开口道："出来喝酒享乐的，还是听听曲儿、看看歌舞吧？各位不都带了歌姬来吗？她们也都是有名气的，不如露两手？"

萧少寒有点儿气闷。他分明已经爬得比萧惊堂高很多了，但是不知道为什么，每次回来，在萧惊堂面前也都讨不着好。

这种感觉太气人了！

"谁说都是有名气的歌姬的？"萧少寒伸手朝温柔指去，没好气地说道，"这个就面生得很。"

温柔正在偷吃里脊肉，突然被点名，吓得肉都掉裙子上了。萧惊堂愣了愣，正想替她擦掉污渍，却见这人反应极快，用手将肉拎起来就塞回了嘴里。

众人："……"

二少爷沉了脸色，居高临下地看着她，咬牙道："我不求你给我长脸，你能不给我丢人吗？"

这完全是不浪费食物的下意识反应啊！温柔干笑，用帕子擦干净了手指，小声回道："奴婢不敢了。"

萧惊堂狠狠地瞪了她一眼，转过头时，又恢复了一张冰山脸："她是我从不知名的馆子里带来的，你们自然没见过。"

"哦？"目光在萧惊堂的脸上扫了一圈，萧少寒笑了，眯起眼睛盯着温柔说道，"这美人儿姿色不错，怎么会在不知名的馆子里呢？该不会是二少爷金屋藏娇吧？"

"金屋藏娇。"萧惊堂念了念这四个字，撇嘴，"那也得是个娇。"

这话是什么意思？她哪里不娇了？！温柔鼓嘴，很是不服气，往他身上扑去，拖着长长的柔媚尾音喊道："二少爷——您怎么嫌弃人家嘛——"

萧惊堂的眼眸里有了点儿笑意，他轻咳了一声，抿了抿唇，道："上不得台面的人，就不展示什么才艺了，萧大人身边的女子倒是不错，不如让她们……"

"哎，我就觉得这姑娘有意思。"萧少寒打断了他的话，似笑非笑道，"她既然是歌姬，那就来唱首曲子吧，我给个题目，唱一首跟月亮有关的，唱得好了有赏。"

温柔竖起耳朵，也没听见别的话了，张口就问："赏什么？"

没想到她会问这个，萧少寒愣了愣，一时倒真没想好赏什么，就说道："把我腰间这块玉佩赏了吧。"

那玉佩一看就价值不菲，温柔一听这话就乐了，站起来说道："那就唱，清唱还是有和曲儿的啊？"

没想到她当真要唱，萧惊堂脸色不太好看，低声警告道："你别班门弄斧。"

这里的其他女子都是真正的歌姬，她若是唱坏了露了馅，萧少寒指不定还要怎么折腾她呢。

"您放心吧。"温柔小声回答他，"不就是月亮吗？我会唱！"

在确定了后头的琴师会好好配乐之后，温柔拎着裙子站了出去，看着

316

主位上的人就开口道:"小女子这便抛砖引玉,先来一首《水调歌头》吧。"

她把苏轼的这首词唱出来没什么不妥,毕竟歌姬也常改编这些名人的词曲唱和,这也符合她扮演的身份。

萧惊堂已经别开头不看她了,座上的萧少寒倒是觉得有意思,哼笑道:"好,那你便唱吧。"

温柔点了点头,慢悠悠地起了调子:"明月几时有,把酒问青天……"

乐师顿了顿,倒是飞快地给她和上了音。屋子里琴音由弱到强,歌声清亮悠长,一字一调,如圆月出湖,意境空灵静谧。

温柔声音婉转,颇有歌技,在堂子中间站得端正,双手叠在腰间,还站了个端正的"丁"字步。只可惜裙摆太长,旁人瞧不见,只觉得她身姿优雅,嘴唇张合之间皆为仙乐。

"转朱阁,低绮户,照无眠。不应有恨,何事长向别时圆。人有悲欢离合,月有阴晴圆缺,此事古难全,但愿人长久,千里共婵娟。"

乐师很给力,古琴很有意境,难得的是都和得上,温柔也越唱兴致越高,声如珠玉,尾音婉转。

萧少寒一开始还有些看好戏的神情,听了两句之后,表情微顿,眼神渐渐迷茫起来。

天分明还没黑,月亮也还没出来,他却觉得屋子里月光从四面八方流淌过来,汇聚在中央站着的人身上。

女人肤如溶溶月华,眼含万种风情,眉如远黛,唇红齿白,腰肢不盈一握,抹胸包裹着的部位却分外丰满。

这是下凡的仙子,还是红尘里活生生的人?

"萧大人?"曲子停了良久,屋子里的人都没什么动静,温柔疑惑地喊了主位上的人一声。

萧少寒回过神来,低笑道:"二少爷看上的歌姬到底不俗,就算是去淮春楼挂牌,怕是也不输那顶级的花魁。"

他这是夸她呢,还是骂她?温柔咧嘴,也不是很在意,就盯着他腰间的玉佩。

"喏。"察觉到她的目光,萧少寒一点儿也没吝啬,伸手解了玉佩就递给了她,"好生收着吧。"

温柔欣喜,伸手就要去接玉佩:"多谢大……"

"人"字还没说出来,腰上就是一紧,接着她整个人就被拎回了刚才的位子上坐着。

"唱歌是歌姬的本分。"萧惊堂面无表情地说道,"玉佩就不用了,大人自己收着吧。"

温柔瞪眼。这是她辛辛苦苦卖唱换回来的玉佩好不好,他凭什么说不要就不要啊?唱歌的又不是他!

萧少寒挑眉,将玉佩拎在指尖上,睨着萧惊堂笑道:"我还从未见过二少爷对一个女人这么在意,大半年没回幸城,这世道都变了?"

"此女子的确难得,二少爷在意一些也是应当的。"旁边回过神来的人继续暖场,"不过听闻二少爷终于娶了心仪的杜家二小姐,这歌姬怕是带不回府啊。"

萧惊堂冷笑:"不劳费心。"

"哦?"萧少寒挑眉,"难不成你还当真打算将人带回去?"

"带又如何,不带又如何?"萧惊堂有些不耐烦,转头看着萧少寒,"你今日不就是要出来玩的吗?好好的歌舞不看,非揪着这事不放?"

这人竟然恼了?萧少寒坐直了身子,终于认认真真地将温柔打量了一遍,然后再看向自家二哥,颇有深意地笑道:"我现在不就是看着歌舞吗?正巧二少爷这歌姬颇得我心,若是你带不回去,那不如就将人交给我,让我带回去,如何?"

温柔愣了愣,有点儿意外,忍不住小声问道:"你们这儿看上个人这么容易的?一首歌就搞定了?"

腰上一紧,察觉到旁边的人身上隐隐有着怒气,她立马闭了嘴。

"人我会带着,你不必管。"萧惊堂拒绝道,"若是没别的事,那我就要回去了。"

有意思,有意思!萧少寒整张脸都亮起来了,看着萧惊堂这难得的紧张模样,"哈哈"大笑:"你的人我不动,咱们话才说了个开头,你怎么能就走了?这林掌柜、周掌柜可都是我请来要与你做生意的,咱们好歹是亲兄弟,这个面子你可得给我。"

萧惊堂扫了一眼对面的两个掌柜,也明白萧少寒要做什么,只说道:"萧家最近的生意做得挺好,虽然暂时不需要人帮忙,可到底也会有求助他人的时候,两位掌柜不嫌弃的话,就先与我萧家结个好。"

结个好,并不是大家现在就开始合作。

两位掌柜听明白了,有点儿意外。他们本以为裴家即将得到御笔题的牌匾,萧家为了竞争,一定会需要外援,自个儿也好趁机与萧家搭线,有钱一起赚。

谁承想,这萧家二少爷这么自信,竟然不要他们帮忙。

萧少寒也有点儿没想到,皱起眉看了萧惊堂两眼,说道:"你这又是什么脾气?商人重利不重其他,好好的大路你不走,难不成你还觉得小路有情趣?"

"不。"萧惊堂垂下了眼眸,语气淡淡地说道,"裴家只有一个裴方物,那萧家有我一人也足够了。"

这是什么意思?萧少寒有点儿意外,扯了旁边的姑娘调笑着问:"谁知道那裴家的东家怎么惹着咱们二少爷了?这一副要同人家单挑的模样,在这老奸巨猾的商人身上倒是少见。"

歌姬们相互看看,就算知道点儿消息,自然也是不肯说的,就笑成一个个花瓶状。旁边的周掌柜倒是耿直,捻着胡须想了想,张口就说道:"先前听闻那裴家的公子对萧家二少奶奶有不轨之心……萧二少爷自然是看他不顺眼了。"

萧家二少奶奶?萧少寒挑眉:"杜芙蕖啊?"

温柔低着头没吭声,心想:这流言流传远了果然是会有岔子的,不过现在的萧家二少奶奶的确是杜芙蕖,自己也就不背这红颜祸水的锅了。

"没想到过了这么久,二少爷对那杜芙蕖还这么痴情。"萧少寒"啧啧"了两声,看了温柔一眼:"你这美人儿倒是可惜了。"

萧惊堂已经有了心上人,那别的女人就都是陪衬。美人儿穷其一生在院子里做他人的陪衬,那自然是有些可惜的。

温柔傻笑着没说话,眼睛却还盯着人家腰上的玉佩。

萧惊堂微微皱眉,伸手扯下自己腰间的玉佩就塞进了她的手心里,低声说道:"你的眼皮子能不能别这么浅?"

萧少寒腰上挂的也就是一块和田玉罢了,他腰上的还是羊脂玉的呢,她怎么不多看看?

温柔捏着玉佩,老实了,笑眯眯地继续低头吃东西。

萧少寒眼里带笑,收回了自己的目光,看向另一边的周掌柜道:"既然二少爷这么说了,那我也不好强求。今日大家也算结识了,往后有什么需要,也好来往。"

"是,是。"两个掌柜都应和着,也不敢多说什么。

歌姬陆续起来献唱,但有珠玉在前,后头的听着也没什么意思,于是没半个时辰,萧少寒就起身道:"时候不早了,我也该回去拜见新嫂嫂了。"

其余的人闻言,连忙都站起来告辞。

"在下也不胜酒力，先走了。"

"是啊，也该回家看看孩子了。"

于是这一场酒宴作罢，萧惊堂不太高兴地起身，拉着温柔就往外走。

"二哥。"

两个人出了珍馐斋，到了楼下要上马车的地方时，萧少寒喊住了萧惊堂："同乘如何？"

萧惊堂牵着温柔顿了顿，回头看着萧少寒问："你没马车？"

"想着有二哥在，我就让他们先回去了。"萧少寒笑着走过来，盯着温柔继续说道，"正好也替二哥打打掩护，免得你这美人儿带不进府。"

"不用你操心。"萧惊堂将人拉到自己身后挡着，"她要回属于自己的地方去，你倒是可以同我先回府。"

说着，萧惊堂轻轻一推，温柔就被萧管家给接了过去。萧管家在路上拦了一辆马车，便让她进了车厢。

什么鬼？温柔有点儿蒙，掀开帘子看了看外头，又看了看自己身边的萧管家："这是哪一出？"

萧管家叹息了一声："咱们少爷今日见的是三少爷萧少寒，这两个人关系有些古怪，说好也不好，说差也不差，可是但凡二少爷看上的东西，三少爷都势必会抢。你今日有些出风头，被三少爷注意，不是什么好事，所以二少爷假意让你离开，实则是让老奴早带您回府一步。"

这样啊？亲兄弟相爱相杀？温柔眯起眼："这三少爷可是户部侍郎，咱们二少爷不用讨好人家吗？"

"刻意讨好，三少爷也不会吃那一套。"萧管家摇头，"顺其自然最好。你回去先更衣洗漱，别让人瞧见了。"

"好。"温柔捏了捏手里的玉佩，顺手就挂在了自己的脖子上，防丢。

她回到府里跟做贼似的洗漱完毕之后，疏芳就进来禀道："主子，二少爷和三少爷回来了，已经与夫人用了晚膳，正在往这边走。"

温柔点头："那你先出去帮我伺候，我就不去了。"

"是。"疏芳领首，正要出去，就听得杜芙蕖的声音远远地传了过来。

"你若说这萧家与别家有什么不同，那我倒是觉得，丫鬟个顶个地水灵。"爽朗的笑声由远及近，杜芙蕖提着裙子走在萧少寒和萧惊堂中间，侧头看着萧少寒说道，"三少爷若是看上了哪个丫鬟，记得给我说一声，求了夫君，就送给你。"

温柔有种不好的预感，皱着眉对着镜子仔细看了看自己的脸，确定跟化妆之后是两个人,才松了一口气。

杜家那姑娘,看样子是冲着她来的。

温柔的预感没有错,几个人刚在主屋里坐下,杜芙蕖便问道:"奇怪了,夫君的贴身丫鬟呢?"

疏芳本想出去顶着,身后的温柔却拉住了她的袖子,抿了抿唇,自己碎步出去伺候。

既然杜芙蕖是冲着自己来的,那自己躲就没什么意义了,说不定还得吃亏,不如就老老实实地迎上去。

"奴婢温柔,给三少爷请安。"温柔随手在外头捧了一盏茶进来,脸上带笑,行了礼之后就一直盯着萧惊堂不放:"二少爷,您的茶。您晚上说爱喝茶,奴婢就特意备着了。"

他什么时候晚上喜欢喝茶了?萧惊堂挑眉,看了她一眼,倒是接过了茶没吭声。

这丫鬟的声音听着有点儿耳熟啊?萧少寒摸了摸下巴,盯着温柔问道:"咱们是不是在哪儿见过?"

温柔转过脸来,脸色立马变得严肃起来:"回三少爷,奴婢与三少爷未曾见过。"

杜芙蕖在旁边瞧着,忍不住失笑:"你这丫鬟可真有意思,三个主子在这儿,你就给你家二少爷一盏茶,咱们就不是人了?瞧这脸色变的,对二少爷笑脸盈盈,对三少爷就是寒冬腊月?你瞧不起三少爷?"

温柔摇头,恭恭敬敬地回道:"非也,奴婢茶艺不精,不敢在客人面前出丑,所以只带了一盏茶。奴婢是二少爷的贴身丫鬟,对二少爷自然与对别人不同。"

不管怎么说吧,她就是萧惊堂一个人的丫鬟,预防针先打在这儿,谁要让她走是没那么容易的。

萧少寒听懂了这话,目光在温柔的身上转了一圈儿,然后看向萧惊堂:"你的通房丫鬟?"

萧惊堂点了点头,面无表情地说道:"你连我的通房丫鬟都要过问,是不是有些过了?"

"哈哈,倒不是我想过问。"萧少寒干笑了两声,看了杜芙蕖一眼,"只不过二嫂看起来很介意,二哥对这丫鬟,是不是偏宠得有些过了?"

杜芙蕖抿唇,眼神有些委屈,脸上却还是笑着,看了杜温柔一眼,万分不甘心。

她本是想借这三少爷的手将杜温柔给弄出这院子的，没想到刚有点儿想法，杜温柔这就摊牌了。普通的丫鬟好要，通房丫鬟三少爷可是没法儿说要就要的。

她有点儿恼，看着杜温柔那胜券在握的笑盈盈模样，就更是不甘心了。

"我未曾对谁偏宠过。"萧惊堂淡淡地开口道，"你也不必插手我的后院之事。"

屋子里的气氛有点儿尴尬，杜芙蕖立马笑道："兄弟之间多说两句话也是寻常的，相公何必这般严肃呢？三少爷这么久没回来，问您两句话，您也该柔和些。"

说完，她转头就看着温柔命令道："主子说话，也没你什么事了，你先下去。"

这喝令的语气，听着让人不舒服得很。温柔皱眉，看了她一眼，捏着托盘就朝萧惊堂行礼："奴婢告退。"

杜温柔竟然都不朝她行礼的？杜芙蕖变了脸色，立马就喝道："站住！"

萧惊堂和萧少寒都看向了她。杜芙蕖微微一顿，脸色缓和了些，装作心平气和地道："我如今是二少奶奶了，也是你的主子，你告退也该向我行礼吧？"

温柔眨眼，很是无辜地回道："二少爷吩咐过，奴婢只有他一个主子。"

这话当真是萧惊堂说的。在床上抵死缠绵的时候，他逼着她一声声地喊主子，说她这辈子就只有他一个主子来着。

萧惊堂顿了顿，眼神幽深地看了温柔一眼。

温柔一脸单纯的表情，就差头上顶俩纯洁无辜的兔子耳朵了，眼睛眨巴眨巴地看着他："不是吗？"

杜芙蕖咬牙，脸色有点儿发青："是二少爷说的？"

对面的萧惊堂默认，分外纵容地让这小丫鬟在她面前撒野。

"奴婢也没道理当着二少爷的面撒谎。"温柔为难地看着杜芙蕖，"那二少爷和二少奶奶的话，奴婢听哪一个的？"

她问的是废话，肯定还是听二少爷的啊！杜芙蕖抿着唇没吭声，坐了一会儿，眼里竟然涌出泪来，苦笑着说道："那我也没什么好说的了，你下去吧。"

"是。"温柔全身而退，溜得飞快。

萧惊堂有些不耐烦："时候也不早了，你们没事就回去吧，我也该休

322

息了。"

他竟然赶人走？萧少寒看够了热闹，还是疑惑地开了口："你不留我就算了，连二嫂也不留？"

杜芙蕖苦笑："三少爷别说了，妾身可不想自取其辱，咱们走吧。"

说罢，她一扭身就往外跑，听着尾音还有点儿哽咽。

萧少寒挑眉，看了一声不吭的萧惊堂一眼，忍不住问道："你这人怎么这样薄情？都说你喜欢杜氏，可我瞧着，你也没将她放在心上啊？"

"你什么时候瞧透过我？"萧惊堂似笑非笑道，"与其总往我这儿跑，不如回来多陪陪母亲。"

萧少寒噎了噎，瞪了面前这人两眼，甩了袖子就离开了主院。

只是他没想到，杜芙蕖竟然没走，犹自站在主院门口呜咽着。

"二嫂？"萧少寒微微一笑，走过去调笑道，"二哥这么薄情，你倒是嫁错了人，不如去我的院子里坐坐？"

他是经常不正经的，尤其是对萧惊堂的女人，总是会调戏一二。以前被调戏的姨娘都没给过他好脸色，有个凶点儿的差点儿揍他，所以他说这话的时候，离杜芙蕖有三步远。

然而出乎意料的是，这个二嫂没有拒绝或者叱骂他，反倒是转过身来梨花带雨地看着他说道："三少爷倒是个好人，这萧家大宅里冷冰冰的，没人理我，只有你……"

后头的话全淹没在呜咽声里，萧少寒有点儿蒙，尴尬地笑了笑，倒不知该怎么接这话。

"走吧，妾身正好有话想同三少爷说。"杜芙蕖深吸一口气，当真带着他往他的葬花苑去了。萧少寒失笑，想了想，倒也干脆地跟了上去。

"哎呀！"刚穿过一片花丛，杜芙蕖就脚下一软。萧少寒见状，礼貌地要扶她，却被人温香软玉地扑了个满怀。

薄薄的丝绸裹着的身段从他手背上蹭了过去，柔软的触感分外明显。

萧少寒眯起了眼，眼神微微一闪。

"二嫂？"

"不好意思！"杜芙蕖急急忙忙地从他怀里站起来，咬了咬唇，"我的脚崴了。"

"这可怎么是好？"萧少寒轻笑，食指抵着下巴看着她，"不过这儿倒是没人，要是二嫂不介意，我倒是能背二嫂走一程。"

"这怎么可以？"杜芙蕖呢喃，声音酥媚入骨，"叫人瞧见，就不好了。"

323

萧少寒闻言，伸手就扯了自己身上的外袍，将杜芙蕖从头罩住，然后转身弯下了腰："这样即可。"

杜芙蕖咬着唇，万分不好意思，扭扭捏捏地趴上了他的背，柔软的身子透过两层布料，全贴在了那宽阔的背脊上。

"好软。"萧少寒轻嗤。

"你说什么？"背上的人微恼，声音带着点儿娇媚感地说道，"再不快走，就要被人发现了。"

萧少寒笑中带嘲，伸手捞起她的大腿，分开按在自己的胯骨的两侧，手托着她软软的臀部，抬脚就飞快地往前跑去。

"啊。"杜芙蕖附在他的耳边，低声叫唤，"你……这也太快了。"

好诱人的声音，他家二哥这回是娶了个了不得的正室啊？萧少寒当真是笑了，一路上没少调戏背上的人，听她娇声嗔骂，突然就想起了以前的那个二嫂。

"对了，杜氏嫡女哪里去了？"走到葬花苑门口时，他问了一句。

上次萧惊堂成亲的时候萧少寒正在上京，没来得及回来，好不容易回来一次，却错过了没能见着那二嫂。不过据说萧惊堂很不喜欢那女人，萧少寒也就懒得专门去看，没想到这就换一个人了。

杜芙蕖脸色潮红，有些不高兴："我现在就是杜氏嫡女。"

听着这语气不太高兴了，萧少寒不是坏气氛的人，也就没追问，只说道："也对，若不是嫡女，你怎么能做这萧家的二少奶奶呢？"

杜芙蕖缓和了神色，伸手抓着他的肩膀，叹息道："是嫡女也没什么用，你瞧，你那二哥对丫鬟和颜悦色的，对我却不闻不问。新婚之夜都不同我圆房，新婚一过，他更是将我扔在一边不管了。"

"那是他不对。"趁着没人，萧少寒推开门就进了自己的房间，背上的人很是自然地脚一抬就带上了门。

听见门合上的声音，萧少寒笑了笑，也没跟她客气，径直把人背进了内室，扔在床上。

"哎呀。"杜芙蕖低低娇喘一声，有些怯生生地看着面前的人，"三少爷这是打算亲自给我上药？"

他倒是没这个兴致，不过也没说出来，只是跟着她在床边坐下，伸手褪去了她的绣鞋，一双眼深不见底地看着她："嫂嫂是疼了，还是想男人了？"

袜子的带子松松垮垮的，被主人轻轻挣两下就掉在了地上，一双白嫩嫩的脚露了出来……

杜芙蕖连忙往床上缩，佯怒道："三少爷这说的是什么话？"

萧少寒轻笑一声，伸手就将她压在床上，将她困在了手臂之间，低声道："我可还没个正室，嫂嫂这般勾引我，若是做了对不起二哥的事，那我怕只能将你娶过来了。"

杜芙蕖心里微动，咬了咬唇，眼含秋水地望着面前的人，伸手抓着他的衣襟，泫然欲泣："我这样的人，三少爷也愿意娶？"

"那就要看嫂嫂到底是不是完璧之身了。"脸上的笑容别有深意，萧少寒伸手就去解她的衣带。

身下的人轻轻阻拦他，也当真只是轻轻阻拦而已，手放在他的手上，力道都不带一点儿，嘴里低声喊着："不要——"

萧少寒心里冷哼，直接扯开了她的外裳。她里头的抹胸轻薄如纸，他稍微一碰就能掉下来。

杜芙蕖呼吸沉重，胸口起伏的曲线很是动人，躺在他身下，欲拒还迎，分外媚人。

屋子里春意益然，杜芙蕖觉得，只要这人再动一动，她保准能让他下不去这床。之后，她手里就能有个了不得的筹码，可以在萧家更上一层楼了。

然而，身上的人眼里没有情欲的颜色，那眼眸里的东西多得叫她看不明白是什么意思。正当她衣衫半解，已经要动情的时候，萧少寒突然站了起来，揉着额头分外痛苦地开口道："我这是怎么了？"

杜芙蕖错愕，有些尴尬地撑起身子看着他。

"你再怎样也是我的嫂嫂。"萧少寒眉头紧皱，一边"喃喃"一边后退，跟中邪了刚清醒似的说道，"我不能对不起二哥。"

还没遇见过这样的情况，杜芙蕖有点儿傻眼，反应过来之后，倒是将自己散乱的衣裳都合拢了，咬了咬小嘴，眼泪瞬间就掉了下来。她坐在床上，活像刚刚被欺负了一般。

"嫂嫂别哭啊。"萧少寒满眼心疼地看着她，"是我不好，咱们不告诉二哥，好不好？"

"我真是个被人嫌弃的女人。"杜芙蕖哪管他说什么，捂着脸就哭开了，"你二哥不要我，你也不要我……"

萧少寒轻咳一声，坐回床边，将人拉回了怀里，低声说道："我怎么会不要嫂嫂呢？只是你毕竟是我嫂嫂，若是与二哥断了还好，可偏生还顶着正室的名头，再如何，我也不能给自己的二哥戴绿帽子啊。

"咱们有缘无分，虽然我也很喜欢嫂嫂，但……唉，看样子只能发乎情止乎礼了。"

哭声顿了顿，杜芙蕖抬脸看着他："你当真是这样想的？"

"是啊。"萧少寒一本正经地点头，"我与嫂嫂……都这样了，我哪里还会骗嫂嫂？"

杜芙蕖咬了咬唇，不哭了，靠在他的胸口闷声道："我在这萧家无依无靠，还会被丫鬟欺负，你若是真心待我，那我就想法子与你二哥和离，转而嫁你。可是在这之前，你得帮帮我。"

"嗯？"萧少寒眼里带笑，"帮你什么？"

"帮我先将你二哥那贴身丫鬟给弄出府去。"想起杜温柔，杜芙蕖就跟吃了苍蝇一样难受，"倒不是我忌妒，只是那丫鬟是个心狠手辣的，留在你二哥身边，对他也没什么好处。"

心狠手辣的丫鬟？萧少寒回想了一下，小声嘀咕："我怎么不觉得她心狠手辣？"

"你说什么？"杜芙蕖没听清楚。

"没什么。"萧少寒笑了笑，应道，"我帮你就是。"

又拿了一颗棋子，杜芙蕖高兴得很，靠着他娇声软语地说了许多话，才依依不舍地离开。

目送她出去后，萧少寒挑眉，坐在椅子上琢磨了半晌才起身，往萧惊堂的院子里走去。

温柔正蹲在后院里数地上的蚂蚁，冷不防面前就站了一双官靴。

她微微一顿，装作没看见的样子，猫着腰就想走。

"听说你这丫鬟胆子大得很，要与二少奶奶作对？"

一听这开场白，温柔就翻了个白眼。你说杜芙蕖咋这么厉害呢？身边的男人都能被她当枪使，还分外乐意。

不过人家怎么说也是三少爷，再不情愿，温柔也站了起来，低头回道："回三少爷，奴婢不敢。"

萧少寒没当过坏人，一听这话，摸了摸下巴，倒有些不知道该怎么接了。

温柔看了他一眼，帮他说道："奴婢知道了，下次再顶撞二少奶奶，奴婢不会有好果子吃的。"

萧少寒轻咳了两声，忍不住嘀咕："你这丫鬟怎么牙尖嘴利的？"

"回三少爷，二少爷说喜欢牙尖嘴利的。"温柔面无表情地说道，"为了配合组织的需要，奴婢就成这样了。您不高兴可别怪在奴婢身上，二少爷就在书房里。"

想了想，她还补上了一句："二少爷刚刚发了火，三少爷进去的时候小心点儿。"

她出卖自家主子出卖得这么彻底？萧少寒笑了，多看了这丫鬟两眼，吩咐道："那我去书房看看，你待会儿给我送盏茶。"

"是。"温柔颔首。看着那人径直就去开了书房的门，她摇摇头，转身就拎着裙子下去备茶，顺带拎上了药箱。

第十章
风云变幻

"二……"

"砰!"

"哥"字还在喉咙里没吐出来,前头就飞来一卷厚实的木简,砸得他脑门发出一声闷响!

萧少寒傻眼了,半晌才反应过来,捂着脑袋目光幽怨地看着"凶手",膝盖弯曲缓缓跪倒在地:"你……这狠心的人……"

手不甘心地伸了出去,又无力地垂在地上,之后萧少寒往地上一躺,脖子一歪,不动弹了。

萧惊堂也没想到门口会进来人,愣怔了片刻,冷眼看着倒在地上装死的萧少寒,淡淡地说道:"我不会赔你药钱的。"

"喊,小气鬼。"萧少寒没好气地站起来,摸了摸脑门,皱眉道,"出什么事了你能这么大火气?萧家要垮了不成?"

"没什么大事。"萧惊堂沉了脸,抿了抿唇,神色还是不高兴得很。

方才人都走了,他拎了杜温柔来问:"你是不是还要同芙蕖过不去?"

杜温柔脸上满是嘲讽之色,甩开他的手恭恭敬敬地回道:"二少爷多虑了,有原因才会跟人过不去。二少奶奶因为二少爷要跟奴婢过不去,可奴婢能因为什么跟她过不去?只要二少奶奶不来为难奴婢,奴婢会好好听话,好生伺候二少爷的。"

她这说的是什么话?事到如今,他在她心里还是半点儿分量也没有?

他恼了，更气人的是，看见他恼，面前的女人更高兴，笑眯眯地就拎着裙子出去了。这能让人不发火吗？

但是这种事，打死他他都不能让萧少寒知道。

"倒是奇怪了，先前看你在家里跟个死人似的一点儿表情也没有，现在倒好，这么暴躁易怒。"萧少寒嘀咕了两句，又碰了碰自己的脑门，倒吸一口凉气，不高兴地抱怨道，"还殃及我这池鱼。"

萧惊堂冷哼，正想说话，就见门外有人端着茶进来了。

"三少爷，您的茶。"温柔将杯子放在旁边的矮几上，笑眯眯地从药箱里拎了一小罐子药膏出来，"这个能消肿。"

萧少寒："……"

他想起来了，刚刚要进来的时候，这丫鬟就提醒过自己要小心，然而自己没当回事，还真就遭殃了。

萧少寒接过药罐子，挑眉看着这丫鬟问："你叫什么名字？"

后头的萧惊堂顿了顿，正想阻止，这没点儿戒心的人已经直接开口道："温柔。"

温……嗯？温柔？萧少寒眯了眯眼，疑惑地"咝"了一声："这名字怎么这么耳熟啊？二哥，我是不是在哪里听过？"

萧惊堂没理他，只看着温柔沉声道："我说过你只有我一个主子，旁人的吩咐你可以不听，又来送什么茶？"

"啊，抱歉，那奴婢这就告退。"温柔耸了耸肩，拔腿就想溜。

然而她还没跑出去两步，肩膀就被人按住了。

"我就算不是你的主子，也是这府里的三少爷啊。"那人从后头靠上来，手肘压着她的肩膀，笑眯眯地说道，"喝你一盏茶也没什么要紧的，现在倒是有话想问你，你可别这么快走。"

"萧少寒。"萧惊堂的声音冷了，带着铺天盖地的冰碴子笼罩了过来，他问，"你今天是想惹事？"

萧少寒微微挑眉，回头看了背后的人一眼，笑着问道："二哥很喜欢这丫鬟哪？"

"不喜欢。"

"既然不喜欢，就别这么紧张啊。"脸上的笑意欠打得很，萧少寒回过头来盯着温柔问："你说说，你家二少爷这样子，是不是很失态？"

温柔面无表情地摇头，回道："奴婢见过主子更失态的时候。"

"哦？"萧少寒很有兴趣地看着她，问，"什么时候啊？"

"在床上的时候。"

萧少寒挖了挖耳朵,以为自己听错了,回头看了看同样愣怔的萧家二少爷,再回头看了看这丫鬟:"你说什么?"

"奴婢的意思是,奴婢是二少爷的通房丫鬟。"温柔伸手将自己肩上的手肘推开,笑眯眯地说道,"我家二少爷有个毛病,就是不管喜欢不喜欢,只要是他的东西,别人碰了他都要生气。奴婢只是个丫鬟,没身份、没地位,万一当真被二少爷嫌弃了,也没个活路。所以三少爷若是有问题,不如好好问奴婢,奴婢一定认真回答。"

萧少寒有点儿傻眼,愣了半晌才找回自己的声音:"你这丫头,对自己的身份倒是知道得清楚。"

萧惊堂的东西,是东西,不是人。

萧二少爷的脸如泼了墨一般,黑得难看。

温柔只得体地笑着,恭恭敬敬地回道:"三少爷想问奴婢什么?"

"啊?"萧少寒干笑了两声,嘀咕道,"本想问问你的姓氏,现在想来也没必要了,你怎么可能是杜……"

"奴婢在被贬为奴之前,的确姓杜。"温柔接过他的话道,"只不过现在为奴,没了原先的姓氏,倒也记不起从前的什么事了。三少爷若是想为难奴婢,奴婢也都受着,不反抗。"

屋子里安静了许久,久得温柔都要怀疑是不是谁按了暂停键。

"你……是杜温柔?"半晌之后,萧少寒一脸看怪兽的表情看着她,"杜家那个嫡女?"

"那都是以前的事了,还请三少爷高抬贵手。"温柔笑了笑,"如今这院子里想为难奴婢的人实在不少,不缺三少爷一个,三少爷不如就看在奴婢体贴地拿了药膏给您的分儿上,放奴婢一马?"

萧少寒震惊得回不过神来。

杜温柔是个什么样的人,他一早就是有耳闻的。本还有点儿期待这新嫂子进门之后那女人的下场,可当真站在她面前,看着这传说中心狠手辣的杜温柔的时候,萧少寒觉得,通过传言认识一个人好像并不是那么靠谱儿。

"我饿了,"萧惊堂开口,打破了屋子里的寂静气氛,"要吃你做的面。"

温柔翻了个白眼,很想说要吃你自己做去。可是她现在没资格耍脾气,还得伺候好这位爷,自己才能少受折腾。

于是温柔转头,脸上挂上了盈盈的微笑:"要吃几两?红汤还是

· 330 ·

清汤？"

"三两，红汤。"萧惊堂吩咐道，"做你上次做的那个，叫什么来着……方便面？"

撑不死你！温柔微笑，颔首应了："奴婢明白。"

"方便面是什么？"萧少寒好奇地问道，"我也要吃，正好消化得快，又饿了。"

"你爱吃，就回自己的院子里让丫鬟做。"萧惊堂面无表情地过来，拎起他的衣襟就要将人往外扔，一点儿情面也没留，"今日你当众嘲讽我，还想在我这里蹭面吃？"

想起珍馐斋里这人那居高临下的模样，再看看现在他被萧惊堂跟拎鸡崽子一样拎着的样子，温柔有点儿傻眼。

这人在人前人后不一样的？

"别，别，别！"萧少寒撇嘴，眼里满是水光，"我在外漂泊大半年了，好不容易回家想吃口面，二哥你也忍心把我扔出去？"

"时辰晚了，"萧惊堂斜眼看他，"你该回去休息了。"

萧少寒语气不屑地说道："这才什么时辰？月亮都还没升起来，顶多刚过子时……"

"哪哪哪哪，喔！"话音还没落地，打更的人就从院子外头经过，敲了四声梆子一声锣，四更天了。

屋子里安静了一会儿。

萧少寒轻咳了两声，装作什么也没发生的样子，看向温柔道："两碗方便面，红汤，三两。"

"哈哈哈——"温柔忍不住笑了。不知道是因为这"打脸"的声音太清脆，还是因为这三少爷看起来很好玩，她莫名其妙地就笑得停不下来了，眼睛弯弯的，隐隐有光亮。

萧少寒看得愣了愣，颇为委屈地用手肘抵了抵萧惊堂的胸口："你家丫鬟笑我？"

二少爷没笑，脸色还是很不好看，盯着温柔，盯得她背后发凉。

"奴婢马上去做！"

不就是两碗方便面吗？虽然做起来有点儿麻烦，但两位爷高兴就成。这三少爷好像跟她预想的不太一样，本性不是那么坏，似乎还有点儿有趣，活蹦乱跳的，跟那死气沉沉的萧惊堂一点儿也不像。

温柔撇了撇嘴，到了厨房里，煮了面过水放凉之后稍稍一炸，炸完放凉,再用热水煮开,勉强能有方便面的口感。调料没有那么丰富,但好歹有中午厨房剩下的高汤,还有备作臊子的大块牛肉,她又调上了辣椒红油和盐,两碗方便面就能端出去了。

在她做面的时候,屋子里的两个少爷正在聊天儿,或者说,是萧少寒单方面在调戏萧惊堂。

"二哥,这杜家大小姐怎么被你调教成这样的?"

萧惊堂没说话。

萧少寒直咂舌:"好歹曾经是高高在上的主子,现在一朝成了奴仆,顶着奴籍,做着下人做的事情,她就不憋屈吗?"

萧惊堂还是没说话。

"啧啧,我看她眼神清澈,不像是破罐子破摔的模样,该不会是打了什么算盘,要往上爬,然后报复你吧?"

萧惊堂微微一怔,终于抬头,皱着眉看了萧少寒一眼。

"怎么?不信哪?"萧少寒撇嘴,"你知道前任户部侍郎怎么下台的吗?他就是被他家里的姨娘给害了。他抢了个女人回来做姨娘,那女人不乐意,他还杀了人家的家人。那女人安分了,好生伺候着他,他当真以为人家是归顺他了,没了戒心,结果被人偷了重要的文书,一状告到御前,满门抄斩。"

放在扶手上的手动了动,萧惊堂心里一沉,有些难以置信。

"你不信女人有这么狠吧?我本来也不信。"萧少寒摇头道,"可这世上偏生就有这么狠的女人,不爱你就是不爱你,假装爱你的话,那一定是另有目的。"

萧惊堂垂了眼,心里莫名其妙地缩紧。

那杜温柔是真的归顺他了,还是另有目的?现在这人乖巧多了,是因为知道没了别的出路所以对他好,还是……等着让他身败名裂,然后跟自己真正喜欢的人远走高飞?

"主子,你们的面好了。"

萧惊堂正脑袋混沌之时,有人的声音插了进来,将他扯回了现实。

香气腾腾的牛肉面,面条筋道,汤汁浓郁。萧少寒"哇"了一声,接过一碗面便拿了筷子开吃,尝了一口就有些惊讶:"这是什么面哪?倒是没尝过。"

"就是方便面。"温柔说着,看向萧惊堂。

这人不知道怎么的,坐在那儿一动不动,她都把面放在他手边了,也不见他有什么反应。

他被点穴了？

温柔疑惑地看了看他，下意识地伸手麻利地往他的胸口左右两处戳了戳，嘴里念念有词："葵花解穴手！"

萧惊堂一把挥开了她的手，站起身，突然就暴躁起来："你下去！"

温柔："……"

这一言不合就吼人的毛病也不知道他是跟谁学的。不过他是老大，他说了算，饶是有点儿莫名其妙，她也忍了，收了手行了礼就退了出去。

萧二少爷脸上跟凝了一层霜一般，下巴绷得紧紧的。

"哎？你干吗啊？"萧少寒抽空抬头看了他一眼，嘴里还塞满了面，"不能温柔点儿吗？人家才给你做了吃的，你就这么凶？"

"用不着你管。"萧惊堂挥了挥袖子，面也没吃，径直就回屋去了。

萧少寒颇为可惜地看了一眼他那碗面，摸了摸自己的肚子，吃不下了。

"哎，温柔！"

他朝外头喊了一声，没一会儿就见人进来了。

温柔面无表情地问他："三少爷有什么吩咐？"

"这面很好吃。"萧少寒笑了笑，说道，"可惜二哥赌气了，我又吃不下了，该怎么办哪？"

"能怎么办？"温柔没好气地在刚刚萧惊堂的位子上坐了下来，抱起碗就吃，还撇嘴道，"朱门酒肉臭，路有冻死骨，他不吃我可还饿着。"

萧少寒瞠目结舌地看着她开始吃东西，擦了擦自己的嘴："半年没回来，萧家的丫鬟胆子都这么大了？"

丫鬟敢直接吃主子的东西？

"胆子大的就我一个，您可别错怪了其他人。"温柔虎着脸吃着面，吃着吃着就觉得有点儿委屈，也不知道是不是杜温柔体质太敏感了，一委屈眼泪就往上冒。

"他要吃面，我半夜给他做了，这动不动就莫名其妙地冲人发火，谁受得了啊？"温柔撇了撇嘴，越想越委屈，也忘记了自个儿的身份，转头就瞪了萧少寒一眼，"您刚才说我的坏话了？"

萧少寒倒也没跟她计较，瞪着一双眼无辜地摇头："没有啊，我跟他聊天儿呢，还夸他把你调教得好。"

那萧惊堂没事发什么火啊？温柔憋屈得很，一口气就把一大碗面给吃了个干净，然后麻利地收拾了碗筷，撇嘴道："下人到底是下人，我也不管

333

那么多了，您几位主子高兴就好，奴婢告退！"

"哎。"看人端了碗就要走，萧少寒不乐意了，往前头一挡，颇为委屈地说道，"他无缘无故地对你发脾气，你不高兴，怎么还冲我发脾气了？"

温柔愣了愣，冷静了一下，想想看这三少爷好像是无辜的，于是软了语气道："奴婢没有冲您发火的意思，就是心情不太好，想先下去了。"

"我倒是能理解。"萧少寒微微一笑，一脸人畜无害的表情，"看你这丫头人也挺好的，有什么需要帮忙的，你尽管来找我好了，能帮的我都帮你。"

温柔微微顿了顿，抬眼看他："您今儿是不是也跟杜芙蕖说这话了？"

笑容僵了僵，萧少寒说道："女人不要太聪明，给你什么好处，你收着就成了。"

"那好。"温柔放下手里的东西，"总不能让您轻飘飘一句话就得了奴婢的人情，您要是当真愿意帮奴婢，不如替奴婢去赎个人？"

赎人？萧少寒有点儿意外："赎什么人哪？"

温柔笑了笑，说道："有个相识的姑娘，被人诓去了淮春楼，淮春楼的东家背景颇厚，据说县太爷都不敢轻易招惹，不知三少爷能不能帮忙说上两句话？"

淮春楼？萧少寒更意外了："你怎么会认识那里头的人？"

那可是幸城出了名的妓馆。

"下人也该有下人的朋友。"温柔认真地说道，"那姑娘叫秦淮，也不求您当真把人捞出来，若是三少爷肯让人去说两句话，奴婢就感激不尽了。"

这点儿事对萧少寒来说的确是小事，可放到外头去，那也不是一般人做得了的。盯着温柔看了一会儿，萧少寒笑道："好，我便应了你，明日就让人去那淮春楼说两句话。若是你那头有人能凑够银子给人赎身，那淮春楼也没有不放人的道理。"

眼眸微亮，温柔连连颔首："那就多谢三少爷了！以后三少爷的话，奴婢必定也是听的。"

"哈哈——"萧少寒笑道，"就当谢你这碗方便面了。"

那敢情好，一碗方便面就能换这么大个人情，那她以后天天往他的院子里送方便面！

两个人正还打算再说，外头却传来了萧管家的声音："三少爷，您该回去歇息了，二少爷找温柔姑娘还有事。"

瞧着时辰也的确不早了，萧少寒"啧啧"了两声，跟温柔拜别后便离开了东院。

秦淮，那是个什么人？这名字他倒是听着觉得耳熟。一路上萧三少爷都在想着。不过他每天的事实在太多了，对这个女人，他也没道理一直惦记，赎了就赎了吧。

温柔跟着萧管家去了主屋，心口里的东西"怦怦"直跳。

不是因为害怕，而是因为她刚刚好像很轻易地就完成了一件很困难的事情，这让人有点儿惊喜。

牟穗先前来跟她说话，就说过裴家现在缺盟友，不足以与萧家抗衡。萧惊堂可以硬气地不要人帮忙，但裴方物需要。

毕竟是一条船上的人，温柔自然要帮裴方物一把。结盟不是简单的事，就算是有萧少寒这样的京官在，萧家与其他商家结盟是结了，后续的麻烦事也不少，更何况裴家如今处于劣势，谁能在这困境中拉他一把？

"周家。"牟穗说道，"周家的东家是个痴情人，与淮春楼的秦淮姑娘来往多年，不曾娶妻，一心等着淮春楼放人。奈何淮春楼就会放长线钓大鱼，不肯让周家东家给秦淮赎身，非扣着人一点点榨干。周掌柜为此烦忧了好长一段时间，若是能解此结，咱们公子说不定还有机会。"

温柔也明白，自古男人的软肋都是女人，搞定男人就得从女人下手。结盟嘛，自然要用人情开头。裴方物要是能把秦淮弄出来，那与周家结盟的事也就有戏。

关键是，那淮春楼背景太大，商人再有钱，没有权势，拿什么让人放人？

她本来也没抱希望自己能解决这事，没想到这萧少寒竟然送上来要帮她的忙。

那可就是一场及时雨了。

不知道萧少寒要是知道她在用他的关系帮裴家，会不会气死？不过就算他知道了也没关系，说辞她都想好了，秦淮与她交好，她就是想救自己的姐妹而已，谁知道裴家的公子也在背后出力啊？最后这人被救出去，人情算在裴家的身上，也是没办法的事啊，毕竟萧少寒是当官的，又不能落下把柄。

很好，计划很完美。

温柔推开了门，见屋子里没点灯，有人坐在桌边，身影显得孤零零的。

不知道是不是因为是晚上，温柔有点儿心软，一瞬间觉得自己是不是有点儿吃里爬外……

可她转念想想自己从到这里开始受的苦楚，再摸摸自己的肚子，心就重新硬了起来。

她没道理记吃不记打，债不算完，心里怨怼情绪不消，她跟这群人就没办法好好相处。

脸上带了笑意，温柔伸手点了灯，走到萧惊堂身边便问道："二少爷还不休息？"

漆黑的眼眸抬起来看进她的眼里，温柔顿了顿，莫名其妙地觉得腿发软："二少爷？"

"你……"萧惊堂张了张嘴，不知道想到了什么，颓然垂眸，"你用晚膳了吗？"

"回少爷，用过了。"温柔微微一笑，回道，"奴婢做的面果然很好吃。"

屋子里的气氛沉默了下来，萧惊堂抿着唇，一副想道歉，又站得太高了下不来的模样。

他也没打算道歉，本也没做错什么，就是独自跑回房间生气了半天，看人没追过来，有点儿担心。

他脾气坏的事整个幸城的人都知道，他发脾气也是正常的，府里的人都习惯了，没道理在她身上她就要生气啊。他也不是说不敢发脾气，就是……想看看她在想什么。

结果她在那屋子里把他的方便面吃掉了。

这让他说什么好呢？他再说软话，人家怕是也不在意，可说硬话吧……也没道理。

内心风起云涌，萧二少爷表面上却一点儿表情也没有，紧绷着下巴，像雕刻出来的石像。

温柔等啊等，见他好像没有别的话要说，于是试探道："奴婢先告退了？"

"最近府里好像不太平静。"憋了半天的萧惊堂终于开口了，看着她说道，"晚上我总觉得屋子里有东西。"

温柔叹了一口气："二少爷可能是最近休息得不太好，早点儿睡就是了。"

萧惊堂有点儿恼，也懒得跟她绕圈子了，直接伸手就将她抱上了床。

"欸？"温柔怔了怔，躺在床上侧头看向旁边皱眉闭眼的人，轻笑道，"要奴婢陪睡，您直说不就好了吗？反正这也是通房丫鬟的职责。"

萧惊堂没吭声，将头埋在了她的肩上，呼出的热气全在她的肌肤上头滑过，惹得人心痒。

温柔缩了缩肩膀，睁着眼盯着头顶的帐子，听着旁边的人渐渐均匀的呼吸声，突然觉得这二少爷也挺孩子气的。

要是他们之间没这么多事，那说不定他们还能好好交个朋友。

东院的主屋渐渐安静了下来，倒是碧莲阁里，杜芙蕖还没睡。

"你总这样劳神，对身子没好处。"听风坐在她的床边，屋子里没点灯，两个人的声音也很小。

杜芙蕖撒娇道："我也不想劳神哪，可总有事让人家不舒坦，我是睡也睡不着。"

"又出什么事了？"听风皱眉。

杜芙蕖咬了咬唇，伸手就将他勾上床，朱唇吻上了他，两个人极尽缠绵。

听风是禁欲多年的大夫，未曾有妻妾，也不做招蜂引蝶的事，故而对这女人的勾引行为是半点儿抵抗力也没。他本还想好好说话，可上了芙蕖的床，眼里、心里便只有她了。

"我们如今在这萧家大宅里，若是有个保障还好，起码一生富贵不用担心。"杜芙蕖伸手摸着他，叹息道，"可二少爷不肯同我圆房，三少爷又屡次轻薄于我，我真怕哪日身子不保，被二少爷发现，将我赶出这家门。那到时候，杜家也是不会要咱们的。"

听风"嗯"了一声，亲吻着她的锁骨，带着鼻音问："你想怎么做？"

"你不是说，有东西能让男人动情，从而想和人交欢吗？"杜芙蕖咬了咬唇，伸手解开他的腰带，"给我用用好不好？"

身子一僵，听风抓住了她的手，眉头皱了起来。

她还是完璧之身，饶是新婚之夜那般纠缠，都没让他破这身子。可如今，她问自己要春药，想献身给萧惊堂？

心里颇为不舒坦，听风起身，松开了她。

"哎，别。"杜芙蕖连忙贴上来，身子蹭着他的，手往下头伸，"我也是为了咱们的将来打算，总不能没了身子也没同人圆房，那多说不过去？被人发现，我要被浸猪笼的。"

被抓着了要害，听风闷哼一声，感受着她这灵巧的手，心情很是复杂。

谁都不愿意自己喜欢的女人与别人圆房，可现在这情况……若是她破了身子，那以后……好歹能与他缠绵了，不至于每每到关键时候都被喊停。

这样一想，听风缓和了神色，答应道："好，可你要答应我，就这一次，之后再也不能答应与他同房。"

"我知道。"杜芙蕖笑了，手上的动作很大，翻身骑在了听风的身上，听着身下人的喘息声，眼里满是漠然神色。

药到手了，但她没打算给萧惊堂用。

早上起来外头就是阴雨的天气，想来也是要入秋了，杜芙蕖一大早就端着茶去了东院主屋，却见萧惊堂正放下茶杯，旁边则站着杜温柔。

"二少奶奶。"管家在门口，一看见她就禀道，"二少爷马上要出门，您有什么事，不如等二少爷回来再说？"

杜芙蕖瞧了屋子里头一眼，不悦地说道："这每天的早茶，都让一个丫鬟给递了，那我做什么去？"

她的声音有点儿大，屋子里的萧惊堂和温柔都听见了，但谁也没转头，装作什么也没发生的样子，一个准备出门去铺子里，一个乖乖巧巧地打扫房间。

杜芙蕖恼得很，却没什么办法，想了想，从茯苓手里接过茶，自己往葬花苑的方向走去。

她没走一会儿，下雨了。旁边有丫鬟要上来给她打伞，杜芙蕖挥手就让她们都退下了。瞧着左右无人的时候，杜芙蕖往杯子里加了东西，然后就在雨里围着葬花苑绕圈，绕到第二圈的时候，萧少寒就出来了。

"二嫂？"萧少寒打着伞看着雨里的人，有点儿意外，走过去问，"你这是在做什么？"

一身衣裳都已被雨水湿透，显出了玲珑的曲线，头发也湿漉漉地贴在脸上，杜芙蕖的模样看起来可怜又妩媚，她抬头看着他就哭："我……端了茶要去给惊堂，可他已经喝过温柔的茶了，还说让我走……三少爷，我当真是他的正室吗？这茶我泡了半个时辰，他连看都不肯多看一眼……"

杜芙蕖哽咽得语不成声，听起来这当真是丫鬟上位欺负正室的故事。萧少寒满眼不忍之色，伸手就扶着她的手腕说道："先跟我进去避雨吧。"

目的达成，杜芙蕖心里高兴，面上委屈地跟着他往里走去，小算盘打得"啪啪"作响，一时间也就没动脑子想想，这大雨天的，萧三少爷打着伞出来是要去哪里。

两个人进了屋子，也没个下人在。杜芙蕖有些疑惑地扫了扫周围，萧少寒解释道："我喜欢安静，他们一般不在屋子里伺候。不过我这儿没有女眷的衣裳，还是叫人送来一套吧？"

"不……"杜芙蕖咬了咬唇,"多丢人哪,三少爷随意借一套衣裳给妾身即可。"

他借衣裳,那就只有男装了。萧少寒轻笑,伸手想去接她手里的茶:"先把这个放下吧?衣裳都在内室里。"

"三少爷,"捏着茶杯的手没松开,反而捏得更紧,杜芙蕖咬了咬唇,抬头看着他说道,"这茶妾身花了很多心思,惊堂不肯领情,你可愿意尝尝?"

看着她这眼神,萧少寒很想说不愿意。但是吧,杜芙蕖这表情实在是有意思,故作轻松实则又紧张,那么这盏茶一定不是一盏简单的茶!

萧三少爷笑了笑,伸手就把茶接了,掀开盖子闻了闻,笑道:"好茶,但我刚刚也喝过了,现在暂时喝不下,不如你先进去把衣裳换了再说?"

他的眼神很是深情,像软绵绵的糖水,将人整个裹在里头。杜芙蕖含羞一笑,心莫名其妙地有点儿跳动加速,当真将茶放在了旁边的桌上,仔细看了一眼之后,起身进了内室更衣。

内室与外厅的隔断有两层帘子,一层纱帘,一层棉帘。然而她只放了纱帘下来,站在里头脱衣裳时,外头的人看着显得有些朦胧,颇有情趣。

萧少寒笑了,不动声色地从旁边的桌上移了个空盏过来,将杜芙蕖端来的杯子里的茶倒进去,擦了擦那杯子之后,往里头倒了新的热茶,然后便撑着下巴看里头的人表演。

到底是杜家的女儿,高门大户,也不知道她哪儿学的这些手段,一件件衣裳脱得跟跳舞似的,身子一丝不挂地就站在那纱帘后头,还能旁若无人,真是好功夫。

杜芙蕖的确是下了功夫的。从小她就明白男人喜欢的就是女人的身体,所以为了翻身,歪门邪道的东西没少学。而今,她也终于觉得这些东西是到派上用场的时候了。

比起萧惊堂,她觉得萧少寒更好,毕竟士农工商,商在末,士为首。而且萧惊堂如今这般不将她看在眼里,她就非得让他后悔。

所以这盏茶,她递到了萧少寒面前。

幸运的是,萧少寒并没打算拒绝她。

杜芙蕖微微一笑,从衣柜里拿了一套萧少寒的衣裳裹在身上,只系了一个绳结,便掀开帘子走了出去。

萧少寒端着她的茶杯正在喝茶,见她出来,便朝她笑了笑:"来喝口茶暖暖身子。"

"好。"杜芙蕖含羞坐下,看了看桌上的杯子,确定这人拿的是自己的仙鹤亮翅茶杯,而桌上的是他这儿的八仙过海茶杯,于是放心地端起茶来喝了。

萧少寒目光温柔,满是情意地看着她,看得杜芙蕖春心萌动,忍不住就要起身去他怀里坐着。

"二嫂!"

她那身子还没到地方,面前的人就喊了一声,万分紧张地看着她问道:"你生病了?"

生病?杜芙蕖愣了愣,下意识地摸了摸自己的脸:"没有啊。"

"我瞧着你气色不太好,不如叫个大夫来看看?"

生病是个好借口,她在山谷里那段时间没事就生病,惹得听风对她怜爱有加。所以杜芙蕖转念一想,干脆顺着他说道:"身子最近是有点儿难受……三少爷叫听风过来看看吧,他与我相熟,别的人来瞧见咱们这样子,怕是要误会。"

听风吗?萧少寒颔首:"好。"

杜芙蕖一点儿没客气,转身就去人家的床上躺着了。萧少寒叫了人去请大夫回来,就见她半盖着被子,雪白的长腿都露在外头,轻轻喘息着看着他,"喃喃"道:"三少爷,妾身好像真的要发高热了。"

她是有点儿发热,脸都潮红起来了。

萧少寒笑了笑,安慰道:"别急,大夫马上来了,我去厨房给你拿点儿吃的,好不好?"

他既然主动要离开,那杜芙蕖是肯定不会拦着的,正好有机会让她跟听风通气,让听风胡乱说个严重的病,需要人照顾的那种,博得萧少寒同情。之后的事情,那就更好说了。

于是她便点头:"好。"

萧少寒笑着走了。大门合上后,杜芙蕖翻身就扯开了衣裳,伸手扇着风,疑惑道:"奇怪了,这屋子怎么突然这么热?"

不仅热,她还慢慢难受起来。萧少寒一去不复返,她的意识也渐渐不清楚起来。

"二少奶奶?"

过了许久,屋子里终于有男人的声音响起,杜芙蕖轻吟了一声,"喃喃"问:"三少爷?"

来人伸手就抓住了她的手腕,扯着了她的衣裳。杜芙蕖难耐地嘤咛了一声，不让人把衣裳合上，反而把人扯上了床。

听风大惊，回头看了看四周，虽然无人，但这到底是葬花苑，万一被三少爷发现……

身子被人纠缠住，他也不舍得大力推开她。杜芙蕖像是失了理智，上来就舔着他的耳根说道："我好想你……"

被这句话冲击了一番，听风倒吸一口气，连忙抱着她，起身去将门反扣上。

听见木门闩上门的声音，萧少寒有点儿意外，表情像是受了惊吓。他摸了摸鼻尖，道："这么大胆？"

屋子里很快传来人的痛呼声，接着就是一阵靡靡之声。萧少寒不笑了，神色正经起来，眼里瞬间充满了厌恶之色。

他们用的还是他的房间！

温柔正在东院里打扫院子，冷不防就见萧少寒抱着铺盖卷儿过来了。

"三少爷？"温柔疑惑地看着他问，"大白天的您这是做什么？"

"我以后就住你们这儿了。"萧少寒撇了撇嘴，一脸嫌恶的表情，"我的院子里进了脏东西。"

啥？温柔有点儿茫然，瞧着这人抱着被子就进了萧惊堂的房间，心想：不管怎么样，三少爷是会被萧惊堂给扔出来的吧？

萧少寒不管，放了铺盖就出来，眼神古怪地盯着她问："杜芙蕖是你的亲妹妹？"

温柔挑眉，想了想，回道："血缘上来说，是的。"

"那你家是怎么教姑娘的？"心里有了点儿阴影，萧少寒委委屈屈地说道，"怎么教出那么个东西了？我还以为她会反抗一下，谁知道她竟然那么自然地就……"

啥？！温柔瞪大了眼，脱口而出："你把你二嫂睡了？！"

这院子里还有人呢！萧少寒一把就捂住了她的嘴，黑着脸否认道："不是我！"

温柔眨眼，扯开了他的手："不是你是谁？"

这事给人说了好像不太妥当，萧少寒也觉得自己玩过头了，干脆闷着没吭声。

温柔的眼神先是惊讶，然后就变成责怪了，她皱眉道："你怎么这么大的胆子？你怎么就……"

"都说了不是我！"萧少寒一脸吃了苍蝇的表情。

"那你能说个别人出来吗？"温柔挑眉。

萧三少爷："……"

这锅还真得他来背？！他也太冤枉了啊！分明是杜芙蕖不知廉耻要给他下药，结果下到了别人身上，怎么这事就要被这小妮子扣在自己头上了？

然而……那茶吧，还真是他让杜芙蕖喝下去的，不然也不会发生这么荒唐的事了。

萧少寒有点儿泄气，撇嘴看着温柔："此事我就告诉了你一个人，你要是敢泄露出去，那可别怪我不客气。"

温柔点头，叹息着看了一眼尚未放晴的天："萧二少爷真是苦命哪，一院子的女人，一个个送他的都是绿帽子，上辈子他肯定做了不少缺德事。"

萧少寒微微一噎，说道："我也没想到二嫂是这种人。"

本来他就是闹着玩，门都没关上，就打算进去吓唬吓唬那两个人。谁知道他们那么快就滚作一堆去了，他都没来得及拦……并且那杜氏，真的一点儿挣扎的迹象也没有。就算药再厉害，她也不至于这么快失去理智。

除非她本性就不太好。

萧少寒想得表情十分复杂，又悔恨又觉得恶心。

然而这表情看在温柔的眼里，就属于事后反悔，她连忙嫌弃地拎起裙子离这三少爷两米远。

"你至于吗？！"瞧着这丫头的表情，萧少寒哭笑不得，"我已经踏上不归路了，你就不能安慰安慰两句？好歹我也帮了你的忙。"

哦，对！说起帮忙这件事，温柔连忙坐了回来，笑眯眯地问道："事情办了吗？"

萧少寒没好气地翻了个白眼，回道："人已经吩咐去了，是我的亲信，找淮春楼的人说两句，还是能有两分薄面的，接着你让人想办法去赎她就是。"

那敢情好！温柔一下就蹦了起来，管也不管萧少寒，拎着裙子就跑回小柴房喊道："牵穗，快去传信！"

牵穗一听这话，立马就拎着东西佯装要出门采购，七拐八拐地去了裴府。

先前温柔已经把能赎人的风声传了过去，裴方物早有准备。如今再接着消息，他二话没说就亲自去了淮春楼一趟。

"她过得还好吗？"带着牵穗上了马车后，裴方物低声问。

看了看面前自家公子这憔悴的模样，牵穗叹息："杜氏没有什么不好的，虽然有人针对她，但二少爷护着她，没让她吃苦。倒是公子您，怎么又瘦了？"

先前自家公子被送进大牢，如今已经无罪释放，只赔了闹事的人一笔银子，她以为自家公子是能缓过来的。但如今，他这一张脸瘦得如同刀削，身子也单薄了，只一双眼睛显得深沉了些。

"我无妨，"裴方物微微抿了抿唇，垂眸道，"只恨本事不够，不能马上救她出来。"

牵穗叹息一声，也没什么话说。萧家的势力在那儿摆着，公子自保已经费力，遑论将杜氏给抢出来。

"不过她应该不会等太久。"裴方物眼睛亮了些，"御赐的牌匾马上下来了，加上周掌柜这边的助力，我总有能与萧家抗衡的一天。"

牵穗点头，杜氏在努力，公子也在努力，两个人总能有再见的那天吧。

顺利地将人从淮春楼接出来后，裴方物没耽误，马上给周掌柜发了请帖。周掌柜本是不愿意去的，但一看那帖子上画了个美人的小样——美人如梦如幻，瞧着与心上人有些相似，周掌柜想了想，便也去了。

结果，裴方物竟然不声不响地就替他把人赎了出来，周掌柜大喜，抱着秦淮大哭。有情之人终得相守，这人情他也就欠定了裴方物。

裴方物微笑，看了看外头的天。

幸城下了几日大雨，似乎终于要放晴了。

温柔中午在厨房里做了水煮鱼，一大盆的辣椒、花椒等作料，萧少寒看得不敢下筷子，直咽口水。

"二哥呢？"

温柔看了看外头，耸肩："奴婢也在等。"

萧惊堂说是中午要回来用膳，可这午时都快过了，也没见着人。两个人再等了一会儿，萧管家来了，皱眉道："少爷遇见点儿事情，不能回来用膳了，三少爷先用吧。"

"好嘞。"萧少寒没心没肺地应了，拿起筷子，又有点儿怂，"这能吃吗？"

瞧着萧管家走了，温柔没客气，坐在萧惊堂的位子上就端起饭碗，夹了一片嫩滑的鱼肉片出来，塞进嘴里就吃。

萧少寒："……"

这丫鬟真是被二哥给宠坏了，怎么能跟主子坐在一起吃东西？她还吃得那么香……

萧三少爷吸了吸鼻子，闻着空气里的香辣味儿，忍不住了，伸筷子夹了鱼肉来吃。

鱼肉入口嫩滑，作料味儿重但吃着爽快，重要的是这鱼肉只有大刺没有小刺，一大片肉还特别嫩，不用咬，他轻轻一抿就碎在嘴里了。辣椒和小茴香的香味儿直冲鼻腔，呛得人咳嗽，他却忍不住又夹了一筷子。

"这……这玩意儿叫什么？"

"水煮鱼。"温柔头也不抬地吃着，"川菜，你们这儿很少有。"

水煮？萧少寒一边吐舌头，一边瞪眼："水煮不该是白味儿吗？怎么这么辣？！"

"巴蜀那边盆地气湿，人多吃辣椒和花椒能祛湿。"温柔抬头，表情嫌弃地说道，"这都不知道，您怎么考上官的？"

辣得脑子发蒙，嘴里还在不停地吃着鱼肉，萧少寒也懒得跟她计较了，趁着这菜下饭，结结实实地吃了两碗饭，然后喝了一口旁边的紫菜粉丝汤，叹了一口气："好久没吃过这么有家味儿的菜了。"

"喜欢吗？"温柔吃完，突然冲他笑了笑。

萧少寒浑身打了一个哆嗦，眯起眼："喜欢归喜欢……你又想让我帮什么忙？"

"瞧您，把奴婢当什么了？"温柔"咯咯"笑了两声，抬手掩唇，"奴婢是这种势利的人吗？"

萧少寒沉默地看着她。

笑了一会儿，温柔就不笑了，正经着脸色说道："好吧，奴婢是。既然吃了奴婢做的东西，三少爷介意带奴婢出去看看二少爷吗？"

直觉告诉她，萧惊堂不回来吃饭，那肯定是出大事了。

自从她开始做饭，萧惊堂是每天中午、晚上风雨无阻地要回来用膳的，今早出门之前还说中午想吃鱼，她才特意做的水煮鱼，没想到人却没能回来。

她也不是担心啥的，就是想前排围观一下，免得真出了什么事，还得从别人嘴里听说消息。

"你倒是挺关心我二哥的。"萧少寒挑了挑眉，红着嘴唇笑道，"那这就不是什么大事，我带你出去就是。"

"多谢。"温柔颔首,立马起身往外走,"现在就去吧。"

这人性子还挺急?萧少寒轻笑,起身跟在她后头,看着前头这人的背影,心想杜芙蕖说的话,真的可以一个字都不相信了。

这样的女人,到底哪里心狠手辣?

萧惊堂今日的确摊上事了。莫名其妙地,皓月湾的烤肉场出了问题,众多食客用餐之后腹痛,人数有点儿多,以至他亲自赶去了医馆,先把消息压了下来。

"二少爷,已经查过了,"旁边的亲信低声禀道,"所有丫鬟和小厮都被关了起来,搜了身,没有问题,水源也检查过了,没有人动手脚。"

那好端端的,怎么会被人在食物里掺了砒霜?幸好砒霜量少,只是让人腹痛,若是出了人命,那岂不是砸他萧家的招牌?

温柔和萧少寒到的时候,萧惊堂就表情凝重地在听大夫说话。

"老夫检查过食物,的确是有砒霜,但作料、水、剩余的蔬菜和烤肉的工具都分开检查过,并没有异样,只能是烤肉的中途人为下毒。"

温柔听得愣了愣,下意识地就问道:"剩余的猪肉呢?"

萧惊堂顿了顿,有点儿意外地转头看过来:"你怎么来了?"

温柔蹦蹦跳跳地走过去,笑嘻嘻地说道:"想你了就来了。"

身后跟着的萧少寒摸了摸鼻子,低着头没迎上自家二哥审问的目光。他是无辜的啊,就是个传菜的人。至于这菜人家爱不爱吃,那骂厨子也不要骂他。

"喏,午膳。"萧少寒伸手把食盒递了过去,说道,"你家丫鬟也真是够尽职尽责的。"

萧惊堂低头看了看那食盒,表情有点儿别扭,抿唇接过来提在手里,然后看向温柔问道:"你方才说什么剩下的猪肉?"

瞧他没有生气的意思,温柔就松了一口气,眨眼道:"刚才大夫不是说剩下的蔬菜没有问题吗?你家烤肉店的主要食材是肉啊,那检查肉了吗?"

大夫摇头:"没有瞧见剩下的猪肉,烤肉店里生意太好了,出现问题的时候,猪肉、牛肉都已经被卖光了。不过这些患者吐出来的东西里,倒是猪肉含砒霜最多。"

猪肉吗?萧惊堂皱眉,有点儿想不明白:"猪肉的来源是不会有问题的,那谁会在里头下砒霜?"

"为什么来源没问题啊?"温柔挑眉,"您在哪儿进的猪肉,这么信任别人?"

萧惊堂看了她一眼,回道:"幸城菜市的张家提供的猪肉,张老五为人老实,送了这么久的猪肉从未出过问题,不可能突然在里头动手脚。"

张……张老五?温柔愣了愣,差点儿被自己的口水呛着。

要是她没记错的话,这个张老五现在还在裴家秘密吹琉璃吧?生意他都交给他儿子打理了,那么说来……不是她阴谋论,还多半就是猪肉提供环节出了问题。

"恕奴婢多嘴,"温柔想了想,继续说道,"一次不忠百次不用,这都出问题了,您还是换一家吧?"

"为什么要换?"萧惊堂摇头,"又没确定是他们的问题,用人不疑,我没有突然就换一家的理由。"

温柔沉默,想了想,劝道:"现在您总不能用萧家的招牌背下这责任吧?肯定要给吃坏了肚子的顾客一个交代,若是您认了是萧家的问题,不是食材供应的问题,那以后谁还敢来这里吃烤肉?"

萧惊堂微微皱眉,深深地看了看她:"我倒是没想到,你能这么做。"

为了自己的利益,她竟然能诬陷人?她比他更像商人。

温柔愣了愣,看着这人有点儿冷漠的眼神,莫名其妙地觉得委屈。她当什么好人哪,人家又不领情,被坑死了关她什么事?她不是裴方物那边的吗?

那她管萧惊堂去死好了!

温柔别开了脸,闷声道:"奴婢是来送饭的,饭也送完了,二少爷自便!"

说罢,她扭头就走。

"站住!"萧惊堂皱眉,低喝了一声。

然而那人走得一点儿也不停顿,直直地就离开了医馆。

萧少寒目瞪口呆地看着温柔离开,回过头来朝萧惊堂说道:"你家丫鬟是不是真的被你宠坏了?"

丫鬟这么大的脾气?

萧惊堂冷哼了一声,挥手让大夫先走,坐在庭院里径自生着闷气。

这人总是不会跟他好好说话,一言不合就要脾气,放在别家,谁家主子会忍丫鬟这种性子,早就将人打死了!

他伸手打开了食盒,没有几大盘子菜,只有一个黑底红边的漆木盒子,中间被隔开,一边放了白花花的米饭,另一边的六个小格子里放了六种家常炒菜，每样都不多，可糖醋排骨、酸辣土豆、水煮鱼、竹笋炒肉、炒空心菜和榨菜挨个儿盛得满满的，香味儿十足，看着就让人胃口大开。

那人用了不少心思吧。

刚冒起来的火气消了下去，萧惊堂盯着这食盒看了一会儿，抬头问萧少寒："我刚刚是不是说错什么了？"

萧少寒惊愕地看了他一眼，挑眉问道："你竟然也会反省？！"

萧惊堂冷冷地看了他一眼。

"哦，咳咳——"重点不是这个，萧少寒立马正经起来，"你也不算说错了什么，只是温柔似乎是在替你考虑，你那话里满是嘲讽的意思，她听着也不太好受。"

她是在替他考虑？萧惊堂皱眉想了想，叹息了一声："我再让人查查吧，不过那卖猪肉的人是什么样的，她也该知道，没道理为了给自己开脱，就把罪名扔给别人。"

当初他在街上遇见她跟裴方物的时候，这两个人不就是在张老五的猪肉摊子前吗？不过说起来，那两个人出去逛街，怎么会去菜市场这种脏兮兮的地方逛的？

聪明的二少爷认真思考了一会儿，最后得出的结论是：大概温柔太喜欢吃肉了，所以逛街也去看肉了吧。

没在这事上多想，用过午膳，萧惊堂便继续去处理手上的事情。走到首饰铺子里的时候，他想了想，顺手挑了一支碧玺簪子。

温柔没回萧家，估摸着萧惊堂还有的忙，于是偷偷摸摸地先去了趟裴家。

裴家的门房二话不说就放她进去了，她没往里头走两步，就见裴方物急匆匆地从里头冲了出来，像是有什么十万火急的事情。

"哎？这么不巧吗？"站在原地看着那头跑过来的人，温柔挑眉，"你要出门？"

话音还没落地，裴方物就将她整个儿拉进了怀里，抱得死紧。

"好久不见了，"他低哑着声音说道，"这次不是幻觉，我又听见你说话了。"

身子一僵，温柔干笑，伸手先把人推开了，有点儿尴尬地开口道："裴公子太热情了。"

他这样搞得跟分别很久的老情人见面一样。

347

幸好院子里没别人，裴方物抿了抿唇，深吸了一口气，平静了下来，苦笑道："我又失态了。"

"没事，你最近遇见的事情很多，我知道。"温柔退后两步，笑道，"我只是过来问问，你如今可还好？"

裴方物眼神柔和地看着她，点了点头，转身就往里头走："你跟我来。"

本来是打算来问问张老五家猪肉的事情的，但见裴方物好像有什么重要的事情要说，温柔还是跟着进了门。

大堂中间摆着一块红绸子盖着的牌匾，温柔一瞧就知道是什么东西，不禁挑了挑眉，问："这么快就下来了？"

裴方物颔首，眼里满满的光亮："县太爷亲自送上门的。"

御笔题字的牌匾，只用六盏琉璃灯就换来了。旁人都觉得他是下了血本，只有他和温柔知道这买卖有多划算。县太爷上门的时候对他说话一直低声下气，再没了从前嚣张跋扈的样子，临走前还认真地说道："商家竞争哪，官家就是不该管的，以前有什么得罪的地方，裴公子就见谅，往后本官一定恪守本职。"

也就是说，他不会再那么明目张胆地帮着萧家了。

"这都是你带给我的好运。"看着温柔，裴方物笑道，"我会接着这好运，将萧家给踩下去，把你救出来的。这是我与你最开始的约定。"

温柔微微一怔，抬头看着他问："你想踩萧家？"

"是。"裴方物很是耿直地点头，"很久之前萧二少爷是我的榜样，但如今，他是我想打败的目标。"

萧惊堂用在裴家身上的手段可不少，商家竞争，也不怎么讲仁义道德，幸城属于萧家的时间实在太长了，是时候换一家姓氏的人来把握这金钱流转的命脉了。

温柔皱眉，看了看他，低声说道："其实县太爷只要公平公正，你完全可以正经地将我从萧家赎出来，没必要再打这么一大场仗。"

心里一紧，裴方物有些意外地看着她："你……不恨萧惊堂了？"

"不是不恨，是觉得没必要。"温柔耸了耸肩，"有捷径不走，你为什么要绕圈子？你的目的若当真只是救出我，那上公堂打官司更加方便快捷。"

裴方物哑然，看了她好一会儿，才确认道："你的意思，是不想我伤害萧家？"

"是不想你用太多不干净的手段达到自己的目的。"温柔摇头，"那样你与奸诈的商人也当真没什么区别了。"

不干净的手段……裴方物笑了："你是因为他那皓月湾烤肉场出事的事情来的？"

这事还真跟他有关系？温柔心里一沉，皱起了眉。

看着她的表情，裴方物有些怒又有些好笑："你不知道先前萧惊堂是怎么对我的吗？同样的手段，他用在我身上可以，我为何就不能用在他身上？"

温柔沉默地看着面前这个人，突然觉得他有点儿陌生。

她的印象里的裴方物温柔如水，总是拿着一把折扇，翩翩如下凡神仙，玉树临风。可这一连串的事情之后，面前的男人相貌未变，气质变了，少了玉的温润感，多了金的刺目和坚硬性。

或许他这样更男人了一些，可是，那与别的男人相比，也没有什么不同了。

"你是不是还是喜欢他？"裴方物深深地看着面前的人，嘴唇微白，"牵穗也常说，二少爷在府里护着你，对你好，可你不记得自己在萧家遭遇过什么了吗？正室之位被废、成了奴籍、痛失孩子、家法不断，这么多的伤痛，他对你好一段时间，你就可以忘了？"

"我没有忘。"温柔面无表情地说道，"就是没有忘，所以我才会继续帮你。

"可是，我帮你，不是为了让你打垮萧家，只是为了让你救出我，然后放我自由罢了。"

声音沉了下去，温柔眼神灼灼，直望进面前这人的眼底："我有手有脚有脑子，可以不依靠男人过活，需要的只是自由，没道理被你拿去当借口进行商业战争。你要与萧家对抗我不反对，那是你们男人之间的事情，但千万不要扯上我。"

裴方物呼吸一窒，愣怔地看着她。

面前这女人更加坚韧，也更加薄情了，挺直腰杆站在他面前，就像一个来谈判的掌柜。

"琉璃的配方我给你了，你可以投入生产，也就该履行职责地救我出来。你现在有了底气与萧家对抗，我也未曾害得你家破人亡，那么我的责任已经尽到了，剩下的事，必定不会再相帮。但是，就道德层面上来说，你们进行争斗，伤害了无辜的人，这一点，无论是你还是萧惊堂，我都表示鄙夷。"目光凌厉了些，温柔继续说道，"我来这里只是想询问你是不是真的在萧家的猪肉里动了手脚，不过现在也不必再问了。咱们该干吗干吗吧,等离开萧家,我会另起炉灶的,你我也不必再有什么关系了。"

她一口气说完,看了看面前这人苍白的脸色,朝他行了一礼:"多谢你在我落难时相帮,等我出了萧家,你我两不相欠。"

她的声音一点儿也不大,但是不知道为什么,裴方物听着感觉整个世界里都是这句话在回荡。

你我两不相欠。

他从未遇见过像她这样难以驾驭的女人,这世间的女子不都是依附男子而活吗?只要他对她好,条件合适,想娶她回来应该很容易。就算有身份的问题,他不也在努力解决此事了吗?

但是,她竟然说离开萧家之后,与他也再没什么关系,要另起炉灶。

她当真觉得做生意是这么简单的事情?

心口闷着一口气,裴方物闭上眼,拿玉扇敲了敲自己的眉心。

面前的女子已经走了,走得一点儿也不犹豫,他也想不到话来挽留她。

生意场上的肮脏手段让她鄙夷自己了吗?可是没关系,她是连萧惊堂一起鄙夷的,自己没有输。

想念一个人是什么样的滋味儿呢?就像透过琉璃看这世上的一切,车水马龙都正常得很,但都与自己无关。风在外头,雨在外头,所有的声音都离自己很远,画面都是黑白的。只有他听见了与她有关的事情,或者当真看见她,千百种颜色才重新回到他的眼里。

他在这黑白寂静的世界里过了太久了……虽然也只是半个月而已,但他总觉得,像是已经过了半辈子。

他不想再等了,想同她在一起。哪怕她如今并不是那么愿意,他也想朝这个方向努力一下。

裴方物深吸了一口气,又长长地吐出来,定了定神,转头就将背后盖着牌匾的红绸给扯了下来。

"裴记御贡琉璃"六个字,当朝皇帝亲笔书写,足以让他打一场漂亮的翻身仗。

而温柔……他会救她出来,并且,不会让她离开他的。

回到萧家的温柔连打了两个喷嚏,吸了吸鼻子,有些疑惑地回头看了一眼。

都已经是晴天了,她怎么感觉还阴森森的?

"你去哪儿了?"

一只脚刚跨进东院，温柔就听见了杜芙蕖的声音。

心猛跳了一下，温柔回头看着她："二少奶奶，奴婢刚刚去给二少爷送饭了。"

"送饭？"杜芙蕖冷笑了一声，走到她面前，表情看起来有点儿阴沉，"你倒是会讨好男人。"

想起萧少寒说的话，温柔看她的眼神就难免有点儿奇怪，抿了抿唇，忍不住问了一句："二少奶奶喜欢二少爷？"

"是你家二少爷喜欢我。"杜芙蕖冷哼了一声，纠正道，"不过你未免也太不要脸了。他喜欢的是我，你却巴着他不放，没少下狐媚功夫吧？"

温柔挖了挖耳朵，觉得有点儿好笑："暂且不论奴婢有没有下狐媚功夫，二少奶奶，您可喜欢二少爷？"

"自然是喜欢的。"杜芙蕖目光幽怨地看着她，"要是没有你，我与惊堂早就好好厮守在一起了！"

啊？这跟萧少寒说的情况怎么有点儿不一样？温柔干笑，上下打量了杜芙蕖几眼："您……一心一意喜欢二少爷，没别的想法？"

心猛地跳了一下，杜芙蕖脸上却一本正经："我能有什么想法？你难不成还要诬蔑我？"

"奴婢不敢。"温柔耸了耸肩，觉得且当萧少寒是胡说好了，反正这也不关她什么事。

目光深沉地看了温柔一会儿，杜芙蕖突然笑了笑："婆婆新给我拿了胭脂，我还没试过，要不然你去我屋子里帮我试试？"

温柔想也不想就摇头："奴婢不敢。二少爷吩咐过，奴婢不能离开主屋。"

这人还拿萧惊堂来压她？杜芙蕖冷笑，挥手就让旁边的几个家奴上来将温柔按住："二少爷不在，我才是这东院的主子，你听我的话就可以了。"

温柔愣了愣，立马想叫萧管家，这些人反应却比她快，直接捂住了她的嘴，将她往碧莲阁拖去。

她简直太倒霉了，怎么就在这儿遇上杜芙蕖了？温柔有点儿紧张了。这会儿萧惊堂和萧少寒都不在，萧管家好像也救不了她，她落在杜芙蕖手里，会是个什么下场？

一般有脑子的女人温柔不害怕，怕的就是这种完全没脑子、不讲道理的女人，杜芙蕖这么直接对她下手，萧惊堂肯定是会怪杜芙蕖的啊！然而这杜芙蕖一点儿也没考虑这个结果，径直将她关进了碧莲阁。

本以为要被关起来打一顿，或者被毁容什么的，温柔都已经做好心理准备了，但这屋子里的场景还是让她有点儿意外。

碧莲阁，堂堂二少奶奶的寝屋里，坐着个男人。

好吧，虽然这人看起来是个大夫，但这么一声不吭的，旁边的帘子都被拉上了，温柔怎么看怎么觉得怪异。

"你想做什么？"温柔问。

杜芙蕖的表情有点儿扭曲。她失身给了听风，这已经是不能挽回的事情了，一旦被萧惊堂发现此事，自己和听风都不会有好下场。

那要死她也得拖上一个人再死。萧惊堂不是很在乎杜温柔吗？那好，就让听风也跟杜温柔睡吧！这样若是萧惊堂顾及杜温柔，那她也不会死；若是萧惊堂不顾及杜温柔，那她好歹也能拖上这该死的女人一起上路！

杜芙蕖眼里满是疯狂的神色，温柔看得心里万分紧张。

"二少奶奶，"听风开了口，声音很是疲惫，"一定要这样吗？"

"我们没别的选择。"杜芙蕖盯着温柔笑了笑，"况且她要是生不如死，我会很开心的。"

自小跟她过不去的杜温柔啊，每次有人喜欢她，杜温柔就看不顺眼要打自己一顿，如今好不容易自己成了嫡女，杜温柔成了丫鬟，可杜温柔还是霸占了萧惊堂的心。

这让人怎么忍得下去？！

杜芙蕖点了旁边的熏香，冷哼了一声，摔上门就在外头上了锁。

屋子里瞬间只剩下了温柔和这听风。

温柔再傻也知道这疯子要做什么了，不禁倒吸了一口冷气，远离了听风两步。

"你帮她做这种丧尽天良的事，不怕被天打雷劈？"

听风站了起来，麻木地说道："她说得对，我们没有别的选择。"

接着他便朝她走了过来。

越是紧张的时候越需要冷静，温柔捂住了自己的口鼻，认真地看着他劝道："你不知道女人的占有欲也是很强的吗？你同我做这种事，当真以为芙蕖不会介意，以后还会同你在一起？"

听风顿了顿，皱了皱眉。

一看他这表情，温柔就知道自己没蒙错，这大夫与杜芙蕖之间还真有那么点儿故事。按照常理推断的话，那就多半是这大夫爱慕杜芙蕖，然后被当备胎和工具了。

不然傻子才帮杜芙蕖做这种不得好死的事情!

还没到绝路,温柔更加冷静了,定了定神,轻轻叹了一口气:"到底是一个爹生的,我与她再怎么有过节儿,也还是了解她的。你今日若当真强要了我,那以后绝对不会跟你在一起,一定会另选一个好男人,到时候你后悔都来不及。"

沉默了片刻,听风摇头:"你骗人,她答应过我的。"

"女人的话你也信?!"温柔见鬼了似的看他一眼,伸手递给他帕子,让他先捂住口鼻,"反正时辰还早,咱们坐下来聊聊?你听我说几句,要是觉得没道理,再动手也不亏是不是?"

本来听风就不是很想做这件事。他爱的毕竟是杜芙蕖,要他强要别的女人,他多多少少觉得别扭。所以听了温柔这话,他也觉得对,等一等也不吃亏啊。

于是他就坐在桌边,很是认真地看着面前的女子:"你说吧。"

温柔笑了笑,端起桌上的茶去把那香灭了,然后才坐到桌边好声好气地问道:"你知道什么样的人最容易被抛弃吗?"

"什么样的?"

"就是那种傻呵呵地为了自己爱的人,把自己变得低人一等,不能与爱的人平起平坐的人。"温柔认真地说道,"你想追杜芙蕖是吧?为了追她,你宁可出卖自己的灵魂和肉体。可是你想过没有,这样一来你这个人就不完整了,她要是真心爱你,想与你在一起的时候一想你跟别人亲密过,那心里多硌硬哪?情人之间一旦硌硬了,那就走不远了。"

听风皱了皱眉,问道:"我能为她做到这个地步,她为什么会不同我在一起?"

温柔摇头:"很明显一般姑娘遇见这种事,感动归感动,但都是会抛弃你的。不管男女,在追人的时候都一定得站在平等的条件上追,追不上就算了。糟践自己去追,你不但追不上,伤害了自己还会血本无归,能明白吗?"

听风沉默,脸色有点儿难看,半晌才问道:"你是不是在骗我?"

"啊?"温柔失笑,"我有必要骗你吗?反正咱俩在这屋子里一待,我也不清白了,她要整我的目的就达到了。现在我是在拯救你这个失足青年,你还觉得我居心叵测?"

虽然她这么做有拖延时间的想法,但是说的也的确是硬道理。大家谈恋爱嘛,少不得会遇见自己特别喜欢的人,挖空心思都想对对方好,但是对人好也得有个度啊。自己吃不饱饭，给人家买个昂贵的礼物，那对方知道了真实情况，不管从感情上还是面子上来说，那都是会不舒坦的。

没人愿意被道德绑架。

不管怎样，一个人爱自己六分，爱对方四分都是没错的，偶尔爱对方六分，爱自己四分，让感情更融洽是好事，可那也是在两情相悦的情况下，并且也只是偶尔那样。人不爱自己，还能指望谁爱你？

听风陷入了久久的沉思之中。温柔捏紧了手，仔细听着外头的动静。

杜芙蕖还没无耻到听墙脚的地步，外头没人，可萧惊堂起码也得半个时辰才回来，她还得自己想办法。

"咱们做个交易吧。"眼瞧着这人要回过神来了，温柔笑了笑，连忙补充道，"芙蕖今日就是想要你污我的清白，那你也不必动真格的，反正我这身子也是给了二少爷了，你动真格的也没用。为了让大家都好过一点儿，咱们就这么坐着，大不了等时候到了，我配合你一下，就哭，这样也达到了芙蕖的目的，你觉得咋样？"

听风想想也觉得挺有道理的，抿了抿唇。他还是对杜温柔有戒心的。她说的话再让他动摇，他也不可能就直接将人放走，但也不想动真格的。所以她的这个提议，倒是可以实行。

温柔不慌张了，简直是胸有成竹地等着这人答应，毕竟杜芙蕖那点儿手段就能骗到的男人，能有多聪明？

果然，没一会儿面前的人就点头了："好，就按你说的做。"

"那大家就合作愉快了。"温柔咧嘴一笑，看了看这屋子。

杜芙蕖也真是蠢，嫁祸她都选自己的屋子，简直是看不起萧惊堂的智商。不过杜芙蕖这屋子倒是有意思，轻纱环绕的，还有棋盘。

棋盘！

温柔一看见这东西，眼睛一亮，立马跑过去把棋盘搬了过来，看着听风问："大夫会下象棋吗？"

"会。"听风颔首。他最喜欢的就是象棋，所以杜芙蕖才会在这里摆上一副。

"反正还有一会儿时间，咱们来试试？"温柔捋了捋袖子，道，"我很厉害的！"

听风看了看时辰，的确还早，也就点头，当真跟她下了起来。

这象棋吧，下起来需要运筹帷幄，人就容易忘记周围的事物，温柔也是算准了这一点，使出了毕生所学，跟这大夫一较高下。

半个时辰过去了，杜芙蕖终于等到了萧惊堂和萧少寒一起回来。看见萧少寒，杜芙蕖还有些恼，不过想想自己的房间里的场景，便暂时按下了其他心思，提着裙子迎上去说道："惊堂你可回来了，温柔生病了，在我的屋子里看大夫呢！"

杜温柔生病了？

捏着碧玺簪子的手紧了紧，萧惊堂抬脚就往碧莲阁走去。萧少寒挑眉，看了杜芙蕖一眼，也只能跟着自家二哥过去看情况。

"她怎么会在你的屋子里？"走在路上时，萧惊堂问了一句。

杜芙蕖随口答道："她来找我聊天儿，谁知道好端端地就病了。"

她旁边的两个萧家男人都顿了顿，一齐看了她一眼，又相互看了看。

杜温柔跟杜芙蕖是死敌，杜温柔脑子得进了多少水，才会主动送上去找人聊天儿哪？这人没有别的更好的借口了吗？

本来匆忙的步子都放缓了，萧惊堂抿了抿唇，低声说道："芙蕖，我是不是同你说过，别再为难温柔？"

杜芙蕖微微一愣，皱起眉来，很是委屈地说道："妾身好心给她请大夫，怎么就成为难她了？"

萧惊堂不语，神色莫测地看了她一眼。

杜芙蕖更委屈了，眼泪都瞬间冒了出来，拧着手帕问道："妾身做什么都是错的吗？妾身知道您宠爱温柔，可妾身什么也没做错，您为何要这样对妾身？！"

萧惊堂沉默，往前走的步子加大了些。

萧少寒回头，就见杜芙蕖一边走着，一边柔柔弱弱地哭道："府里人都说她会勾引男人，我原本还不信，可看你这模样，分明你也是被她勾了魂了。我该怎么办哪？"

要是不知道她在背后做了什么，就凭她这情真意切的哭功，萧少寒也得相信她是真的喜欢萧惊堂的。

然而……

萧少寒撇了撇嘴，拉着萧惊堂走得更快了，快得杜芙蕖要小跑才能追上他们。

"哎……"

没走几步就把人甩了老远，萧少寒瞧了瞧前头那院子，正色道："二哥，我去帮你看看有没有陷阱。"

多感人的兄弟啊，萧惊堂点头，收回了准备推他进去的手。萧少寒先溜进去,瞬间就捂住了一个丫鬟的嘴。

"哎?她还想叫?"萧少寒挑了挑眉,有些凝重地看向自家二哥,"这怎么像通风报信的丫鬟哪?你还是快进去看看发生什么了吧。"

萧惊堂微微皱眉,二话不说就走到了主屋前头。看了看挂着锁的门,他想了想,转去了窗户边,轻巧地就翻了进去。

屋子里有他很熟悉的香料余味儿,他一闻到,心就沉了沉。

迷情香、锁着的屋子、外头放风的丫鬟……温柔她……该不会……

心里一痛,萧二少爷怒不可遏,上前两步就掀开了隔断上挂着的帘子。

"将!"温柔激动地拍了一下桌子,"我赢了!哈哈哈哈!"

对面的听风直皱眉,嘴里"喃喃"着"不可能哪",结果话还没说完,旁边就响起一声裂帛之音,吓得两个人差点儿都没坐稳。

"二少爷!"寂静片刻之后,温柔最先反应过来,激动地就往萧惊堂怀里扑去,"你可算来了,呜呜呜。"

女人最大的法宝不是身体,一定是眼泪,尤其对萧惊堂这种外冷内热的人,只要她在他心里占点儿位置,那眼泪比什么都管用。

不过温柔也不是非算计着这个才哭的,实在是太担惊受怕了。一共两盘棋,她又担心输又担心对面的人突然反应过来时间到了要对她下手,整整半个时辰都是提心吊胆的。

一见着萧惊堂,她感觉那简直是老乡见老乡,亲人哪!

本来瞧着这场面,萧惊堂的心已经放下了,但一看到温柔哭得这么惨,他当即就沉了脸,盯着听风冷声问:"你在这里做什么?"

听风有点儿傻眼,转头看看沙漏,的确已经到时辰了,可自己根本没来得及跟温柔演戏啊!两个人衣衫整齐地坐在这里下棋,萧二少爷会相信发生什么了?

"你骗我?"反应过来的听风有点儿愤怒地看向温柔。

温柔一边抹眼泪,一边说道:"我骗你什么了?我这不是在哭吗?"

等萧惊堂来了她就哭,没错啊!

听风:"……"

萧惊堂有点儿迷糊,低头看着怀里的人,就见她擦了擦脸站直身子朝听风说道:"我方才是不是提醒过你了,女人的话你也信?!"

听风哑然无语,又气又笑,这才明白自己当真是被坑了。好一个杜温柔,竟然硬生生地拖了他半个时辰,还让他毫无察觉!

"二少爷,"听风管不得那么多了,直接说道,"您的丫鬟约我来这里,说有事与我商议,不承想进来便对在下行不轨之事。在下有罪,没能受住诱惑……"

温柔瞠目结舌地看着他,忍不住开口打断了他的话:"大兄弟,你看一眼这是谁的房间再说话好吗?"

门的方向传来开锁的声音,杜芙蕖气喘吁吁地推开大门,就见三个人站得好好的,齐齐地看向自己。

"哟?"萧少寒伸脑袋进来瞧了两眼,笑道,"下棋呢?不是说温柔生病了吗?"

"奴婢哪里会生病?"温柔抿了抿唇,看着杜芙蕖说道,"奴婢只会被人强行拖来这里,与人锁在一起,有人还点了催情香呢。"

她又不欠杜芙蕖什么。这人都欺负到她头上了,那她不好好告一状,对得起自己下了半个时辰的象棋吗?!

于是,说完基本情况后,温柔扭头就扑进萧惊堂的怀里继续哭:"二少爷,要不是奴婢机智拖住了这大夫,今儿奴婢可就真的要清白不保了。您可要给奴婢做主呀……"

她的声音自带回音效果,增添了几分委屈和难过的感觉,温柔觉得,就算萧惊堂脾气好,那也该替她教训他们,不说教训多严重吧,起码也给个家法?

然而是她低估了萧惊堂的脾气,这位少爷能动手的时候绝对不会开口。他将她按在旁边的椅子上,身影一动,立马将旁边的听风扯出去摔在了庭院里。

"啊!"杜芙蕖被吓得尖叫,连忙吼道,"惊堂,你这是做什么?他可是我的救命恩人!"

"二嫂确定他只是二嫂的救命恩人吗?"萧少寒笑眯眯地开口。

杜芙蕖脸上一红,接着又白了。她咬牙看了萧少寒一眼:"三少爷要与妾身玉石俱焚?"

若萧少寒当真抖出她和听风的事,那事可是在他的院子里发生的,没捉奸在床不说,她当真认了,他与萧惊堂的兄弟感情也必定出现裂缝。她甚至可以说,是他对她下了药,逼着她与听风好的!

萧少寒也知道这些,所以话锋一转,只笑道:"这听风要诬蔑我二哥的女人,你却还护着他,这地方又是你的屋子,你让我二哥该怎么想呢?"

若说是杜温柔要勾引这听风,那压根说不过去。先不论她为什么要做出这种不理智的事情,就算当真喜欢听风喜欢得要下药勾引人,又怎么会选杜芙蕖的房间？这不摆明了让人抓奸吗？

这怎么看都是一场陷害，而目前主动开口陷害杜温柔的只有这听风一人，结果，杜芙蕖还傻兮兮地想帮这听风？

这种脑子，基本告别跟人玩心机了。

杜芙蕖噎了噎，看了萧惊堂一眼，后者压根没理会她的叫唤，拎着听风就是一顿揍。听风不会半点儿武功，毫无还手之力，但也硬气地没求饶。

看着看着，杜芙蕖就觉得，萧惊堂打人的时候真是有点儿好看，与平日的冷漠样子不同，整个人好像都鲜活了起来，哪怕是带着怒气，侧脸看上去也分外动人。

于是她就没吭声了，安静地看着萧惊堂。

温柔有点儿傻眼，没想到萧惊堂会这么直接，好歹问个罪，找一下证据，然后再动家法啊。这人完全不讲流程，直接就上去揍人了？

她觉得萧惊堂有点儿好笑，还有点儿可爱。

"二哥，"瞧着萧惊堂快把人打死了，萧少寒连忙上去拦了拦，"事情还没弄清楚呢，你好歹回禀母亲一声，再来处置这人。"

萧惊堂收回了手，冷若冰霜、万分不悦地说道："我院子里的事情，还回禀母亲做什么？直接将这人扔出府去，至于杜氏……"

他回头看向杜芙蕖，不悦地继续说道："当真这样不安分，不如就搬去别院住。"

杜芙蕖刚刚还花痴呢，被这句话给惊得回了神，倒吸一口凉气，难以置信地看着他："你要赶我走？"

先不说有没有证据证明今日的事是她做的，就算是她做的，为了一个丫鬟，他竟然要把她这个正室赶出去住？！

她的脑子里突然就浮现了巧言的那张脸，那日巧言笑眯眯地跪在她面前说道："二少奶奶难免不会像奴婢这样，被赶出萧家大门。"

她先前还不信，没想到巧言当真不是在吓唬她！这杜温柔已经有本事把别人都赶出宅院了，她还傻乎乎地觉得萧惊堂念在自己为他和三皇子牵过线的分上，会容她一二！

"先前已经警告过你了。"萧惊堂看着她，眼里一点儿感情都没有，"我说过不要为难她，但你好像并不把我的话当回事。"

杜芙蕖气极反笑，咬了咬唇："就为一个丫鬟，你连我这个正室都不放在眼里，这事传回杜家，杜家人会怎么想？萧惊堂，你当真以为自己很了不起吗？你三番五次毁杜、萧两家的联姻，一次还好说，是杜家理亏，强塞了人给你，可这第二次呢？是你推了四小姐的婚事要娶我的！娶了我你却让我去别院住？杜家再忍你，也不会忍到这个地步！"

温柔抿了抿唇。

就算杜芙蕖没脑子，可这些话是对的。杜家第一次允萧惊堂那么欺负杜温柔，是因为杜家临时换了新娘，理亏在先，杜振良甚至都不计较萧惊堂喊他伯父而不喊岳父。

但这一次的联姻不同，杜家本来已经准备好了四小姐，萧惊堂自己换的杜芙蕖，并且礼节都行了个周全。萧惊堂再冷落她，那杜家就不得不认为萧家是没有联姻的诚意，也没有合作的诚意了。

那两家的关系就有点儿崩了。

萧惊堂是个理智而聪明的商人，一时气血上头，冷静下来后也知道这决定不妥。但他没办法向一个女人低头，更不会在这个时候向杜芙蕖低头。

萧少寒都皱眉了，心想杜芙蕖这人真的蠢，这么当面怼萧惊堂，人家会让步就有鬼了。手段有千百种，萧惊堂总能选一种解决这问题，却让她去别院，她就不能好好说点儿软话？

气氛正僵持呢，旁边的温柔站出来了，和和气气地说道："二少爷何必发这么大的火呢？再如何，二少奶奶也没必要搬出去。"

萧惊堂皱着眉看了她一眼。

杜芙蕖也冷笑着看向了她："你这个时候知道出来装好人了？我与惊堂的联姻出了问题，就都是你害的！"

温柔眼皮子都没抬："奴婢并未做错什么，不是吗？倒是二少奶奶代表杜家来与二少爷成亲，却因为忌妒让人强暴二少爷的通房丫鬟，给自己的相公戴绿帽子，这种事咱们不好解决，倒不如听三少爷的，去萧夫人面前评评理吧？"

杜芙蕖愣了愣，心微沉："你想怎么样？"

"奴婢什么也不想，就是想给自己讨个公道，也给二少爷讨个公道。"温柔笑了笑，转身就去屋子里将香炉给抱了出来，"走吧，夫人现在应该还没用晚膳，趁有空，咱们去解决一下这事。"

杜芙蕖有些惶恐地看了那香炉一眼，嘴硬地辩解道："你……你就算有这个炉子，也证明不了什么！"

"哦？"温柔挑眉，"傻孩子，你不记得二少爷和三少爷都是人证？况且，你的屋子里的这个大夫……逾矩的事情似乎做得也不少，咱们不妨一并查一查吧？应该有很多种方法能查。"

359

这话是吓唬杜芙蕖的，然而杜芙蕖脸色一白，整个人突然就慌了："你想查什么？"

这事还真有问题啊？温柔挑眉，神色陡然深不可测起来，意味深长地看着杜芙蕖说道："你做过什么事情，我都知道。"

这是典型的诈人的话，但不知道是她演得太逼真还是怎么的，杜芙蕖瞳孔微缩，缓缓回头看了萧惊堂一眼："那……二少爷也知道？"

萧惊堂心里很茫然，表面上却配合地点了点头。

其实他什么也不知道。

杜芙蕖身子一软，跌坐在地上，张了张嘴却说不出话来。萧少寒很是意外地看了温柔一眼，眼里有着大写的问号：你怎么知道的？

温柔朝他耸了耸肩，蹲下来看着杜芙蕖问道："二少奶奶，这府里烦心事多，您要不要去别院散散心？"

像涸辙之鲋，杜芙蕖张口呼吸了两下，眼里的泪水"哗哗"地涌了出来，恼恨又无奈地看着温柔，半晌之后，哽咽地辩解道："我是被人陷害的！"

萧少寒捂了捂脸。

他们能拿这种人怎么办呢？杜温柔只一句话，杜芙蕖就把整件事给交代出来了。萧惊堂又不傻，一听这话，肯定会追问下去的，那他该怎么自处啊？

萧少寒抹了把脸，看向自家二哥："没办法了，咱们先谈谈吧。"

萧惊堂看了他一眼："你知道？"

"我全部都知道。"萧少寒将手举过头顶，叹息道，"我都说出来。"

杜芙蕖慌了，连忙说道："怎么能听他的一面之词？！我也有话要说。"

"那就一个个说。"萧惊堂扫了地上奄奄一息的听风一眼，转身就往自己的屋子走去。温柔和萧少寒都跟了上去。杜芙蕖愣了愣，也连忙跟跄几步追上去。

然而到了主屋，她还是被关在了外头。

萧少寒脸色凝重地看着面前的人，低声问道："二哥你先告诉我，你可还喜欢这杜家二小姐？"

喜欢？萧惊堂挑眉："你但说无妨，不管她做什么，我都不会生气，至多是考虑利益得失问题。"

这比回答不喜欢还狠呢，不过倒也让人松了一口气。萧少寒清了清嗓子，开口道："那我就直说了。"

萧惊堂坐在椅子上，镇定地听他把前因后果说了一遍，脸上一点儿表情变化都没有。

温柔听傻了，瞠目结舌地看着三少爷，听他说完之后"喃喃"道："所以睡了她的不是你啊？"

萧少寒翻了个白眼："她倒是想让我睡，但我虽然喜欢调戏二哥家的女人，也不能这么来啊，叫母亲知道非得打死我不成。"

温柔叹了一口气，看向萧惊堂的头顶，嘀咕道："野火烧不尽，春风吹又生哪。这一年年地绿下去，可怎么得了？"

萧惊堂目光冷漠地瞪了温柔一眼，然后开口："让她进来吧。"

他当真这么冷静？温柔有点儿惊讶，仔细看着萧惊堂的脸，这人竟然一点儿愤怒之色都没有，眼神很是镇定。

杜芙蕖苍白着脸进来，开口就是："惊堂，你别信他的话！我的茶被他动了手脚，他还故意将听风引过来，所以我才……"

"听风是你的救命恩人吧？"萧惊堂打断她的话，问了一句。

杜芙蕖愣了愣，点了点头。

"你与他在那山谷里生活了一年，未曾有什么感情？"

"怎么可能会有感情？！"杜芙蕖瞪大了眼，"妾身心里都是二少爷，哪里还装得下别人？"

温柔呛了一下，撇嘴道："你这话敢当着听风的面说吗？"

"怎么不敢？"杜芙蕖咬了咬牙，"你们把他带来对质都可以，我与他之间清清白白……都是三少爷做的手脚，他想毁了我！"

萧少寒耸肩，笑了笑："我为什么要毁了你？你若不是我二嫂，我压根不会与你多说半句话。"

"你胡说！"杜芙蕖咬牙切齿，"你分明屡次想轻薄于我，轻薄不成，就恼羞成怒……"

这人编故事的本事可真厉害，萧少寒失笑，摸了摸自己的鼻尖："这话你就算说到母亲面前，她也不会信，更何况是我二哥。"

他们兄弟对彼此还是有些了解的，比起这个满嘴谎言的女人，二哥肯定还是相信他多一点儿。

萧惊堂没看萧少寒，目光就落在杜芙蕖身上，等她说不下去开始抽泣了，才开口道："我最开始就同你说过，你若是遇上了心爱的人，我可以让你全身而退，与其厮守。"

杜芙蕖连连摇头："妾身心爱的人是您，再没有别人了。"

萧惊堂沉默了片刻,说道:"如今你已经与他人同房,我是断然不会再接受你的。"

"二少爷,"杜芙蕖哭了,梨花带雨,可怜得紧,"事到如今,妾身也不求别的,只求您能让妾身继续留在府里,若当真出去,妾身要吃苦的。妾身在府里,也能让杜家人更加安心,不是吗?"

"你要是不走,我也不会强求。"萧惊堂说道,"但我会将主母该管的事都交给姨娘去管,你住在你的碧莲阁里,除非有重要的事情,否则不要踏进我的院子半步,更不能动我身边的人。"

"好,妾身都能答应!"杜芙蕖点头,"只要二少爷不跟杜家人和婆婆提起此事,妾身一定会听话!"

那也就没什么好说的了,萧惊堂扫了她一眼,起身朝管家吩咐道:"把那个大夫送去衙门,就让县太爷以采花之罪论处。"

"是。"

待杜芙蕖被人扶了出去,萧惊堂揉了揉眉心,伸手就将温柔拉到了自己怀里。

"吓坏了?"

温柔点头,咂舌道:"没想到你会这么果断地处理她,我还以为会有很多麻烦。"

"我是问你,在碧莲阁的时候,你是不是吓坏了?"

哦,这个啊?温柔点头,眨眼道:"当真吓坏了,要是奴婢被人给玷污了,是不是也只有被送去别院了?"

捏着她的胳膊的手紧了紧,萧二少爷脸上瞬间满是怒气。

"我开个玩笑,哈哈——"温柔笑了两声,连忙转移话题,"今天的午膳是不是挺好吃的?"

"不好吃。"萧惊堂冷哼一声,往她头上插了个东西,然后满脸不高兴地把她拎起来站好,自己起身去了内室更衣。

什么东西啊?温柔伸手往头上摸了摸,摸着一支簪子,拔下来看了看,碧玺雕花,好看得很,而且有点儿贵重。

"啧啧——"萧少寒看得直摇头,"二哥完了。"

"啥完了?"温柔莫名其妙地看了他一眼,"您就不能说点儿好听的话?"

"好听的话我不会说,我就只会说实话而已。"萧少寒垂眼看着她,认真地说道,"我二哥不会说漂亮话,也不懂怎么哄女人,但是给了你真心的话,你可千万莫要负他,不然会追悔莫及。"

心微微一跳,温柔垂眸,捏了捏手里的簪子。

萧惊堂给了她真心吗?

他好像是挺护着她,对她挺好的。抛开以前的事不论的话,如今的她生活算是安稳,虽然是个下人,过得也不是很差。

但是,要她一辈子仰他鼻息地过下去,她做不到的。

温柔笑了笑,将簪子重新插回头上,打趣似的说道:"谁的真心都只给一次,错过了想再得,都没那么容易。"

说罢,她进了内室去帮萧惊堂更衣。

这个女人,不好弄啊。萧少寒微微皱眉,突然觉得自家二哥张狂了二十多年,可能真的会踢到人生里最硬的一块铁板。

天黑休息的时候,萧惊堂和温柔就看着萧三少爷在主屋的地上打了地铺。

"你这是做什么?"萧惊堂眯起眼问。

萧三少爷裹着被子在地上滚来滚去,"哇哇"直叫:"我不管,我那院子被人弄脏了,我不要回去住!"

温柔的下巴差点儿掉地上,看着他样子,她忍不住就说道:"在珍馐斋里的时候,您可不是这个样子的啊。"

那高冷邪魅、满脸嘲讽之色的侍郎大人哪里去了,这个在地上乱打滚的人又是谁?

萧惊堂想捂她的嘴已经来不及了,地上的人愣了愣,一个鲤鱼打挺就站了起来,皱眉盯着温柔看了许久,一拍大腿道:"还真的是你?!"

温柔来不及有其他反应,下意识地就拉长了自己的脸,眯起了眼睛,扭着五官噘着嘴否认道:"不是我。"

萧少寒:"……"

这种白痴一样的行为能掩盖什么啊?!他又不傻,找了这么久都没找到萧惊堂是从哪个馆子里带的歌姬,再一看这丫鬟没个尊卑的样子,五官又有点儿眼熟,猜也猜得到啊,只是因为她这句话更加确认了自己的猜测而已。

他正想吐槽她两句,冷不防却听得旁边传来了失笑声。

温柔也听见了,跟着萧少寒一起侧头,就见旁边的冰山裂了,萧惊堂笑得春暖花开。

"哈哈哈——"

温柔有点儿蒙,恢复了正常的样子,茫然地问:"二少爷在笑什么?"

萧少寒也很茫然,看着自家二哥脸上这灿烂的笑容,忍不住就打了个寒战。

他上次看见自家二哥这么笑,可能还在自己五六岁的时候吧?这么多年过去了,他还以为自家二哥的脸已经不会动了,如今自家二哥突然来这么一下,还真是……有点儿吓人。

萧二少爷一点儿也没考虑面前这两个人的感受,抱着肚子笑得格外开心,刚缓过来一点儿,转头看见温柔的脸,便又开始笑。

这人的笑点还真是格外低啊,这样的人,怎么绷住表情天天装扑克脸的?温柔好笑地扯了扯他的衣袖:"二少爷,再笑就天亮了。"

萧惊堂伸手抹了抹眼睛,回过神来,一秒变回冰山脸,看着萧少寒说道:"你去侧堂睡,明日让人把你的院子洒扫一遍。"

"现在不是院子不院子的问题。"萧少寒努嘴指了指温柔,"这丫鬟,你给带出去冒充歌姬?"

"不可以吗?"温柔小声道,"你还赏我玉佩了呢,就是没到我手上而已。"

她这歌姬也是拿得出手的好不好?

"倒不是不可以。"萧少寒微微皱眉,认真地看了温柔一眼,"只是你这丫鬟,是不是显得太重要了一点儿?"

萧惊堂顿了顿。

重要是什么意思?温柔不解地看着萧少寒:"丫鬟不可以很重要?"

"自然……"

话还没说完,腰间陡然一紧,接着萧少寒整个人就被扛了起来往窗外扔去。

"哎!"萧少寒惊叫,打了个滚儿落地,就见背后的窗户"啪"的一声关上了。

"去侧堂睡。"自家二哥冷漠无情地甩过来这四个字,接着屋子里的灯就熄灭了。

自家二哥脾气还是这么大,一点儿都不考虑一下他现在好歹也是户部侍郎,被这么扔出来,像话吗?!

"三少爷,"萧管家拱手过来,笑眯眯地禀道,"侧堂已经收拾好了,您过去歇息吧。"

气消了一半,萧少寒委屈地爬起来,撇撇嘴,老实地跟着管家走了。

萧惊堂和温柔一起躺在床上，黑暗之中一片沉默。

"最近萧家可能要发生不少事，"没沉默一会儿，萧二少爷就开了口，"我会将府里的账本给阮姨娘管着。要是我不在，你可以同她走动。"

"喔。"温柔点头表示理解。

"你……"身边的人转过头来，犹豫着问了一句，"现在还想离开吗？"

温柔愣了愣，心想这问题怎么回答啊？她若说不想，骗人也过意不去；可说想吧，又怕这人恼怒。

于是她干脆还是装睡着了吧。

她的呼吸均匀平和，气息喷在他的肩膀上，很是令人安心。

萧惊堂抿唇，轻轻叹了一口气。

她应该不会了吧……虽然他没有明说，但一直也在补偿她，她总不至于半分不动容。

他有预感，裴家缓过劲来之后做的第一件事，就是把她赎出去。县太爷那种趋炎附势的人，不一定会一直帮他，所以温柔会不会继续留在萧家，都得看她自己。

一向自信十足的萧二少爷，这次不是很自信了。就算现在的温柔看起来乖顺得很，但……越乖顺，反而越让人不安。

"二少爷。"

第二天一大早，萧惊堂刚起床没多久，管家就来通禀："县太爷请您一叙。"

萧惊堂皱了皱眉，转头便对温柔说道："你与我一起去。"

"啊？哦。"温柔还打算去找阮妙梦玩呢，没想到今日萧惊堂竟然肯带她一起去了。温柔耸肩，收拾了两下便跟着萧惊堂出了门。

一路上萧惊堂都显得很奇怪，像是有话要跟她说，又始终没有开口。

温柔心里疑惑，但也没多问，到了县衙跟着他一起进去，去了后院的花厅与县太爷见礼。然后他坐下，她站着。

"裴家提出要赎人。"县太爷也不磨叽，开门见山道，"二少爷这丫鬟，裴家公子像是喜欢得紧，竟打算以亲人的关系赎出来。这卖身契上写的银两多得离谱儿，可裴公子似乎也不在乎。"

原来是说这事，温柔瞬间明白萧惊堂那表情的意思了。眼瞧着这两个人都转头看向了自己，她笑了笑，耸肩道："能被赎出去的话，奴婢倒是没有什么意见，毕竟只是个下人，身不由己。"

萧惊堂的目光黯了黯，他转过头去说道："您能拖到什么时候，就拖到什么时候吧。"

县太爷为难地点头，又劝了一句："其实只是个丫鬟而已，萧二少爷也没必要……"

"我不会让步。"萧惊堂打断了他的话，淡淡地说道，"我想要的东西，从来没有高价让给别人的道理。"

温柔笑了笑，捏着手没吭声。县太爷干笑着应承了两句，便让人恭恭敬敬地送他们出去了。

"他想带走你，除非凌驾于我之上，否则这状纸，县太爷可以一直压着。"走在路上，萧惊堂绷紧了下巴，淡淡地开口道，"所以你不用高兴得太早，我没那么容易放你走。"

温柔点头，想了想也没什么好说的，干脆沉默。

气氛莫名其妙地就尴尬了起来，接下来从上车到回府，两个人都没再说过一句话。

萧惊堂还有事要忙，她到萧府后门下了车，他也没下来，继续就往街上去了。温柔看了那马车一会儿，提着裙子进了门。

"温柔姑娘！"

她脑子里正在想事情，冷不防就被人拉住了手。温柔愣了愣，抬头就看见桃嫣轻皱着眉说道："我家主子请您过去一趟。"

阮姨娘？温柔点头，呆呆地跟着桃嫣走。

桃嫣一边走一边抱怨："二少爷也真是的，明知道我家主子爱财如命，偏生就让她来管这账本。主子不管还好，一管差点儿心疼死，这院子里的花销怎么这么大？……"

嘀嘀咕咕了一阵子，见旁边的人不吭声，桃嫣疑惑地转头看了看："温柔姑娘？"

平时挺活蹦乱跳的人，今日好像有些心事，脸上表情颇为凝重。桃嫣喊了三声之后，温柔才回神，茫然地看着她："怎么了？"

前头就是锦绣阁了，桃嫣也就没空再说一遍，只叹息了一声，领着温柔往里头走去。

两个人一踏进屋子就听见有人碎碎念的声音从内室里传出来，充满了怨念感："几个女人能花这么多银子？当饭吃也用不了这么多啊，干啥去了？不能省一省？！"

温柔："……"

她也喜欢钱，但是比起阮妙梦这种爱钱如痴的人，简直算不得什么！

温柔觉得有些好笑，上前行礼："阮姨娘。"

"哎？你可算来了！"阮妙梦一扭腰从内室扑出来，捏着账本可怜巴巴地说道，"你先前是怎么管账的？我瞧着那一个月开销不大，可看看现在这账本……心疼死我了！"

温柔失笑，接过账本看了看，说道："二少爷刚刚迎了正室回来，开销自然会大一点儿……"

话没说完，她噎住了。

两万七千两银子，有一万七千两都是这位二少奶奶买东西花的。

"她买什么了？！"温柔瞪眼。

阮妙梦气不打一处来："谁知道啊？账本到我手上就成这样了，估计她没少往自己的腰包里揣银子！"

就算不是自己的钱，这看着也够让人心疼的。温柔皱眉道："你就给她一个月五十两银子的月钱吧。"

"我一大早就派人去说了。"阮妙梦委屈地撇嘴道，"可她压根不听哪，还说杜氏嫡女怎么可能接受这种待遇，要去夫人那里告我。我想着这点儿事也就不必惊动夫人了，就想问问她要多少银子一个月，结果她说……一千两。"

温柔差点儿被自己的口水呛着："一千两？她怎么不去抢呢？"

"二少爷一大早就出去了，我也拿不准该不该答应她，所以让桃嫣去找你。"阮妙梦叹了一口气，"不是我说小话，这二少奶奶就算如今是嫡女，可处处透着股小家子气，为人也不讨喜，眼神就长在男人身上，跟咱们也没个来往，换作我是二少爷啊，一两银子都不乐意给她。"

这些姨娘还不知道杜芙蕖和听风的事情，不过看样子也不太待见她。

这女孩子啊，就算再怎么喜欢男人，也得跟其他女孩子交好，不然被围攻起来多惨哪，连个说话的人都不会有。

温柔想了想，建议道："你还是就给她五十两银子吧，二少爷那边她不敢去告状的。若是她找你要说法，那你就说我做二少奶奶的时候，还没有月钱呢。"

阮妙梦低头想了想，好像也是这个道理，索性拉着温柔坐下来，说道："这院子里我看就你有点儿脑子，反正现在没事干，不如你来帮我的忙吧。"

温柔眨了眨眼，笑道："虽然挺高兴你夸我的，但别人怎么就没脑子了？"

"这还用说？"阮妙梦翻了个白眼，"凌挽眉就是个没脑子的人，好好的虎啸山庄大小姐不当，跑来这里给人做姨娘就为等个男人来娶她，结果男人没等来，自己灰溜溜地走了。苏兰槿也没好到哪里去，好好的男人爱她、疼她，她偏生性多疑，以致不得不情人分离，跑到这里来冷静。

"慕容音不用说，就是个傻子，单纯得可怕。新来的云点胭也是软弱，没事就知道哭。二少奶奶更不用说了，整个人就跟勾栏院里拖出来的眼皮浅的妓子似的，没个出息。"

这点评可真够犀利的，温柔忍不住笑问："那你呢？"

"我？"阮妙梦笑了笑，垂下了眼眸，"我以前也是个傻子，替人算计前程，算计得自己被迫离开，也不知道那人还会不会再来娶我。"

大家都是有故事的人，温柔叹息："我今天心情也不是很好，咱们喝点儿酒吧？"

"好啊。"将账本合上，阮妙梦爽快地朝一旁喊道："拿酒来！"

桃嬷"噜噜噜"地跑了出去，没一会儿就带了两坛子酒回来。阮妙梦让她关门出去守着，然后便大大咧咧地猛灌了一口酒。

"这院子里很久没人可以让我说心里话了，但我知道，你靠谱儿。"阮妙梦抹了抹嘴，眉眼带笑，颇为妩媚地看着温柔，"我喜欢聪明人，你刚好也很聪明。只是，聪明归聪明，你千万别走我的老路。"

温柔也跟着她喝起酒来，笑嘻嘻地问："你走了什么路？"

阮妙梦眼神复杂地沉默了片刻，灌下去两口酒，等脸颊微微泛红了，才开口道："你敢相信吗？我一个女人，亲手送一个男人位列诸侯。"

温柔好奇地看着她，安静地等着下文。

酒香四溢，阮妙梦"咯咯"笑了两声："我的男人不是萧惊堂，是个颇有野心的谋士。他想做诸侯，我便帮他去做，一步一步都替他算计。你知道吗？我可聪明了！就算是现在的萧家，不管哪个角落发生的事情，我都能马上知道。"

倒不是她要算计萧惊堂什么，这是一种习惯，一种五年养成的习惯。每到一个地方，她都会下意识地布下自己的眼线。这样不管发生什么，就算是与她无关的事，她也都能知道。

这院子里最先发现二少奶奶有变化的人，可能就是她了。只是这没妨碍到她的利益，她也不必做什么。先前的杜温柔可蠢了，用的都是些小手段，她不费吹灰之力就能破解，还能从萧惊堂那儿拿到可观的安抚银两。

但现在，杜温柔变了，与之前那个完全不是一个人，就算谁都觉得她还是杜温柔，阮妙梦也不会这样认为。

之前的杜温柔和现在的可以当作两个人来对待。

酒香入喉，阮妙梦笑意更浓了，眼里水光潋滟，笑道："有时候我真羡慕你啊，喜欢一个人，这么快就能释怀放下，这倒是好事。"

"你放不下吗？"温柔低声问。

"我？"阮妙梦大笑两声，笑得眼泪直流，"我要怎么放下啊？你知道搬起一个东西用的力气越大，就越难放下吗？最好的五年都用来陪他搬那东西了，现在叫我放下，我舍不得，也不甘心。"

温柔愣了愣，下意识地伸手拍了拍她的背。

结果阮妙梦"哇"的一声就哭了出来，跟孩子一样，吓得温柔打了一个哆嗦。

这样的哭状只有小时候才会有了，阮妙梦张大嘴半眯起眼，号啕大哭着。女孩子长大了哭起来一般都知道要维持形象，也更会克制自己，但真正伤心的时候，还是会什么都顾不上。

温柔觉得有点儿心疼，但也不知道她到底经历了什么事，只能轻轻地顺着她的背，小声道："乖，不哭了啊。"

"要是我也能变……我一定……一定变成什么也不懂的姑娘，站在他身边撒娇就好了，也不至于花费多年的心血，却替别人送了夫婿。"阮妙梦哽咽得不成声，"女人能干有什么用？男人说到底还是喜欢柔弱的女人。"

啊？拍着她的背的手顿了顿，温柔皱眉，扶着她的肩膀让她看向自己，认真地说道："谁告诉你女人一辈子要为男人过的？咱们活着，难不成就只是为了讨男人欢心？"

阮妙梦微微一愣，红肿着眼，颇为委屈地看着她："不是为了这个，那是为了什么？"

温柔撇嘴："自然是为了自己，大家都是爹妈生的，凭什么你爹妈生的孩子就得一辈了为别人而活啊？男人这东西毕竟是不靠谱儿的，再好的男人也会因为四周环境变化而变化，要白头偕老也不是不可以，但是太难了。既然如此，咱们为什么不多为自己打算？"

"我倒是也想为自己打算。"眼泪又上来了，阮妙梦说道，"可女子在当世能做什么？离开男人的女人都是要被戳脊梁骨的。圣人所言，都是要女人一生顺从男人，才算是正道。"

温柔翻了个白眼，问她："你说的圣人是男人还是女人？"

"自然是男人。"

"那不就得了？"温柔冷哼了一声，道，"圣人要是一只鸡，还会说人这一生都顺从鸡才算是正道呢。人家挖了坑给女人跳，你们还真就跳进去老老实实地把自己埋起来？"

"可是……"

"没有什么可是的，听你说，你辛苦了五年帮你夫婿封侯，可他娶了个比你更温顺的女人，是吧？"

大概就是这么个情况，阮妙梦点头。

"那就是你傻啊。"温柔撇了撇嘴，"你帮你夫婿封侯拜相，中间肯定是要花费不少关系和金钱的，这些难不成你都不和你男人算账的？就算不算账，那他的关系网和财产也该捏在你手里吧？这样就算以后他抛弃你了，你也有机会自己再就业。"

"我……"阮妙梦不哭了，歪着脑袋想了想，"还真是，当初跟他赌气来这里的时候，我什么都没要，以为他会念我一分好。"

"我呸，男人要是会念你的好而报恩，那就不会有那么多下堂的糟糠妻了。"温柔没好气地说道，"聪明的女人再赌气也不该什么都不要就走，做错事的是他，那净身出户的该是他！"

现在后悔好像也来不及了？阮妙梦叹了一口气："我若早遇见你，早听见你说这些，说不定现在还好过些。"

温柔捏了捏她的手："现在醒悟也不算晚，我看你如今挺爱银子的，你是在为以后做打算？"

阮妙梦有些尴尬地笑了笑，红着脸说道："我只是习惯了，喜欢攒银子存着。这样他有什么需要的时候，我还能帮上忙……"

温柔："……"

这样的好姑娘，长得也花容月貌的，她的男人是多想不开才会不要她？

"你也别觉得我没出息啊，我现在想通了，"酒意上涌，阮妙梦"嘻嘻"笑了两声，"不等他，也不管他了，我为自己存银子，存够了就出去买个小店铺，每月租出去，吃租金养老过日子。"

"这个想法不错。"温柔点头，"柔弱的姑娘有柔弱的好处，但不代表能干的女人就是错的。你瞧，你这么厉害，离开男人也一样能活下去。"

"可是……"阮妙梦还是有点儿不甘心，咬了咬唇，问了一句，"就从男人的角度来看，他们是不是还是更喜欢柔弱的女人？"

温柔叹息："几千年的封建思想，让男人的骨子里都有自己是顶梁柱的想法，他们喜欢被女人依赖，也喜欢被女人需要，所以那种女强人的丈夫出轨的例子实在太多了。不能说能干的女人不讨喜，只是你们与男人相处的方式不太对。

"你可以在外人面前强势，但在你男人面前，还是要有需求，要撒娇，要依赖他的。哪怕有些东西你不需要，他给你了，你也要记得夸奖他，这样他下次还会记得给你东西。对他的态度好一点儿，记得给他台阶下，你就算有想法也要用建议的语气而不是命令的，这样夫妻之间的矛盾会少很多。

"但还有一种男人，你遇见了想也不想就得躲远一些——因为你太厉害，觉得自卑，不思考怎么追上你或者为你骄傲，而是一味打压、嫌弃你，说你做得不对的男人。那种男人天生觉得女人该弱，跟这种人在一起，有能力的姑娘都不会太幸福。"

温柔仰天长叹了一口气，"喃喃"道："我单身到现在的原因，就是身边全是这样的男人。"

阮妙梦有点儿茫然："就是喜欢指责你的那种男人？"

"不是单纯指责，而是不尊重女性，他们觉得女性天生就是男人的附属物品，没有尊严、没有自主权的。"温柔握拳。

阮妙梦点了点头："那……好歹楼东风还不是那样的人。"

楼东风？温柔终于听见个人名，不过总觉得这名字好像在杜温柔的记忆里出现过。

闭眼在记忆里翻找了一番，温柔找到了。当朝帝武侯，楼贵妃的亲弟，姓楼名东风，因救驾有功且战功赫赫而被封侯，皇上对其格外器重，以"帝"字冠之，彰显其身份。

杜温柔为什么会知道这些事呢？因为曾经杜家给她谋的夫婿就是这个楼东风，奈何他固执地不肯娶正妻，所以婚事作罢了。

"等等啊，"温柔睁开眼，问了阮妙梦一句，"楼东风现在有正妻了？"

阮妙梦点头，声音轻飘飘地说道："有了啊，据说他是在大街上对人家姑娘一见钟情，那姑娘温柔又体贴，是个小商人家的闺女。楼东风二话没说就迎了她为正室……当真是二话没说。"

他来告诉她这事的时候，人都已经进门了，亏他还一本正经地对她说："你以后回来，我让她让位置。"

让位置，可笑吗？那本来就是她的位置，现在他说得像是她抢了别人的一样。

她觉得好恶心……

女人这一辈子最恶心的事情，莫过于自己调教出来的男人最后爱上了别人。她养一头猪好歹杀了还能自己吃肉，男人这东西，可真是只赔不赚。

她突然觉得杜温柔的话真的是很有道理的，一定得听。

温柔叹息了一声："咱们不管那么多了，现在你做萧惊堂的姨娘，也冷不着、饿不着，替他把这院子里的事情管好吧，他也不会亏待你。"

"我知道。"阮妙梦"咯咯"笑了两声，摸了一把旁边的账本，"我会替他好好管着的。就算我管不动了，不是还有你吗？"

"我？"温柔往嘴里灌了一口酒，笑道，"我可能留不长了。"

"嗯？"阮妙梦半睁着眼看着她，问，"你要去哪里啊？"

"我自然要去男人管不着我的地方。"温柔伸手捏了捏她的脸，说道，"等裴家和萧家一决高下，有机会离开，我打算做点儿生意。你要是愿意，也可以来帮我。"

"做生意？"阮妙梦抱着酒坛子，大着舌头说道，"那可不容易，女人抛头露面做生意是要被人看不起的。"

"被人看不起怎么了？我还是会赚钱哪！"温柔笑眯眯地说道，"宣传广告我都想好了，就以我是女人为噱头炒作。他们要怎么都好，我最后反正是赚的。"

"哈哈——"虽然听不懂，阮妙梦却觉得爽快，张开手臂就扑到温柔怀里蹭了蹭，道，"我有点儿醉了，要睡觉。等你真的要做生意的时候，我一定帮忙。"

"好。"温柔摸着她的头发，半醉半醒地起身，两个人一起跌跌撞撞地往床边走，一个倒在床里头，一个倒在床外头，老老实实地就闭上了眼。

只是，阮妙梦睡得不是很安稳，眼泪流了一枕头，害得温柔的梦里都是阴雨的天气。

谁心里都有一个付出过真心，很难放得下的人吧。

萧惊堂板着脸坐在陶瓷铺的二楼上，萧管家同一个师爷一起站在他面前，师爷正喋喋不休地说着话。

"若是那丫鬟本人愿意，那裴家要赎，自然就在情理之中。只不过以亲人关系赎去，卖身契依旧有效，并且根据律例，裴家有权修改卖身契。"

也就是说，裴方物完全可以将杜温柔一辈子留在裴家。

这样的条件，杜温柔也答应——她是当真喜欢裴方物吧？不然，她在萧家待一辈子与在裴家待一辈子,又有什么区别呢?

萧二少爷眼神深沉,下巴紧绷,屋子里的气氛瞬间凝重了起来。

师爷被吓了一跳,看了看旁边的萧管家,小心翼翼地又说道:"小的说的是律例之上的事,但二少爷有这样的身份地位,很多事情是能有例外的,您也都明白,不用小的多说。"

这幸城还是萧家独大,县太爷是个聪明人,在裴家面前说不会帮萧家,在萧家面前说不会帮裴家。所以这丫鬟的案子,就算提交上去,也得拖上许久。

萧惊堂颔首,眉宇间的烦躁之色依旧半点儿没少。

裴方物已经开始动作了,与周家联合,又与幸城其他小商家私下有了交情。因着上次的劫难,裴记的铺子关了不少,但如今有了御赐的牌匾,裴方物在幸城最繁华的街上开了一家琉璃店,里头只有几个展柜放了琉璃雕刻的东西,顺带着卖珠宝首饰。

因着皇帝亲笔写的匾,幸城里的富贵人家一时间都花大价钱去买琉璃,就连上京都有贵人远道而来,专程订一个琉璃杯。

若是其他能竞争的东西,萧惊堂都有自信不会输给裴方物,但琉璃这东西……他怀疑裴方物是有了琉璃矿,不然没道理能陆续产出这么多成色各异的琉璃物品,随意一支琉璃簪子都动辄几百两银子,简直是暴利。

"萧管家,"挥退了师爷,萧惊堂低声吩咐道,"想个法子给我打听一下那琉璃的来源。"

萧管家顿了顿,想了想,轻轻点头。

然而,裴家的保密工作做得实在太好,就在其他人都费力打探消息的时候,裴方物已经狠赚了一笔,有了足够的资金,将关掉的店铺重新开门,并且收购了不少新店铺。裴记的招牌有御笔加持,立马盖过了原来萧记的光辉,裴记有与萧记隐隐形成对峙之势。

萧惊堂忙碌了起来,几日不回府也是常有的事情,于是温柔就老实地跟在阮妙梦身边,偶尔他回来,温柔便去陪床。

但是,不知道为什么,萧惊堂再也没碰过她,看她的眼神也冷漠疏离起来。饶是他依旧给她很好的待遇,可温柔能感觉到,她与萧惊堂之间竖起了围墙,很难再凿开的那种。

温柔笑了笑,告诉自己也不用太在意,毕竟早晚是要走的,人家看不惯她这心不在萧家的人也很正常。

她就是莫名其妙地心情不太好而已。

幸好，马上出了一件事，让她没空再去想这事了。

凌挽眉回来了。

这天温柔正端着水出去倒，冷不防一个人从天而降，一把就搂住了她的肩膀，吓得她一盆水差点儿就泼来人身上了。

"别害怕。"凌挽眉低笑，"是我。"

温柔眨了眨眼，惊呆了，扔了木盆就将凌挽眉拽到一边，瞪眼道："你怎么回来了？"

凌挽眉不是回虎啸山庄去了吗？

"路上出了点儿事，"凌挽眉抿了抿唇，叹息，"有人拦着，现在还在四处找我，我回不去，只能回来暂时躲躲。"

温柔挑眉："谁这么大阵仗地拦你啊？"

凌挽眉沉默。

温柔拍了拍大腿，反应了过来："也没谁了，木家少爷是吧？他不是已经娶了别人，与你闹掰了吗？现在这又算什么？"

"我不知道，反正不想再去他身边了。"凌挽眉撇嘴，转头往四周看了看，"妙梦呢？"

"在里头。"

凌挽眉二话没说，拉着温柔就进去找阮妙梦，惊得阮妙梦差点儿一口茶喷凌挽眉的脸上。

"你说什么？"

"我就不当姨娘了，当个丫鬟，你这儿缺不缺？"凌挽眉笑着问。

阮妙梦一个白眼就翻了出来："我是吃了多少个豹子胆，敢用凌家大小姐当丫鬟？"

"情况紧急，我没空跟你扯。"凌挽眉说道，"如今萧家自身难保，萧二少爷想必也不会注意到我。我藏在这里，他也找不到，所以……"

"等等——"心里一跳，温柔连忙打断了她的话，皱眉问，"什么叫萧家自身难保？"

"你不知道？"凌挽眉惊讶地看了温柔一眼，说道，"我以为你们在府里知道的事情更多，还想来问问你们是怎么回事呢。外头的人都说萧家和裴家现在争斗得厉害，抢客人、抢店铺、抢掌柜，裴家有那新奇的琉璃，很是压了二少爷一头，不少人等着看二少爷的笑话呢。"

阮妙梦皱眉："咱们这院子里安安静静的，一点儿消息也没有，我们完全不知道外头事情已经闹得这么大了……那琉璃到底是什么来头？"

"我也不知道。"凌挽眉摇头,"不过要是一直找不到解决问题的办法,裴家还真有可能取代萧家,做这江南首富。"

商场上的风云变幻也是瞬息之间的事情,裴家用垄断生意获得大量资金,再用这些资金来与萧家恶性竞争,长此下去,肯定是萧家先吃不消。

温柔垂下了眼。

凌挽眉在阮妙梦的院子里藏了起来。

晚上的时候萧惊堂回了府,温柔破天荒地没等萧管家请,自己便主动端了茶去萧惊堂跟前。

萧惊堂皱着眉,只看了她一眼,就继续盯着案上的图纸。温柔有意无意地凑了过去,就见那图上画的是幸城街道,很多地方有黑点,但黑点的对面都有一个红点。

这是萧、裴两家的店铺分布吗?温柔微讶,这才过去半个月,裴家怎么就多了这么多铺子?而且裴家的每一个铺子都开在萧家铺子附近,想也知道,同样商品的价格,裴家的肯定是比萧家的低,甚至低过了成本价,才会让萧惊堂这样头疼。

若是没有琉璃,萧惊堂是不会输给裴方物的,可现在……

"你不用太高兴。"察觉到她的目光,萧惊堂淡淡地开口道,"裴家只有琉璃是御贡,而萧家,丝绸、瓷器都已经是御贡了。就算他卖的东西价格都低,也逼不死我。"

这话没错,萧家的底子在,招牌也没垮,哪怕珠宝首饰和摆件没有裴家的琉璃惹眼,一时半会儿也饿不死。

可是,萧家会亏损很多银子,说不定比她的卖身契上的银子都多。

"在二少爷心里,奴婢当真这么值钱吗?"温柔忍不住问了他一句,"您总说奴婢是您的东西,可您的东西都让您亏了那么多银子了,您都不带心疼的?"

萧惊堂恨铁不成钢地看了她一眼:"你少废话。"

他说她是东西她就是东西?女人为什么总喜欢把这种小事当真,都不知道认真看看他到底怎么对她的?

温柔撇着嘴不说话了。

萧惊堂气得揉了揉额头,刚要再说点儿什么,萧管家就敲了门。

"二少爷,有信来。"

萧惊堂微微一愣,正了神色,连忙让萧管家进来。

一般他有信,萧管家都会直接放在书桌上,只有一个人的信,萧管家会亲自交到他手上。

"惊堂,见字如晤。"轩辕景的字磅礴大气,龙飞凤舞,他于信中道,"京中有变,与兄生嫌,裴家正得圣宠,莫与争锋。盖丫鬟耳,让之无妨。若护其过紧,反弄巧成拙。实在为难,我愿祝君之力,早日除之,以绝后患。"

温柔眼睛都快看斜了,将这信看明白之后,便翻了个白眼。

这轩辕景果然跟自己八字不合,每次都要取她的性命。她上辈子是不是刨了他家祖坟?

萧惊堂合上信,看了她一眼。

"留不住我就要杀了我?"从他的眼神里看不出情绪,温柔有点儿慌张,连忙说道,"这哪里像个男人做的事情?"

萧惊堂垂下了眼眸,半晌没说话。温柔紧张地捏着拳头,正打算再动之以情,晓之以理一下,就听见他再度开口:"你知道我这一院子的姨娘,都是因为什么被送过来的吗?"

院子里的姨娘?温柔装作什么也不知道的样子,干笑着问:"因为什么?"

"因为太重要了。"萧惊堂淡淡地吐出了这句话,闭上了眼,"她们对某些人来说太重要,所以才会被放在这里,与世无争,不为人知。"

竟然是因为姨娘们太重要了,而不是因为被抛弃了?温柔愣了愣,猛地想起正在被人追捕的凌挽眉,心里某根弦突然动了动。

原来……是这样啊,那倒是她们误会了。可是,他将这个秘密告诉她,真的没关系吗?古书里不是都说,知道得越多,死得越快吗?

察觉到她的疑惑,萧惊堂轻笑了一声:"你现在听见的是萧家最大的秘密,三皇子觉得我待你太重,而现在,你有了重的理由。"

心里一动,温柔张了张嘴,看着面前缓缓睁开眼的人,一时竟然不知道说什么好。

他这是在护她吧?三皇子觉得他把她看得太重,所以想让他把她让给裴方物,而他竟然用这种方式让她知道了秘密,不能离开。

温柔哭笑不得,心情复杂极了,睨着面前的人问道:"二少爷有没有想过,奴婢知道这种秘密,三皇子岂不是会更想杀了奴婢?"

"我不会让你死。"萧惊堂抿了抿唇,"只要我活着,你就不会死。"

至于三皇子那边,他不会硬来第二次。

温柔笑了笑，可笑着笑着就笑不出来了，心口拧得有点儿难受。

她犹豫了一会儿，问："二少爷，要是有一天奴婢背叛了您，您会原谅奴婢吗？"

"不会。"萧惊堂想也不想便回道，"我原谅不了你，所以你一定不能背叛我。"

他付出的感情太多了，多得足以伤害到自己，所以绝对不能承受丝毫背叛行为。

温柔抿了抿唇，小声说道："可是，您先前也背叛过我啊。"

她以为他会护着她的时候，他打了她，还让杜芙蕖监刑，她也没跟他计较——也是因为没办法计较。

萧惊堂不说话了，别开了头。

温柔"喃喃"道："真是不公平哪。"

"你背叛过我？"萧二少爷突然问。

温柔惊了惊，有些慌张地移开了视线，正打算说点儿什么，突然就看见了旁边架子上放着的点心盒子，肚子"咕噜"一声就叫了起来。

萧惊堂没好气地瞪了她一眼，站起身，伸手把那盒子拿过来放在她面前："饿了就吃。"

"多谢二少爷。"温柔心虚地打开盒子，就见里头放着样式新颖的米糕，七层七种颜色，米糕被切成了一朵朵花的样子，瞧着就让人胃口大开。

"这是哪儿卖的？"温柔拿起一块米糕，边吃边问，"以前也没见府里人买过啊？"

"正街口子上新开的一家点心铺子里的。"萧二少爷继续看地图，头也不抬地说道，"回来的时候瞧着新鲜，就给你带了一盒。"

温柔顿了顿，差点儿就被米糕噎着了。

这人可真是，凶起来吓人得要命，温柔起来吧，又让人觉得浑身不自在，显得她好忘恩负义一样。

"奴婢可以带下去吃吗？"温柔闷闷地问了一句。

"嗯，"萧惊堂应了，也没留她，"去吧。"

温柔行了礼，叼着米糕就回了自己的房间。疏芳还在等着她，一看她回来，便低声说道："牵穗方才来过了，说是替她家公子带了消息，让您稍等，用不了多久就能出去了。"

"嗯。"温柔有气无力地应了一声，坐下来，抬头看着疏芳问，"外头的形势是不是很严峻？"

疏芳想了想，摇头道："奴婢不知道形势严不严峻，可最近裴记琉璃铺的生意是真的很好，听闻卖出去不少琉璃物件，都是天价。光那些价钱，奴婢听着都头晕。"

温柔皱眉。

琉璃这东西成本很低，一直有产出的话，说明张老五吹琉璃已经吹得很熟练了，那么裴方物就有了源源不断的资金来源，除开与萧惊堂恶性竞争造成的损失，还能赚上不少银子。

但萧惊堂就完全处于劣势了，同等商品要么亏本，要么不好卖出去。也是萧家的产业真的太雄厚了，萧记一时之间还不会完全被裴记挤垮，不然这萧家大宅才是真的要乱套了。

她突然有点儿后悔把琉璃配方给人了，裴方物现在这动作也委实太大了些，根本不在她的控制范围之内了。

想了想，温柔笑道："疏芳，明日二少爷出门之后，我也出去一趟，你替我去给阮姨娘说一声。"

"好。"疏芳温和地应了，扶着她上床休息。

温柔还是住在那个柴房里，但这房间里已经一根柴都没有了。秋日微寒，屋子里不知为何就是暖洋洋的，也不潮湿，以至她睡得很舒坦，连外头下雨了都不知道。

第二天一大早，萧惊堂神色凝重地出了门后，温柔蹑手蹑脚地从后门出去，差点儿撞上人，低着头跑得飞快。

两个差点儿被撞着的丫鬟停了下来，一个丫鬟皱眉道："哎？这是谁啊？怎么跑得这么快？"

另一个丫鬟微微一笑，说道："那是你惹不起的人，还是快带我去见二少奶奶吧。"

丫鬟愣了愣，看了看另一个丫鬟，笑道："也是，奴婢刚进这府里不久，很多事还要巧言姑娘指点。您往这边请，咱们二少奶奶已经等着了。"

巧言颔了颔首，拎着裙子，优雅地踏上了回廊。

这萧家里的亭台楼阁可真是久违了，她料到自己会回来，只是没想到回来得这么快。

这二少奶奶想必是吃了大亏，才会那么低姿态地向她求助。杜氏温柔了不起得很哪，这才多久，竟然连杜芙蕖也治不了她了。

幸好，她在外头知道了点儿了不得的东西，这次好像恰好能派上点儿用场。

杜温柔，这次你又要往哪里跑呢？

路上的温柔忍不住打了个喷嚏，嘀嘀咕咕道："今儿我是运气不好吗？白走一趟就算了，我还感冒了？"

她刚从裴家出来，裴家的门房说裴方物去十里酒家了，让她直接去找就行。想了想，温柔也没磨叽，转身就拦了马车，往那个十里酒家行去。

她刚到酒家门口，就听到掌柜的在骂伙计："你这迷糊虫，带错多少桌的客人了？能不能仔细点儿？！"

伙计似乎很是不满，打着哈欠应着，瞧见门口的温柔，还是躬身道："客官里面请，找人还是用饭？"

"找人。"温柔左右看了看，小声问，"裴记的东家在哪个厢房里？"

"您这边请。"伙计又打了个哈欠，领着她就往楼上走，"裴记的东家……在天字还是地字房？好像是地字，天字房里的是其他人，您里面请。"

瞧着他这一宿没睡的样子，温柔都不忍心为难他了，看了看房间门楣上的牌子，提着裙子道："我自己去吧，你可以下去了。"

"好嘞。"伙计点头，却没下去，扶着栏杆就睡了。

温柔看得好笑，瞧了瞧地字号的房间，伸手叩了叩门。

没人应，难道人还没来？温柔皱眉，正想再问问呢，就看见了旁边房间要出来的人，背后一凉，连忙推开地字房的门藏了进去。

萧管家皱着眉关上了天字房的门，站在外头左右看了看，就守着不动了。

"裴公子心情不错，"萧惊堂看着面前的人，开口道，"还有闲心约我出来用膳。"

裴方物微笑，将手里的玉骨折扇展开，笑得温和得体："最近没什么烦心事，自然心情不错。在下还有重要的人在二少爷手里，自然想约二少爷出来谈谈。"

温柔贴在墙上就能听清他们的话，当下就皱了皱眉。

幸好那伙计又给带错了房间，不然她要是敲了隔壁的门，那岂不是很尴尬？！

萧惊堂没吭声，不用看温柔都知道，这人肯定是面无表情，用一种睥睨的眼神看着裴方物。

的确是这样没错，萧惊堂的眼神跟从前并没有什么变化，完全没有因为裴方物如今厉害了就温和两分。

"你这样,咱们怎么谈?"裴方物摸了摸鼻子,轻笑,"怪不得她不喜欢你,二少爷这样,可是半点儿也让人亲近不了。"

"你要说什么就直接说,"萧惊堂有些烦躁地皱眉道,"别绕弯子。"

裴方物抿了抿唇,点头:"那在下就直言了。萧二少爷,在下有卖不完的琉璃,而且全天下只我一家能卖,这其中的利润你算也知道有多少。我要用这些利润打垮你萧家,不是不可能,是不是?"

萧惊堂颔首,也不避讳:"那又如何?"

"与其大家都不好过,不如二少爷让一步,将温柔给我吧。"裴方物真诚地说道,"她不喜欢你,留在你身边也没什么意思,你不如放了她。"

温柔抿唇,跟壁虎一样贴在墙上,等着萧惊堂的回答。

萧二少爷沉默了良久,开口道:"她是我的人了,与你在一起,也不会很痛快。恕我直言,就算裴公子将人赎出去,也不一定能留在身边。"

她本来也没打算留在裴方物身边哪!温柔撇嘴,内心正吐槽呢,却听得裴方物说道:"我可以不介意她的过去,但既然花大价钱把人赎出来,便一定会用尽全力,将她留在我身边。"

嗯?这好像跟先前他们说过的情况不一样啊?温柔有点儿意外,挖了挖耳朵,以为自己听错了。

萧惊堂冷笑了一声,垂下眼眸道:"她那个人,只要心里没你,你再如何也留不住。除非你无耻到修改她的卖身契,让她终身为奴,否则她早晚会离开你的。"

啥?卖身契还能被修改的?温柔有点儿蒙了。

裴方物笑了笑,不与萧惊堂争辩,只说道:"我有让她不会离开的法子,也就不需要二少爷操心了。二少爷现在不如说说,要如何才肯放手?"

萧惊堂冷笑,直接起身,拂了拂衣袖,道:"无论如何我也不会放手,裴公子问了也白问。你有你的天赐神物,我也有我自己的本事,就看谁能笑到最后了。"

裴方物沉了脸色,抿了抿唇,道:"二少爷真的不再多坐会儿?听闻皓月湾的烤肉场又出了不小的事情吧?"

又是烤肉场?温柔闻言身子一僵,猛地想起刚刚在裴府后门撞见的人。

张老五开始做琉璃之后,猪肉生意都是给他儿子打理的,先前她就见过他儿子张顺德,看起来很老实的小伙子,所以今日再遇见的时候便认出了他。

那个时候她急着见裴方物,倒是没多想,但现在觉得有点儿不对劲了。

张顺德为什么会去裴府，还在裴方物刚离开不久后跟着离开？然后这么巧，萧家的烤肉场又出了问题？

心沉了沉，温柔觉得，自己可能没有冤枉裴方物。

"我萧家的事情，也不劳裴公子费心，"萧惊堂淡淡地说道，"在下自己会处理。"

人家说这话是想威胁他的，奈何萧惊堂根本不吃这一套，起身就开门走了出去。

萧管家在外头朝他颔首，两个人一前一后地下了楼。

温柔听着动静，见裴方物没有要马上离开的意思，才深吸了一口气，整理了衣裳，悄悄打开门出去。

裴方物皱着眉坐在位子上，像是在思考什么事，目光分外凌厉。可偶然间抬头，见温柔从外头跨了进来，他愣了愣，眼神瞬间变得柔和："你怎么来了？"

温柔装作气喘吁吁的样子，笑道："我刚从裴家过来，门房说你来这里了，我便过来找你商量点儿事。"

"嗯。"裴方物伸手递了帕子给她，转头吩咐丫鬟上菜，然后便让她在旁边坐下后，低声问："有什么事要同我商量？"

温柔撇嘴，不开心地说道："今天我在萧家，有人骂我来着，说我要当个两姓家奴。"

裴方物脸色微沉，微怒："谁骂的？"

"告诉你你也拿他没办法。"温柔叹息，"我本与你说好的是你将我赎出来，放我自由，结果到别人嘴里就成了我要换个地方当家奴。我想了想，为了让大家别再骂我了，咱们还是先签个条约吧。"

"什么条约？"

"就是先说好，你将我赎出来之后，我不再是奴籍，恢复自由身。"温柔笑得很可爱，"本来我们也说好是这样，只是现在多个契约，我也好理直气壮地反驳他们。"

捏着扇子的手微微一僵，裴方物垂眸，低声说道："反正不久后就要离开了，你还在意那么多干什么？"

这人跟她绕圈子？温柔的心沉了沉，她感受到了裴方物的回避之意，语气不由得认真了些："毕竟是关乎我一辈子的事情，我自然是要在意的。我将琉璃的配方给你，为的就是恢复自由身。若之后还是个奴婢，那我该找谁去说理？"

"你不相信我？"嘴唇微白，裴方物深深地看了她一眼，"我以为你将这种事托付给我来做，是完全相信我的。"

"我没有不相信你，"温柔干笑，"只是亲兄弟都得明算账，这事跟信任无关，只是一份书面保障而已。"

裴方物别开了头，低声问道："你要是当真完全信任我，又还要什么保障？"

温柔不笑了，深深地看了他一眼。

这种弯子是绕不晕她的，人与人都是独立的个体，从来没有谁能百分之百一直相信谁。他之前没有告诉她可以修改卖身契的事情，现在再来问她要信任，那就是没有。

"我没有想到公子有一日会变成这样的人。"温柔平静地开口道，"你从一开始就没打算让我离开萧家也离开你，是不是？"

心里一沉，裴方物苦笑道："我以为摊牌的时间会晚一点儿。"

他还当真敢承认？温柔瞪大了眼，瞬间浑身都起了鸡皮疙瘩。

这个人……她今天要是没出来这一趟，是不是真的就要出了狼窝又入虎穴？

"你别害怕，我还有话要说。"裴方物收拢了折扇，认真地看着她道，"我不会让你一辈子为奴，只要你肯嫁给我，你便是裴家的少奶奶，不管发生什么事，我都不会让你受委屈。"

温柔"呵呵"笑了两声："那要是我不愿意嫁给你，是不是就得一辈子为奴了？"

眉心微蹙，裴方物觉得有点儿慌。温柔对他一向是亲近而信任的，但是不知道为什么，今日的她与他之间好像多了一条跨不过去的鸿沟。面前的人冷笑着在后退，无论他怎么追，就是追不上。

他轻轻吸了一口气，说道："你当真不愿意，我也不会强求，自然会让你自由。只是，你可不可以给我一个机会？"

温柔板着脸看着他。

裴方物手足无措，见丫鬟终于上菜了，连忙端了一盘她最爱的水晶肘子递到她面前道："吃这个，然后你听我说好不好？"

他以为吃的就能收买她？温柔继续冷笑，直接站了起来："裴公子，商人是要讲诚信的，我起先是足够信任你，所以才将琉璃的配方给你，让你有了翻身的机会，也让你能将萧家踩上一脚。我的要求只是让你还我自由，但是，你竟然有食言的想法。你可真让我失望。"

如同一盆凉水当头淋下，裴方物白了脸，跟着她站了起来，低声辩解道："我只是想留你在身边。"

他太想她留在他身边了，以至不想考虑她的感受，以为只要她不走，他总能用行动打动她。

但是，她连机会都不给他，又有萧惊堂在前，他可能真的不会再有机会了。

温柔摇头："我不喜欢不尊重我的男人，您这样做，咱们连朋友都做不成。不用你为我赎身了，我自己会想办法，您继续做您的琉璃生意，我们不必再往来了。"

裴方物愣愣地看着面前的人转身，直到她走到门口才回过神来，苦笑道："你舍不得离开萧家了，是吗？"

温柔微微一愣，回道："没有。"

"没有？没有的话，你会宁愿留在他身边，也不来我这里吗？"眼里满是痛苦之色，裴方物说道，"你已经没有最开始那样恨他了，甚至因为他来责怪我。"

"你做得不对，我才会责怪你。"温柔耸肩，"这没有什么问题吧？你用张家的猪肉去害萧惊堂，他没有证据，都不舍得让张家人背锅，你却这样做。"

"我……"

"我也不是非得说谁高尚谁龌龊，毕竟做生意的人都不干净，谁都是用过手段的。"温柔笑了笑，"只是一开始对你的印象太好，以至我现在有点儿失望。裴公子，咱们合作得不太愉快，散也散得痛快点儿，江湖不见吧。"

说罢，她提着裙子出了门，跑得飞快，像是生怕裴方物追上来把她抓回去。

厢房里安静了下来，裴方物愣愣地站在门口，过了许久，才低笑一声，身子微倒，靠在了门框上。

这可怎么办哪？他好不容易看见了点儿光亮，她却毫不留情地将洞口完全堵死了。他再往前走，还能有什么盼头？

他怎么就喜欢上了这样一个无情的女人？他是她唯一的救命稻草，也是她可以说不要就不要的……更可怕的是，他一点儿也生不了她的气。

他该做什么才能将人留在他身边？

温柔一口气跑回了萧家，蹲在后门处把气喘匀了，才回了东院。

萧惊堂在书房里不知道在弄什么，温柔也没空搭理他，径直去了自己的屋子，把床底藏着的杯子、碟子都找了出来，用上次剩下的原料继续进行试验。

她是把琉璃的配方给了裴方物没错，可他们那点儿技术，加上原料有误差，做出来的琉璃顶多是白色的，也没有透明到水晶琉璃的地步。

但她一直在研究水晶琉璃，古代条件太差，还得重新研究。幸运的是，这里有现代没有的稀缺材料，由于这些材料对古人来说并没有什么用，所以都便宜得她可以随地捡。

她有胆子把配方给出去，就有本事用更加高端的琉璃把给裴方物的东西都收回来。

子时刚到，萧惊堂正打算去歇息了，门却冷不防地被人给推开，一股子凉风吹了进来，直吹到他的怀里。

"二少爷。"

风停了，怀里的人浑身冰凉地抱着他，认真地说道："奴婢不想走了。"

与其被裴方物赎出去继续禁锢，她不如留下来自己攒银子。男人果然都是靠不住的！

萧惊堂身子一僵，一瞬间觉得自己是不是出现幻觉了。

但是他等了好一会儿，怀里的人也没消失，并且抱他抱得更紧了一点儿。

萧惊堂缓缓低头，疑惑地伸手碰了碰她的脑袋，再将人拉开，茫然地问："不走了？"

"嗯，不走了！"温柔咬牙，"奴婢还是更喜欢留在萧家！就算裴公子想赎，奴婢也不答应，这样对二少爷是不是有利得多？"

"嗯。"萧惊堂颔首，盯着她的眼睛，又问，"你是因为喜欢萧家，所以留下的？"

温柔抬眼，看着面前的人眼里奇异的光亮，心不知怎么就软了软，抿了抿唇，道："比起萧家，奴婢觉得二少爷更好一点儿。"

她说这话的时候心里没啥波动，可能就是一种人类讨好同类的本能，知道这样说他会开心，所以公式化地说了一下。

而萧惊堂是真的开心了，眼神柔和下来，整张脸显得格外温柔，抿了抿唇，傲娇地哼了一声，又捏了捏她的手："怎么这么凉？"

"外头好像要下雨了。"温柔动了动胳膊，撇嘴，"身上还是有点儿难受。"

萧惊堂心里一紧，环抱住她，低声说道："我让人给你熬药，你回你的小柴房里去歇着。"

"好。"温柔点头。虽然不知道为什么要回小柴房，但听他这么说了，那她也就打算松手回去。

结果，萧二少爷跟着她一起回了柴房。

小小的一间屋子，里头不知不觉已经被布置得温暖舒适，温柔一踏进来，竟然觉得比萧惊堂的主屋还暖和些。

后知后觉的温柔抬头问："你是不是给这柴房下头通了地龙？"

古代的供暖系统，就是在整个房间下头挖出空间，通柴火，使整个房间都暖和，俗称地龙。整个萧家本只有萧夫人和萧惊堂以及三少爷的房间里有地龙，但是温柔突然反应过来，自己这小柴房好像自入秋开始就暖和得很，并且大概是因为房间面积小，比萧惊堂那儿还要暖和。

萧惊堂没吭声，拎着她放到床上，然后皱着眉碰了碰她的手肘关节。

"哒——"温柔皱眉，"本来就肿胀难忍，你还碰？"

萧惊堂脸色微沉，问道："大夫上次不是说，用了药就会好吗？"

温柔撇嘴："谁知道呢？"

她要这样痛苦一辈子吗？看着她脸上的表情，萧惊堂眉心皱得更紧了，显得有些不知所措。

瞧着他这样子，温柔心里舒坦了不少："你是不是很后悔打掉我的孩子？"

"我从未想过要打掉你的孩子，"萧惊堂瞳孔微缩，整个身子都僵硬了起来，"那毕竟也是我的子嗣。"

可孩子当真没了之后，她也没见他多心疼哪？温柔抿唇，摸了摸自己平坦的小腹，鼻子有点儿发酸。

"只是既然孩子已经没了，在那种情况下，我只能说那样的话。"萧惊堂垂眸道，"你若是因为这事一直记恨我，我也没什么好说的。"

自己是记恨他来着，温柔哼哼了两声，龇牙咧嘴地说道："也是你们这儿没孕妇疼痛体验机，你不知道生孩子和流产有多疼，让你体验一下，看你还能不能绷着这冰山脸。"

孕妇疼痛体验机？萧惊堂一脸蒙："那是什么？"

"甭管是什么吧，二少爷要记着，给你生孩子的女人是很伟大的，以后谁给你生了孩子，你别计较男女，先去看看她。"温柔叹息，"你们男人完全不知道女人需要多大的毅力和爱才能顺产。"

古代还压根没有剖腹产，并且就算剖腹产，那也是要痛的。男人在任何时候都可以觉得女人娇弱吃不了苦，但就生孩子这一点，有本事自己去体验，没本事就别多说一个字。同样都是爹妈生的，女人吃了亏从鬼门关走一趟回来给你带个孩子，还敢嫌东嫌西的男人绝对不能要，有孩子了都不能要。

萧惊堂瞥了她一眼，看温柔这一脸义愤填膺的模样，忍不住说道："你觉得谁会给我生孩子？"

啊？话题突然转变，温柔有点儿没反应过来。等意识到他这一院子的姨娘都是别人的时，她干笑了两声，拍了拍他的肩膀："二少爷相貌堂堂，家财万贯，总会遇见真心喜欢你的女人的。"

心情突然就不好了起来，萧惊堂看了她两眼，没再说话，出门让丫鬟打水洗漱，然后便与她一起在这小柴房里睡下了。

第十一章
另起炉灶

萧惊堂睡在了小柴房里！

府里没什么消息是阮妙梦不知道的，第二天一大早，萧惊堂刚走，温柔就被拎到了锦绣阁里。

阮妙梦和凌挽眉一起趴在桌上，下巴抵着手背，跟俩好奇宝宝似的看着温柔。

温柔被看得背后发凉，打了个哆嗦，问：“怎么了？”

"我俩都觉得二少爷喜欢你。"凌挽眉"啧啧"道，"这都不算喜欢，今儿外头水缸里的雨水我全喝了！"

阮妙梦点头：“下头的淤泥挽眉都能一起吃了！”

温柔轻咳了两声，说道：“现在好像不是说这个的时候，我从二少爷那儿听见了一件事，觉得你俩是不是……对自己的男人有点儿误会啊？”

本是来揶揄她的，没想到听见这么一句话，凌挽眉和阮妙梦都有点儿愣怔，一个低头，一个疑惑地看着她：“你听见什么事了？”

"二少爷说，你们是因为很重要才被送来这里的。"温柔笑了笑，"那你们怎么都跟我哭诉，说自己被抛弃了？"

阮妙梦撇了撇嘴，道：“你还是天真了，有些东西刚开始重要，但放得离自己远了，久了，也会觉得没那么重要的。”

凌挽眉跟着点头：“你觉得我们要是足够重要，那些个男人为什么还会另娶？”

温柔哑然，想了想，好像也不是很明白。

"那就不管这事了吧，我还有事想请你们帮忙。"温柔伸手拿了个单子出来，"你俩有没有兴趣跟我一起做生意？"

凌挽眉愣了愣，阮妙梦却很有兴趣地把单子接了过去，笑问："咱们是女人家，能做什么生意……"

话没说完，看见纸上的字后，阮妙梦傻了——水晶琉璃与彩色琉璃原材料清单。

"琉璃"二字最近在幸城可是热门词汇，听见谁说这两个字，路人都会停下来听上两句的。闲暇之时，众人也都会猜测，到底是哪里的矿山，挖出了这么多的琉璃？

然而，温柔竟然拿出了一份原材料清单。

屋子里安静了好一会儿，凌挽眉有点儿蒙，阮妙梦却反应极快，惊恐地看着温柔："那琉璃……该不会是可以做出来的东西吧？"

温柔看了看四周，起身去将门关上，然后才坐回来小声回答道："是可以做出来的东西没错。"

凌挽眉愕然，想了想，立马从荷包里拿出一颗琉璃珠子："这个，你上次给我的，我还在奇怪你哪里来那么多银子买它……是你自己做的？"

"不是。"温柔接过那琉璃珠捏了捏，"我一直在萧家，没法儿自己做这个，所以只是提供了配方，让裴方物做的。"

凌挽眉皱眉，阮妙梦也白了脸。

撼动萧家的琉璃，竟然是……出自她的手？

"你们这表情，是不相信吗？"温柔挑眉，"可是骗你们我又没糖吃。"

"我们倒不是觉得你骗人，而是……"阮妙梦表情怪异地解释道，"觉得有点儿不可思议，你怎么会做这种东西？"

"这个说来话长，你们就当我是得了祖传的秘方好了。"温柔笑了笑，"总之我现在可以制造出更好的琉璃，压制裴家的琉璃价钱，减少他的收入，使他没那么多底气再与萧家恶性竞争，并且咱们还可以赚上一笔养老钱——你们愿意跟我合作吗？"

阮妙梦有点儿心动，沉思片刻，问温柔："我们能帮上什么忙？"

"这事不能让二少爷知道，而我是个丫鬟，很多事也不好做，所以只能仰仗您二位。"温柔笑了笑，"我身边还有以前卖琉璃的分红，有七八千两银子，可以当成本，租一个小瓷窑下来。但出面租瓷窑的肯定只能是你们，并且得让可靠的人购买原材料。至于制作，我倒是可以亲力亲为。

"将东西做好之后,我可能要用到点儿关系……"

温柔伸手拿出一块描金的木牌放在了桌上,看着凌挽眉道:"这是你给我的,说是能找木家少爷帮忙,我会让其他人去找他,只让他把咱们做的更好的东西往上头递。成不成功另说,但一旦出现这种好东西,二少爷是肯定会想要的。咱们的卖货渠道不足,就只能把货都中价卖给二少爷,让他拿去压裴家的琉璃价钱。"

阮妙梦大概明白了她的意思,在心里打了一下算盘,果断地点头:"成,这个忙我帮了!"

"我也不会亏待二位。"温柔拿了写好的契约出来,"按照这上头的约定,第一笔资金我出,但依旧给你们一人两成的利润分红,从第二笔生意开始,你们投入多少钱,收益就按你们投的钱占总投资的比例分红。若是有亏损,亏损的钱全算在我身上。"

也就是说,对凌挽眉和阮妙梦来说,这是一笔稳赚不赔的买卖。

饶是凌挽眉这种不会做生意的人都不免动心了,看了温柔许久,道:"成,咱们试试。"

温柔轻轻松了一口气,笑着开始跟她们说细节。

她看人的眼光一向很准,除了裴方物微微看走了眼,对要合作的姑娘,她是从来都能拿捏住的。

女孩子毕竟是感性动物,讲起义气来比男人有过之而无不及。在这种情况下形成的合作关系,她还是可以靠一靠的。

于是三个人就开始在暗地里动作。凌挽眉如今算是个自由人,买卖原材料和租赁瓷窑的事都是她去做。如今市面上裴家和萧家正争得厉害,小一点儿的瓷窑根本没有生存的空间,都已经是许久不起火的状态,所以租瓷窑很简单,价格还便宜,没两天凌挽眉就搞定了。

原材料倒是略贵,毕竟裴家在大量收购,不过也没贵到哪里去,她们做出来一件成品,所有的材料成本就都收回来了,还有剩余的,所以温柔也没心疼钱,五千两银子全买了原材料,还租了仓库存着。

阮妙梦是个喜欢逛街的主儿,萧惊堂也不管她,忙起来顾不上温柔的时候,就让温柔跟着阮妙梦。

于是,她们每天都能名正言顺地出去做琉璃。

真正看着那琉璃是怎么被做出来的时,阮妙梦和凌挽眉都张大了嘴。温柔也没吹它,随意拧了几个麻花状的摆件出来,便去降火卜透明的釉,然后过水出冰裂纹。

"这个做起来快，而且看起来有艺术价值。"等琉璃冷透之后，温柔将它放在了桌上。

晶莹剔透，这才是真正的琉璃，纯度和透明度都上了一个档次。

阮妙梦看得眼睛都直了，咽了一口唾沫，道："你知道前两天裴家卖了一个琉璃镇纸多少钱吗？五千两银子！而且他卖的那个还没这个看起来品质好。"

"我知道。"温柔笑了笑，起身道，"我继续去做，这样的东西很简单，两个时辰就能做出四十个来。等做好之后，拿六个让人去找木家公子，记得找别人不知道跟咱们有关系的人。"

"这种人我有。"阮妙梦乖乖举手，"我平时买东西，结识了不少店铺的掌柜。有个人很好、很老实的卖茶的掌柜，姓徐，现在很缺钱，咱们要是能给他足够的银子，他定然愿意帮忙。"

"银子都好说。"温柔点头，"你联系上他，把事情办了，我先给他一百两银子。"

一百两银子在小商人那里可是一年的收入了，阮妙梦点头，立马让桃嫣去找人。

于是没过多久，尚在幸城寻人的木青城就到了萧家。

"你是不是正忙得焦头烂额？"看着萧惊堂，木青城笑眯眯地说道，"求求我，我就给你个解决问题的法子。"

萧惊堂抬头看了他一眼，没理他，只问："你找到人了？"

脸色瞬间沉了下去，木青城撇嘴，泄气地说道："没呢，让你帮我找你也不找，算什么兄弟？"

"谁让你那么大张旗鼓地迎娶新人，凌挽眉又是那样的性子，自然是不能忍的。我告诫过你了，可你不听。"萧惊堂低头继续看账本，"现在我帮不上忙了。"

木青城哼了一声，也是恼怒得很。谁承想她真的会走，半点儿机会也不再给他？

他现在后悔了，还来得及吗？

心情低落了半晌，突然想起手里捏着的东西，木青城伸手就将其扔在了萧惊堂的桌上："差点儿忘记正事，我是来跟你说这个的，你听不听啊？"

冰纹琉璃晶莹剔透，被拧成麻花的形状，在他的桌上滚了滚。

萧惊堂怔了怔,仔细看了看那东西,脸色骤变:"你哪儿来的?"

木青城哼笑了一声,仰起了下巴:"现在知道问我了?我低价收的,这么一大块冰裂琉璃,只要五百两银子。"

五百两银子?!

萧惊堂站了起来,将那琉璃拿到光下仔细看了看,确定是真的无误。毕竟这东西好鉴定,也造不得假。

他当下便问道:"你从裴家买的?"

"不是。"木青城耸了耸肩,回道,"是有个商人找我帮忙,拿了我给挽眉的牌子,让我帮他将关在牢里的儿子救出来。我救了,他便便宜卖了六个这个给我,说家里还有,若是需要,随时可以去找他。"

萧惊堂眼眸微亮,朝他伸出了手。

"干吗?"木青城往后退了退,戒备地说道,"我已经拿去当人情送了,只这一个剩余的,多了没有。"

"把那商人的地址给我,"萧惊堂提出条件道,"我帮你找凌挽眉。"

木青城等的就是这句话。他又不经商,拿这东西也没用,本就是打算给萧惊堂解决当下的难关的。

于是确定了两遍萧惊堂会替自己找到凌挽眉之后,木青城爽快地就将那商人的地址给萧惊堂了。

裴家一如既往地在做琉璃生意,什么也不知道。

裴方物没有放弃打压萧家。就算温柔不想跟他走,他也想站在萧惊堂上头,然后才有更多的话语权。

反正只有他一家有琉璃,现在一颗小小的坑埚珠子,他也敢卖两千两银子了。如今短短半个月的利润,已经足够他余生安稳无忧。

然而这还不够,他想要的是萧家的铺子关门。

裴记琉璃铺对面的铺子似乎被盘出去了,最近两日都在装潢,听闻将其盘下来的是萧家,就是不知道萧家要开什么店。

看着那红绸盖着的牌匾,裴方物抿唇,心里莫名其妙地就有些不安。

"刘老爷慢走啊!"

铺子里的伙计点头哈腰地送了个人出来,外头站着的百姓顿时都停下了步子,纷纷跑过来看。

"买了什么样的琉璃啊?"

"这人看起来就有钱,肯定不只买琉璃珠子。"

刘老爷高兴得很,也有显摆的心思,伸手就把那小巧的琉璃球摆件给捧了出来，扬扬得意地说道："这么大颗珠子，才五千两银子，也是裴东家给我的面子。"

微微偏黄的珠子，里头有柳絮状的裂纹，瞧着成色不是太好，可是大，卖五千两银子在市价上来说的确是便宜的。

众人都是一阵惊叹恭维，刘老爷也高兴。裴方物在一边看着，正打算离开，却听得对面街上有人冷笑。

"什么破东西都当宝贝。"

刘老爷愣了愣，转头看过去，就见那尚未开张、半掩着门的店铺里走出来一个人。刘老爷仔细一瞧，嚯，那人可不就是自己平时的死对头方掌柜吗？

"怎么？"刘老爷看了看这方掌柜，冷笑道，"你有更好的？"

那方掌柜哼了一声，打了个响指，就见背后的门突然大开，四个伙计一起抬着一块巨大的琉璃屏风出来了。

街上所有人都开始惊呼，裴方物被吓了一跳，忍不住上前两步去瞧。

晶莹剔透的琉璃，里头有七彩的花纹，红的、绿的、紫的、黄的，隐隐构成一幅春花图。这琉璃平整得很，柳絮都没有一条。

四个伙计抬得小心翼翼，可围观的百姓实在太多了，伙计不得不停下来，就将琉璃屏风放在了那店铺门口。

"你……"刘老爷都忘记跟人赌气了，眼睛都看得发直，"这得多少银子啊？！"

方掌柜笑得开心得很，摸着自己大拇指上的扳指，揶揄道："我可没有刘老爷这么有钱，也就只敢花五千两银子买个大物件回去，要是五千两银子买个成色不好的琉璃球，我家夫人可是要同我闹的！"

众人哗然，不少衣着锦绣的人从人群里挤出来，走去那方掌柜身边问："怎么会这么便宜的？！"

"不是我说，这萧家毕竟是老字号，卖东西就是比裴家实诚。"方掌柜哼笑一声，道，"你们想买啊？自己进这店铺里去看呗！"

满街围观的人这才想起去看背后那没开门的店铺。

萧管家从里头走了出来，笑眯眯地说道："今日人这么多，想必已经是黄道吉日了？那咱们萧记琉璃阁也该开张了。"

话音落地，旁边的家奴连忙跑到牌匾下头的两根红绸旁边，听得一声锣响，一齐便将牌匾上盖着的红绸给扯了下来。

萧记琉璃阁——裴方物愣怔地看着这五个漆金大字，脸上顿时没了血色。

她……怎么敢这么做？！

"来，来，瞧一瞧看一看，萧家的琉璃阁今日开张，所有的琉璃物什都有折扣！"伙计亮着嗓子就喊开了，"更透更亮的琉璃，更多更好的造型，摆件、器皿、首饰都有嘞——"

一看门口这大琉璃屏风才卖五千两银子，外头稍微有点儿钱的人都不太淡定了，纷纷往萧记琉璃阁里挤。萧管家好脾气地派人在外头拦着，一次只放五位客人进去，以免撞碎琉璃。

进去的人都发出了阵阵惊呼，外头的人等得着急，也有聪明的人一路跑回家拿银子。百姓震惊之下立马奔走相告，没一会儿半个幸城的人都知道萧记琉璃阁开张了，琉璃成色更好，价钱还公道。

裴方物深吸了一口气，也在萧记琉璃阁外头排队，等着进去看看。

"裴公子，"萧管家看见了他，笑眯眯地就过来招呼道，"我家少爷吩咐，您想看，随时可以进去看，不用排队。"

裴方物颔首，将拳头捏得死紧，跟着萧管家就跨进了琉璃阁。

玲珑的茶杯、优雅的花瓶、晶莹的杯碟碗筷……大到屏风，小到戒指，里头的商品真是一应俱全，一样似乎只有一个，但无论从成色还是造型来说，东西都比裴记做出来的更好。

知道这些琉璃是出自谁手，裴方物低笑了一声。

她这是用了他不可抗拒的方式，在阻止他为难萧家。

她还真是……对萧惊堂上心了。

这半个月萧家一直没动静，他还以为萧惊堂是在负隅顽抗，没想到萧惊堂却已经和温柔连成一气要对付他了。

"裴公子想买点儿什么？即便是你，这里的东西也会给半价。"旁边传来了一个熟悉的声音，依旧透着冷漠之意——

说话的人是萧惊堂。

裴方物慢慢地回头，迎上了他那一双深黑泛蓝的眼，僵硬地开口道："二少爷真是好手段。"

"没什么手段，运气而已。"萧惊堂心平气和地看着他说道，"半个月前我就说过了，你有你的天赐神物，我有我自己的本事。很不幸，上天也有些眷顾我，你有的东西，我如今也有了。"

"上天的眷顾……"裴方物"喃喃"重复了一声，失笑道，"你的意思是，温柔是天吗？"

温柔？萧惊堂微微一愣，有些没反应过来："关她什么事？"

这些琉璃都是徐掌柜以一种低到他不敢相信的价格卖给他的。本来他有些怀疑这徐掌柜另有目的，但接触下来发现，徐掌柜当真只是个想赚钱的商人。

只是，徐掌柜死也不肯让他知道这些琉璃到底是从哪里来的。

不问也就不问，徐掌柜能救他一把，他记得这徐掌柜的恩情就是了。

但是现在，裴方物这话的意思，这东西跟温柔有关？

裴方物也没想到萧惊堂会是这样的反应，本以为温柔肯定是与萧惊堂开诚布公，将琉璃的制造方法也教给萧惊堂了，所以才会有这萧记琉璃阁。

然而，情况好像并不是这样？

眼神微动，裴方物垂眼，轻笑了一声："没什么，我胡乱说的。既然二少爷已经有了出路，那咱们也不必用脏手段继续拼下去了。接下来咱们各凭本事吧？"

他先前缺资金，也缺渠道，如今这两样都已经有了，就算没有琉璃的优势……应该也能与萧家一战。

只是，他没有十足的获胜把握了。

萧惊堂皱了皱眉，看着面前的人转身出去，心里不免有些疑惑。

裴方物可不像是随便说说的，他方才的眼里分明满是震惊和心痛之色，这一转眼的工夫，又说自己是胡说的？

温柔与他到底是什么关系，又到底在一起做了什么？

天近黄昏，萧记琉璃阁的门都没能关上，大把的银票被塞进柜子里，整个展厅里的琉璃制品几乎被一扫而空。

"天哪。"被雇来的掌柜数着银票感叹，"东家，这生意也太好做了啊。我瞧着今日对面的客人全来咱们这儿了。"

"嗯。"萧惊堂心里有事，倒不是很高兴，扫了一眼空荡荡的四周，低声说道，"明日提货，我亲自去。"

"好。"掌柜低应了，继续兴高采烈地打着算盘。

萧惊堂转身回府，眼神深沉。

温柔累了个半死，正趴在阮妙梦的香闺里大口喘气。

阮妙梦两眼放光，数着银票口水都快流下来了："这么多啊！这么多！虽然琉璃卖得便宜，可这银子也实在不少了！"

凌挽眉也有点儿激动，跪坐在地上陪着阮妙梦算账，喃喃道："简直比武林人士劫镖车还快。咱们卖了第一批货而已,半个月,竟然能有三万两银子的收入?"

"还是除开成本的!"阮妙梦数着银票的手都哆嗦了,一边抖一边说道,"第一批原料,有一半作废,另一半全成了成品,那个琉璃屏风有两个不同的,一个全透明,一个有花色,有花色的三千两银子卖给了二少爷,没花色的卖了两千五百两银子,听闻今儿琉璃阁里卖出去,一个五千两,一个四千五百两。"

她们觉得自己已经很赚了,更可怕的是萧二少爷的店铺里这利润,就转卖出去而已,两个屏风就赚了四千两银子。

"这样一来,裴家的势头就算被压住了吧?"温柔开口道,"我也算是没辜负二少爷对我的好了。"

凌挽眉看了她一眼,轻咳道:"先前我也想怪你,怎么帮着外人对付二少爷……现在,也算是两清。"

萧惊堂对温柔的确是不错了,哪怕先前是有些过分,后来也在弥补。温柔若当真帮着外人将萧家打垮了,凌挽眉都不会帮她。

幸好,温柔看起来还是有些在意二少爷的,这半个月一有空就出去做琉璃,手上全是烫伤,吭也没吭一声地一直在研究琉璃造型。为的……倒不是银子,看起来温柔更想拉二少爷一把。

这两个人,什么时候能消除芥蒂,真心在一起就好了。

"时候也不早了,你们先算帐吧,我回去看看二少爷回来没。"温柔爬了起来,"有什么事叫人喊我来即可。"

"好。"阮妙梦继续开心地数着银票。

凌挽眉倒是送温柔去了门口,抿了抿唇,道:"那人已经找到我了。"

温柔心虚地点头,也猜得到。凌挽眉就在萧惊堂的眼皮子底下,萧惊堂不想看见,那木青城就看不见她。可萧惊堂要是收了木青城的好处,那找到凌挽眉也就是早晚的事情了。

温柔不得不承认,自己早知道会这样,就是故意的。毕竟这世上因为误会而分开的情侣真是太多了,有机会能好好谈谈的……那还是好好谈谈吧。

"我明天要出去跟他说清楚,你和妙梦负责一下给货的事。"凌挽眉说道,"今日萧家的货卖了个干净,明日是肯定要提货的,咱们那儿还有存货,先给徐掌柜送去。"

"好。"温柔点头,有些担忧地看着她,"你那边没问题吗?"

"我自己能应付,"凌挽眉笑了笑,"躲了这么久,也该说清楚了不是吗?"

温柔点了点头,拍了拍她的肩膀,转头拎着裙子就回了东院。

她还没进主屋,路上就跟人撞上了。

"哎呀——"杜芙蕖低呼一声,后退两步皱眉看着她,"你不长眼睛的?"

"奴婢该死。"温柔低头行完礼就想跑,可转头过去面前又有一个丫鬟在拦路。

还敢来?温柔皱眉,抬眼看过去,却见巧言正笑眯眯地盯着她。

"是你啊,那咱们可是不敢冲撞的,"巧言掩唇,"万一又被送去别院,那可就不好了,是不是?"

这两个人怎么撞到一起去了?温柔心里微跳。最近太忙了,她没注意府里发生的事。巧言被接回来了?

巧言被接回来就接回来吧,怎么还跟杜芙蕖搅和在一起了?

温柔疑惑地看了她两眼,笑了笑,问:"你们想做什么?"

"二少爷在里头呢,我们能做什么?"巧言盯着她,让开了身子,"你要进去,进去便是。"

她们没打算为难她?温柔挑眉,心想杜芙蕖没脑子,巧言却还是有的,那情况就要好得多了。

于是温柔朝杜芙蕖行了礼就打算继续进去。

"二少奶奶,走,咱们去给二少爷把人看好了。"巧言也没多看温柔,过去就扶着杜芙蕖的手,笑道,"咱们关着这张顺德,明日张老五就该找过来了。"

张顺德?张老五?

温柔步子僵了僵,难以置信地回头看了看这两个人的背影。

巧言怎么会认识那两个屠夫的?

巧言恭敬地扶着杜芙蕖的手,笑得温和,斜眼看了看后头的温柔,心里就更加有底了。

没错,她认识那张顺德。说来也巧,本来她在别院里是大门不出二门不迈的,可那天刚好想吃鱼,厨房里的人不给做,她便自己拿了银子要出去买。就在杀猪口旁边的鱼贩子那儿,她差点儿被人坑了,那张顺德就开口帮了她两句。

那帮鱼贩子不高兴了,当场就跟他打了起来。张顺德虽然看起来老实,

396

但力气可不小,几下就把人打趴下了,怕人报复她,还想一路送她回去。

念着这个人不错,巧言就跟他聊了两句,一聊才知道张顺德家在为萧家烤肉场供应猪肉,当下就留了个心眼,没回萧家别院,而是找了个茶铺套他的话。

巧言不套不知道,一套吓一跳,他竟然说他父亲在给裴家做事。

当时巧言没想别的,只想着打听点儿消息。万一能帮上萧惊堂的忙,那她不就可以回去了吗?所以接下来几天,她与这张顺德常有往来,也没告诉他自己是谁,只装作一个未出阁的丫鬟。一来二去,张顺德对她也就没了戒心,甚至掏心掏肺地告诉她自家父亲在做大生意。

"什么大生意啊?"她轻笑,"大得过萧家去?"

"你可别小瞧我爹哩,他做的东西可值钱了,叫什么琉璃的,吹一个能赚一两银子呢!"

一两银子?这对寻常百姓家来说可算是个大数目,巧言有点儿吃惊,不相信地说道:"你骗人吧?"

"我怎么会骗你?"张顺德有点儿急,"我骗谁也不会骗你。"

"那好,"巧言提议道,"你带我去看看?"

张顺德愣了愣,神色有些为难。

巧言撇嘴,轻嗤道:"什么嘛,你就是想骗我。"

"那地方……我只去给爹送过饭,倒不知能不能带你去看。"张顺德挠了挠后脑勺,小声说道,"要不,今儿你同我一起去送饭,我就说……就说你是我未过门的媳妇儿?"

巧言微微挑眉,看了看他。

张顺德脸涨红,讷讷地解释道:"那地方看守得很严,不让外人进去的,进去看了也不让多说,所以……这也是个糙法子。"

"好,"巧言笑了,"我就做你未过门的媳妇儿也无妨。"

张顺德大喜,当真带着她去了裴家瓷窑。巧本来是好奇裴家在做什么秘密的东西,结果没想到去到那里看见了杜温柔。

没错,就是杜温柔!杜温柔跟着裴方物从旁边的屋子里出来,笑眯眯地对人家说道:"那这些麻烦事就有劳裴公子了,至于东西,我会做好的。"

裴方物颔首,眼神温柔地看着她:"别太累了,反正这东西只有咱们这一处有,也不着急做太多。"

"没事,反正张老五已经会吹琉璃了,先前做的瓶子卖得也不错,有他帮忙,多做一点儿也无妨。"

巧言在远处听着这话，拉着张顺德就藏在了一边，等温柔与裴方物走远了，才笑道："差点儿冲撞了大人物。"

"是啊。"张顺德傻愣愣地点头道，"这裴公子可有钱了，对人也好，对他的夫人也是宠爱有加。"

"他的夫人？"巧言嗤笑一声，问道，"你是说刚刚那位吗？"

"是啊，他们一起做那宝贝，让我爹在这儿帮忙的。"张顺德笑道，"你也听见了，我爹能帮上大忙哩。你当真嫁来我家，肯定也是不愁吃穿的，还经常能有肉吃。"

巧言压根没注意他在说什么，只看着杜温柔的背影冷笑。

好一个吃里爬外的女人哪，这事若叫二少爷知道了，还有她的活路在？

如今裴家借着琉璃与萧家作对，萧家的生意整整被打压了一个月，这都是杜温柔的功劳。巧言掐准时间回了萧家，与杜芙蕖一起，打算送杜温柔一份大礼。

巧言抚了抚鬓发，低声对旁边的杜芙蕖说道："二少奶奶可要让人在侧堂守好了。"

"我明白。"杜芙蕖点头，"那么多双眼睛看着的，我就不信谁敢来抢人。"

温柔僵硬地站在原地，愣怔地看着她们的背影。

巧言把张顺德关起来了？为了引张老五？

她们引张老五来能干什么？应该也没别的了，她们是想在萧惊堂面前揭穿她帮着裴家做琉璃的事。

温柔轻轻吸了一口凉气，按了按心口。

有没有什么挽救的办法？

没有了，巧言与杜芙蕖来这一趟，已经把事情告诉了萧惊堂。温柔进去的时候，屋子里像是寒冬腊月，空气中似都结了冰。

"二少爷，"温柔干笑了两声，走过去问，"发生什么事了？"

萧惊堂抬眼，眼里如冰封万里，冻得她关节疼。

"你最近很忙吧？"他开口，声音里半点儿感情都没有，"或者说，一直挺忙的。"

温柔张了张嘴，也不知说什么好，干脆就沉默了。

萧惊堂失笑出声，嘴唇上没什么颜色，眼睛盯着她，目光里头满是刺。

"她们冤枉你了，你现在可以当着我的面喊冤。"他深吸了一口气，说道,"告诉我裴家的琉璃跟你没关系,你没有帮着裴方物来对付我。"

温柔一声不吭。

"不说话?"萧惊堂起身走到她面前,看着她低垂的脑袋,心沉得厉害,"你都不反驳一下吗?哪怕你反驳说,你没有想着帮着他来对付我,只是想赚银子赎身?"

温柔苦笑。她一开始……的确是有帮着外人对付他的想法,不然自己也没法儿离开萧家。在这种有权势就可以只手遮天的地方,不是谁拳头大谁才能说话吗?

她知道裴方物有野心,只不过没想到他的野心会那么大。她要的只是离开萧家,他却直接想毁了萧家。

这不是她的想法,却也有她在背后推波助澜。

眼珠子乱转,温柔努力想找点儿话说:"裴方物是分了我不少银子……"

"银子……"萧惊堂点头,"就为了这个东西,你就站到了他那边去?杜温柔,我很好奇你每天是用什么样的心情在伺候我?你一边跟我说软话,一边想着怎么置我于死地!"

"也没那么严重,"温柔喃喃道,"奴婢没有要害死您的意思。"

"我是不是还得谢谢你?!"眼睛微微泛红,萧惊堂暴怒了,"就算是养条狗,我喂它骨头,它也不会咬我,你是个什么东西?!"

萧惊堂骂起人来是一贯嘴毒的,温柔知道,也在心里安慰自己:没事,毕竟是自己做错了事,他要生气也是应当的。

可是,萧惊堂的怒火越来越大,他骂得也就越来越狠。

"你喜欢他,那何必同我上床?你不觉得恶心吗?"萧惊堂冷笑了一声,满眼嘲讽之色,"残花败柳的身子,你离开萧家后又能如何?你真当裴方物会一辈子对你好?若不是你有利用的价值,能从我这里探听情报给他,你以为他会这么在意你?!"

温柔皱眉:"我没有给过他萧家的消息。"

"没有给过?"萧惊堂笑了,"那你能否解释一下,为什么我前脚带你去珍馐斋见了周掌柜,后脚裴家就与周家联手了?"

温柔顿了顿,抿唇不语。

"说啊,还有什么事可以给你自己脱罪的?"萧惊堂伸手捏着她的下巴,哑声道,"我怎么会觉得你这张脸看起来好看了?你分明还是一样蛇蝎心肠!"

他的声音大了些，侧堂的萧少寒听见了，以为发生了什么大事，连忙跑了过来。

"怎么了啊？"看了看屋子里这凝重的气氛，萧少寒干笑了两声，走到自家二哥身边，"出什么事了？"

"无妨，你先出去。"

他若出去还得了，这会不会打起来啊？萧少寒还是笑，一步没挪，打着圆场道："我听你方才吼周掌柜呢。我本是要给你和周掌柜牵线联手的，你自己不同意，现在吼温柔做什么？"

"我不同意，也没道理就让裴方物钻了空子。"萧惊堂冷笑一声，指着温柔说道，"若不是这个女人通风报信，裴方物怎么可能去淮春楼将秦淮给赎出来送去周家，又怎么可能得到周家的支援？！"

此话一出，萧少寒也愣了，难以置信地看向温柔："你……秦淮赎出来，是被送去周家了？"

"怎么？"萧惊堂皱眉看向萧少寒，"秦淮的事你也知道？"

温柔没说话，身子站得笔直。

萧少寒倒吸了一口凉气，看看温柔，又看看萧惊堂，笑得尴尬，倒是没开口。

但他这样一笑，萧惊堂也反应过来了。

光凭裴方物，要把人从淮春楼里捞出来可没那么简单，而萧少寒这话的意思，温柔找他帮忙了。

温柔找他帮忙，把秦淮赎出来，拿去给裴方物做了人情。

一股子反胃的感觉从心底涌了上来，萧惊堂背过身去干呕了两下。萧少寒头皮发麻，知道自己的二哥是气到极致了，连忙跳去温柔身边小声问："你没什么要解释的吗？"

"解释不了。"温柔耸了耸肩，"秦淮的事是我骗了你没错，我是为了帮裴方物，让他与周家联手，有个助力，好在萧家的压力之下站起来。"

萧少寒脸色微沉，也冷了眼神："你怎么做得出这样的事情来？我二哥好像不曾亏待你什么。"

"因果有报吧。"温柔勉强地笑了笑，"二少爷觉得把我贬为奴籍留在这府里，再对我好就是补偿。可我想走，想有自己的天地，不想看男人的脸色过日子。"

"那你也不能恩将仇报。"萧少寒皱眉道，"你若是我二哥，一片真心喂了个白眼儿狼出来，会是什么感觉？"

400

"我知道，挺恶心的。"温柔说道，"不过在二少爷的观念里，做错了事不是只要补偿好就好了吗？我也在补偿了，对他不算有什么亏欠。"

不算有什么亏欠……萧惊堂笑得不知如何是好，回过头来看着面前的女人，一字一顿地说道："我本来很心痛，心痛你的孩子就那么莫名其妙地没了！可我现在当真庆幸，庆幸我的子嗣没被你这种女人生出来！"

温柔心口一痛，皱着眉看了他一眼。

"我萧惊堂这辈子没做过什么错的决定，唯一错的，就是当初没有直接让你进大牢，被判死刑，死了倒还干净！"

不知道是不是杜温柔要醒了，温柔看着面前的人，觉得真是难受得厉害。

"你不是喜欢裴方物吗？不是想跟他在一起吗？"气上了头，萧惊堂转身就从柜子里拿出了温柔的卖身契，拿在她面前一点点撕碎，"你现在可以去了，我萧家永远不会再容下你这样的奴婢！"

十万两银子的卖身契，就这么在他的指尖下碎了个干净。温柔看着他，低笑出声："二少爷真不愧是有钱人，就是大方。"

"滚！"萧惊堂怒喝一声，掀翻了旁边的沉香木书桌，发出轰然巨响。温柔也没迟疑，转身就跑。

她跑得轻快得很，就像无数次在他梦里出现过的那样，没有回过一次头。

温柔飞奔出房间，心里什么都没想，回了自己的小柴房，收拾好了藏着的银票和账本，扯着疏芳就往外走。

"主子？"疏芳有点儿傻眼。前头的人跑得飞快，她踉踉跄跄地跟着，差点儿摔倒。

"现在开始别问我怎么了，也别问我要去哪里，跟着我走就是。"温柔说话也是飞快，像不用思考一样，噼里啪啦地就说道，"反正咱们自由了。没了卖身契，奴籍也就没了，想去哪儿去哪儿……啊，我有点儿饿，天色也不早了，我们先去找个客栈住下。"

疏芳一头雾水，跟着她出去。萧家门口的家丁想拦她们，萧管家却赶出来让他们放行。

"一路好走。"萧管家站在门口，叹息道，"虽然不知道出了什么事，不过姑娘要是有困难，老奴还是能帮上忙的。"

被萧惊堂骂得那么惨温柔都没哭，听到萧管家这话，倒是有点儿鼻酸，连忙点了点头跑得飞快。

· 401 ·

天已经黑了，萧家灯火通明，因着萧二少爷的咆哮声，所有院子里的人都没睡，纷纷过来问候。

"这是怎么了？"看着自家儿子苍白的脸色，萧夫人又是心疼又是疑惑，看向旁边的萧少寒："谁能把他气成这样？"

几个姨娘也纷纷赶来，一个个满脸好奇之色。萧二少爷不肯说话，只闭着眼沉默着，萧三少爷打着哈哈，就说没什么大事。

阮妙梦扫了这屋子一圈，问了一句："温柔呢？"

此话一出，众人都愣了愣，后头站着的杜芙蕖小声问道："该不会真是因为她吧？"

"芙蕖，你知道怎么回事？"萧夫人皱眉，招手让杜芙蕖站到前头来，"来跟娘亲说说，柔儿又做了什么事惹得惊堂这般恼怒？"

杜芙蕖犹豫地走上来，有些害怕地看了萧惊堂两眼，抿了抿唇，道："妾身只是听闻温柔帮着裴家做琉璃对付萧家，所以来告诉了二少爷，也扣了人打算对质，谁承想一转头二少爷就发了火……大概是温柔提前招认了吧。"

杜温柔帮着裴家做琉璃对付萧家？！萧夫人震惊得很，瞠目结舌了半晌，脸色就难看了起来："竟然有这样的事情？"

阮妙梦皱眉，下意识地伸手拉了拉后头穿着丫鬟衣裳的凌挽眉。凌挽眉深吸一口气，反手捏住了她，也没什么办法。

温柔现在怎么样了？

"此事不必再提。"一片细碎的议论声里，萧惊堂开口了，"人已经被我赶出府了，今后萧家不再有这个人，你们也不必多问。时候不早了，母亲也该早点儿休息。"

"可是……"杜芙蕖小声说道，"她这么吃里爬外，光是将她赶出去，连身都不用让人赎，岂不是太便宜她了？"

巧言皱眉，拉了拉她的袖子。杜芙蕖惊了惊，连忙闭了嘴。

萧惊堂也没理她，径直回了内室。

萧夫人连连叹息："也罢，算是我萧家欠她的，现在也还清了，都散了吧。"

杜芙蕖点头，带着巧言就先走了，出门之后不免窃喜："没想到杜温柔在二少爷心里也没多重的地位，人证都没来呢，她就直接滚蛋了。"

"男人总是薄情，商人更是无心。"巧言笑了笑，"您听我的就没错，现在二少爷心情低落，您不必去打扰，每日让人准备好膳食，照顾好二少爷的身子即可。"

"好。"杜芙蕖笑吟吟地看着她说道,"你要是能帮我重新夺得惊堂的心,我必定不会少了你的好处。"

巧言笑了笑,乖顺地低着头,扶着她继续往外走。后头的云点胭等人都陆陆续续地跟着萧夫人离开,阮妙梦和凌挽眉却没走,只等着人走得差不多了,才犹犹豫豫地喊了一声:"二少爷……"

"二哥今天很累了,"萧少寒打断了她们的话,皱眉道,"你们有什么事,明日再说也无妨,让他好生休息吧。"

阮妙梦皱眉:"可是,温柔她……"

"往后在萧家,谁若再提起这个名字,那就跟她一起离开。"萧惊堂沙哑着嗓音开口,"我会当她这个人从来没出现过,所有的一切都不过是一场梦而已,梦醒了,谁也别再提。"

阮妙梦哑然,看了看凌挽眉。

凌挽眉叹息。她能理解二少爷有多心痛,毕竟他难得对一个女人这么用心,当真是掏心掏肺地在对温柔好,而温柔……没能马上放下以前的仇怨,也实在怪不得她。

两个人都没什么错,只是事情不太凑巧罢了。

瞧着萧惊堂眉眼间的疲惫之色,凌挽眉想了想,还是拉着阮妙梦告退了。

出去后阮妙梦着急地问:"怎么不替温柔解释一下?二少爷气她胳膊肘往外拐,可温柔分明也在帮他……"

"二少爷现在在气头上,咱们说什么都没用。"凌挽眉苦笑,"我知道这种感觉,被自己的爱人背叛,要许久才能缓过神来好好听人解释。就算你现在冲上去说温柔不是吃里爬外,二少爷也没那个心情细想,反而会觉得温柔就是先帮了裴方物。咱们现在没别的事能做,先回去歇着,明日出去找温柔吧。"

阮妙梦想想也是这个道理,但还是忍不住"哎呀"了几声,急得跺脚:"我本来想着,等萧家缓过来重新占了上风的时候,再跟二少爷提一提温柔做的事,那时候就不能算温柔吃里爬外了,只会让人觉得这丫鬟很有用,到时候温柔脱了奴籍能做个姨娘也不一定。

"可这事怎么就突然被人捅出去了?那个杜芙蕖不是被安置在碧莲阁了吗?她怎么又跳出来了?"

凌挽眉颇为头疼地说道:"你别一直念叨了,我也不知道。快去睡觉吧,还有好多事要做呢。"

她们好歹都还能睡着,二少爷怕是一夜难眠了。

屋子里彻底安静了下来。萧少寒出去了,萧管家也被关在了外头,简单的房间里半点儿生气也不再有。

萧惊堂靠坐在床边,伸手摸到了枕边放着的银链子。

"你为什么把这个戴在脖子上?"前天他晚归回来,看到她穿着寝衣爬上床的时候露出来的玉佩,低声问了一句。

面前的女子笑得眉眼弯弯,俏皮地说道:"挂在这儿才不容易丢啊,这可是二少爷赏的。"

他随身的羊脂玉佩,雕工精致,正面是一个"萧"字,背后就是团龙的图案,戴在腰间很是霸气,彰显身份,可被她拿一根红绳随随便便地挂在脖子上,怎么看怎么别扭。

"换根链子吧,"他说道,"要戴就好好戴。"

温柔笑得满脸揶揄之色:"二少爷还真不打算拿回去了?奴婢问了管家,管家说这是您弱冠之年,萧老爷特意让人寻着上好的羊脂玉雕刻的,还说要让您戴到老当传家宝呢。"

"这是我的东西。"他面无表情地伸手,手指从她胸前的玉佩上滑过,眼里颜色深了两分,"就因为是我的东西,在你身上看着格外好看,所以不用还给我了。"

那丫头跟捡了天大的宝似的,立马蹦到他身后,又是捏肩又是捶背的:"二少爷辛苦了。"

那模样看着让人想笑,他忍不住就说道:"你为了银子,还真是一点儿骨气都没有。"

"有银子,要骨气干什么?"温柔往玉佩上哈了一口气,一本正经地说道,"这个卖了钱的话,奴婢这辈子是不是都能吃肉了?"

"你敢卖了试试?"

"好,好,不卖,不卖,您别这么凶……"

嘻嘻哈哈的声音从脑海里传了出来,又在这空寂的房间里消散得半点儿不剩,萧惊堂抿唇,狠狠一拳砸在了床上,眼睛微红。

温柔不难过,也没有机会难过,找了家客栈住下来后,就开始忙着擦客栈里的桌椅跟床板。

"主子?"疏芳看得眼眶泛酸,"您这是怎么了啊?"

"没事，没事，客栈里头不是很干净，我要擦干净咱俩才能睡好，"温柔咧嘴笑了笑，一边擦一边说道，"等擦完这桌子咱们就去睡。"

她看起来当真没什么悲伤的情绪，脸上一直带笑，可疏芳瞧着，心里堵得厉害。

"您说出来还好一点儿，什么也不说，奴婢连安慰都不知道怎么安慰……"

"没什么好说的，咱们自由了，该庆贺哪！"温柔收了抹布，去水盆里洗了手，长叹了一口气，轻松地说道，"干净了，睡觉吧！"

疏芳怔怔地看着她脱衣上床，张了张嘴，什么也说不出来。

幸城的天气突然之间就凉了，秋意浓厚，一连几天都是连绵不断的雨。

温柔带着疏芳去租了一间小院子住下，开始继续鼓捣她的瓶瓶罐罐，看起来一点儿事也没有。阮妙梦和凌挽眉都过来看她，本来准备了一大筐安慰她的话，可见着人后，反而觉得没什么好说的。

她看起来太正常了。

"二少爷病了，"凌挽眉叹息道，"突然就开始发高热，我和妙梦本想趁着他去提货的时候帮你解释一二，然而他并没有去。"

温柔点头，笑了笑："没什么好解释的，他也说了，我滚，与他两清。现在我出来了倒好，一身轻松，还能继续研发新的彩色琉璃。"

"可是……"阮妙梦颇为不平地皱眉，咬牙道，"你知道现在外头的人都怎么说你吗？"

萧、裴两家的竞争未停，但流言从温柔离开萧家后就起了，有人说杜家曾经的大小姐杜温柔，不甘被贬，勾搭上了裴方物，偷了萧家的秘方给裴家，让裴家有了御贡的机会。现在不知情的人跟着以讹传讹，已经将她骂得体无完肤。

"我不在意。"温柔笑了笑，捏着小碟子说道，"我赚自己的钱就可以了。"

她想过萧惊堂会这样做，毕竟与裴家在竞争，又恨她入骨，传播这样的故事出来，一能报复她，让她在幸城没有立足之地，二能打击裴家，让裴家的招牌不再那么闪闪发光。

一箭双雕的好计谋，他哪怕生着病，也是这样聪明。

"你……"凌挽眉有些心疼，"最近还是别出门了，有什么事情就交给我们去做。二少爷只是在气头上，等他气消了……"

"等他气消了，也跟我没什么关系。"温柔笑了笑，垂眸道，"最近货源紧张，给萧家的货稍微提高些价格，比裴家的同等物品低上百分之五十即可，不用太低，也不用太高。"

她还要继续给萧家供货？阮妙梦有些意外："你……不恼二少爷吗？他连解释的机会都不给，就把你赶出来了。"

她还以为温柔不会再帮萧家了。

"没什么恼不恼的。"温柔没看她，低头继续看着碗里的东西，"我从今日起就是个商人，从头开始的商人，没什么路数，只能先与萧家相互利用。不管他是不是萧家二少爷，有利可图，我都会与他合作。"

"嘴硬。"阮妙梦撇嘴，"真要挣钱，你不如同裴家合作，他们给你的价格一定会更高。"

温柔笑了笑，眼里半点儿光亮都没有。

她不傻，萧家比裴家更靠谱儿，所以她会选择在这时候帮萧惊堂而不是裴方物。再者，她帮萧惊堂，萧惊堂不会知道，但帮裴方物的话，感情牵扯太多，实在不是个好的选择。

"哎，行了。"凌挽眉拉了拉阮妙梦的袖子，"咱们不是来说之后的货的吗？扯那么多也没用。"

"也是。"阮妙梦轻咳了两声，将袖子里的图纸拿了出来，"萧家的订单，要琉璃花瓶十个、屏风五个、镇纸二十个、发簪三十支、戒指二十枚、各式摆件有多少要多少……有做出来的，当即交货。"

念完，阮妙梦皱了皱眉："这么多东西你一个人做，扛得住吗？"

"有什么扛不住的？"温柔耸肩，"挣钱嘛，总是要辛苦一点儿的，我赚钱已经比很多人都容易了，还有什么不知足的？"

"二少爷看样子是想用这批货跟裴家继续对抗一个月。"阮妙梦抿了抿唇，"萧家琉璃阁一开，裴家的气焰顿时下去不少，只是时间不够长，裴方物依旧在跟萧家打价格战。等用这一批琉璃回了本，萧家也就能与裴家继续抗争了。"

"嗯。"温柔面无表情地点头，让疏芳去拿了面纱，然后说道，"你俩没事就先回去吧，我去瓷窑继续赶工。"

"路上小心。"凌挽眉不太放心地叮嘱道，"就算听见什么话，或者遇见找事的人，你也就当没看见、没听见，躲开就好了。"

情况有这么严重吗？疏芳皱眉，还是一脸茫然的表情，温柔却点了点头，带上图纸和刚提炼出来的几盒催化剂，出门往瓷窑走去。

这院子租得便宜，离瓷窑却远，她要穿过两条大街。路上没有来往的马车,温柔也就只能带着疏芳步行。

"裴记可真是不要脸,勾搭了人家的女人,偷了人家的方子,还敢跟萧家作对。"

"哎,你知道是什么方子了吗?"

"不知道啊,传得神乎其神的。不过那杜温柔可也真是不要脸,该被浸猪笼的!"

"你可别说那杜温柔了,我活了三十年都没见过那种贱女人,吃里爬外,帮着别人对付自己的丈夫。"

"也不是丈夫吧?听说她被贬为奴籍了。"

"那也是二少爷聪明,一早看穿她是蛇蝎心肠,只是没想到她当个通房丫鬟都不老实……"

两个人一路走过去,四周茶肆里的人都在议论此事。疏芳听得脸色惨白,看了看走在前头的主子,很想让她换一条路走。

然而,温柔就像是什么也没听见一般,挺直了背从人群里穿过,连一丝害怕的神色也不曾有。

疏芳有些惊讶,过了这条街,忍不住就上前拉住了温柔:"主子?"

"怎么了?"温柔茫然地回头,疑惑地看了看她。

这眼神不清澈,里头满是复杂的东西,却全被压在一层厚厚的雾气之下,疏芳看不清也道不明,但莫名其妙地,一对上这眼神就想哭。

"哎,好端端的你哭什么?"温柔轻轻笑了笑,拍了拍疏芳的肩膀,"方才她们不是说了吗?听见什么话也当没听见,好好走自己的路就是了。"

可女人最重要的难道不是名声吗?疏芳有点儿哽咽,回头看了看,这满街不认识的人,提起她家主子的名字都是义愤填膺的模样,若是知道被他们谈论的人就站在这里,说不定就直接要将人抓起来浸猪笼了。

"没关系的。"温柔耸肩,"你忘记了,我不是这里的人,早晚要走,所以他们怎么看我,我一点儿也不在意。"

身子僵了僵,疏芳愣怔地看了看温柔,恍然间才想起,这已经不是她原来的主子了。

疏芳一时哑然,捏了捏手,抹了眼泪跟着温柔继续往前走。

温柔不仅与她原来的主子不同,而且跟她见过的所有女人都不一样。被流言逼死,跳河或者悬梁的女子,这幸城里每个月都有不少。虽说也有人挡得住流言蜚语,但能这么从容地从一堆辱骂声里穿过的,温柔是第一个。

她很坚韧,也很让人心疼。

快走到第二条街的街角时,温柔顿了顿,转头看了一眼。疏芳跟着看过去,就见那儿有一家新开的点心铺子,里头正有香味儿飘出来。门口的伙计还吆喝着:"客官里头请,咱这儿什么新奇的点心都有,还有特色的七彩花瓣米糕,外带或者在里头吃都可以!"

七彩花瓣米糕,七种颜色七层叠,每一块都被切成花瓣的形状,放在黑漆木红漆边儿的盒子里,瞧着就让人胃口大开。

"主子想吃点心?"疏芳小声问。

"没有。"温柔收回目光,捏着图纸继续往前走,"我再也不会喜欢吃那种东西了。"

要么就软糯腻人,要么就辛辣逼人,她余生再不想尝的,就是分明辣得人眼疼,却总能有甜香安抚着,然后让人整个儿都吃进去的东西。

她再也不想尝了。

瓷窑里的环境不是很好,温柔知道,杜温柔这双细皮嫩肉的手怕是要毁在自己这里了。不过也没别的办法,她每做一件琉璃制品都是一大笔银子的收入,这诱惑没人抵挡得住。

"方掌柜买的那一个有花的屏风,一转手两万两银子卖出去了。"徐掌柜站在温柔身边,心疼万分地说道,"咱们不该卖那么便宜的,那东西看着实在好看,送进宫里都可以的。"

温柔笑了笑:"没事,咱们还可以再做。"

徐掌柜连连叹息:"卖出去了也没法儿后悔,小的就是觉得心疼,那么好看的东西,您也花了不少精力……"

三千两银子虽然不少,可也实在不多。萧家倒是好,拿那屏风打响了招牌,现在大家说起萧记琉璃阁,可都是拿那琉璃屏风当说头的。

"你要是觉得咱们实在亏了,那我再给你一个一模一样的,你五千两银子卖给萧家。"温柔笑道,"普通的琉璃屏风跟那有颜色的也没多大差别,就加点儿铜离子、铁离子,琉璃自然就会是五颜六色的。"

这些什么离子的徐掌柜自然是听不懂的,不过意思他明白了,就是还能做。他放下了心,核对了货单,看了看面前这些单薄的姑娘,忍不住问道:"您该不会要歇在这瓷窑里吧?"

"嗯。"温柔一边下料一边应道,"有大单子,自然要加班,这儿不是有两间小房间吗?够我跟疏芳住了。"

"可……"徐掌柜扫了一眼那房间,皱眉道,"这大冷天的,最近又总是下雨,这么潮湿的地方怎么住人?"

"没事,我会烤火的。"温柔把做好的一盒子彩色琉璃珠递给他,叮嘱道,"这盒珠子,一共二十颗,一颗一千两银子给萧家,不还价。"

一千两银子一颗?徐掌柜点头,打开盒子看了看,忍不住低呼一声。

红的、黄的、蓝的、绿的、紫的,还有珍珠一样的奶白色的珠子,看起来可真是漂亮。

"裴记也有琉璃珠卖,但是是有柳絮的,也不够透明。"徐掌柜兴奋地说道,"这些珠子肯定比他们的更好卖。"

"嗯。"温柔点头,"我想了想,从今日起,给萧家做的琉璃都用纯透明的,至于带颜色的,通通卖贵些。"

她没有告诉裴方物怎么做彩色的琉璃,所以这彩色琉璃是她的独家产品。更有观赏价值的东西,自然要卖更高的价钱。

更重要的是,彩色琉璃更有辨识度,一旦她赚够了银子可以自己站稳脚跟了,那便可以用这彩色琉璃继续盈利。萧家靠她的琉璃与裴家竞争,她也要靠萧记替她的彩色琉璃打出名气。

徐掌柜应了,打了打算盘,高兴地离开了瓷窑。温柔一直在瓷窑里从早上做到了傍晚,饿得不行了的时候,便带着疏芳出去吃东西。

"老板,两碗阳春面!"

瓷窑不远处的面摊子边,温柔吆喝了一声,便与疏芳一起坐下。

她还没来得及开口跟疏芳说说晚上的安排,背后的街道上就响起一阵马的嘶鸣声。

温柔愣了愣,心里微紧,连忙转头看过去。

一辆马车猛地在街边停下,接着那帘子被掀开,裴方物难以置信地看着那面摊,眼里骤然有光闪过,一确定当真是温柔,立马下了车。

温柔想跑已经来不及了,裴方物动作太快,飞身过来就按住了她:"你知道我找了你多久吗?!"

面摊边还有不少客人,众人闻言都纷纷看了过来。温柔有点儿尴尬,勉强笑了笑:"放开我再说话。"

裴方物两天没合眼,看起来憔悴得很,深吸了几口气才按捺住情绪,红着眼看着她说道:"既然你已经离开了萧家,为什么不来找我?你知道我这两天快将幸城都翻过来了吗?"

四周的人瞬间全部来了精神,看着这边议论起来,裴方物却恍若未觉,只死死地盯着面前的人，生怕一眨眼，她又不见了。

温柔耸了耸肩，问他："你找我做什么？担心我饿死不成？放心好了，离开那里，我还是能自己吃饭的。"

自己吃饭？裴方物看了一眼那老板正在下的阳春面，再碰了碰她的手背，气不打一处来，却还是压着脾气隐忍地说道："你这叫什么吃饭？手还这么凉，你这身子不要了吗？"

"我自己知道。"温柔垂眸，"如今你我已经不是同一条船上的人了，你就不必管这样多了吧？"

他们已经不是同一条船上的人了……裴方物失笑，撑在桌上的指节微微泛白："我在意你，难道只是因为你跟我在同一条船上？温柔，你可知哪怕我知道你在帮着萧家，也知道你现在恼我，可我还是找了你两天，想带你回去，想照顾你？"

"谢了，不必。"温柔勾了勾唇，"我没有做两姓家奴的兴趣。"

在最艰难的时候裴方物都没有放弃过，因为知道自己总会东山再起。但现在，在这个人面前，他又一次尝到了无力又绝望的滋味。

他能拿她怎么办？

裴方物表情复杂地看着她，正想再说什么，突然觉得周围情况有点儿不太对劲。

黄昏日落，正是百姓归家的时候。本来是宁静祥和的傍晚，可现在，这面摊四周围满了人。

没错，周围不声不响地就围满了人。

温柔回头，就见那面摊的老板端着两碗面，伸手就泼在了旁边的下水沟里，冷哼道："把面给与人私通不知廉耻的人吃了，那这面以后还怎么卖？"

此话一出，周围瞬间全是声讨之声，素不相识的百姓全都对着他们指指点点。

"不要脸哪，真是不要脸！这两个人还敢在这光天化日之下，当着这么多人的面拉拉扯扯！"

"有爹生没娘教的东西，地下的祖宗怕是都觉得丢人！"

"走开了啊！"有人拿着扫帚过来，直接往温柔脚下扫，"别踩脏了我的地！快走！"

温柔颇为狼狈地躲开，打了个趔趄，扶着疏芳的手才站稳。

"你们做什么？"疏芳急了，拦在温柔面前道，"我家主子又没做什么对不起你们的事情,你们这是做什么?"

"她做的都是不要脸的事情,没对不起我们,也该遭天打雷劈!"大嘴巴的邻家嫂子扯着嗓子吼道,"这样的女人就该去死,还有脸在街上勾搭男人?"

"真是不要脸的狐媚子,害了萧家二少爷还不算,还想勾引别人!"

瞧瞧,这儿的百姓正义感多强啊,温柔咧嘴笑了笑,拉着疏芳,提着裙子就往回走。

"温柔!"裴方物几步追过来,皱着眉看了看后头跟着的一群人,深吸了一口气,"你还是跟我回府吧,这些人……看起来不太友善,你们两个姑娘……"

"裴公子,"温柔淡淡地说道,"其实您离我远点儿,比我去哪里都安全。"

心口一紧,裴方物停住了步子。

温柔头也不回地走了。

她身后跟着的百姓不少。众人看着她进了瓷窑关上了门,还拿石头往瓷窑院子里扔。

温柔没来得及躲开,一回头就被一块石头砸破了额角。

"主子!"疏芳被吓坏了,拉着她的手,没忍住哭了起来。

外头不断有石头扔进来,温柔连忙拉着疏芳去房间里躲着,看她哭得厉害了,一边捂着自己的额头一边安慰她:"没事。这有什么?他们都不知情嘛。这儿的民风很淳朴啊,遇见这种事大家都要来砸砸石头。你要知道在我的家乡,马路中间死了人,都有好多人不会管的呢,哈哈。"

看她笑,疏芳不由得哭得更凶,抬眼看着她渗血的额头,边哭又边去找药。

瓷窑的房间简陋得很,一般是给烧瓷的工人住的,没什么药物。外头的门被堵了,也没法儿出去买药,疏芳转了一圈儿,最后跪坐在温柔身边,抱着她大哭起来。

"欸,我都没哭,你别这样。"温柔拍了拍她的背,笑眯眯地劝道,"人生嘛,总是会有很多不如意的事情的……"

嗓音有些哑,温柔没再说下去,深吸了一口气,起身去收拾床铺。

外头的石头雨过了许久才停,屋顶被砸了好几个窟窿,晚上一下雨,整个屋子里都在"滴滴答答"地漏雨。温柔浑身难受得厉害,却没吭声,抱着疏芳睡在床里头,哼哼唧唧的。

不好的事情总会过去的，明天又是新的一天。

萧家大宅里，萧惊堂发了两天高热，其间也就醒过来两次，第一次半睁着眼问了一句什么时辰了，第二次拉着床边的人的手，死也不肯放开，然后昏迷到现在，药都喂不进去。

萧少寒看得直皱眉。虽然床上这人什么也没说，但萧少寒能感觉到他的心情，大概是亲兄弟之间的心灵感应。

"这到底是罚别人，还是在罚你自己啊？"萧少寒嘀咕了两句，拿凉水擦了擦萧惊堂的脸，看了一眼外头，说道，"下雨了。"

淅淅沥沥的雨、吹进来的风都凉得刺骨。

床上的人动了动，萧少寒愣了愣，低头就见自家二哥终于睁开了眼。

"下雨了？"萧惊堂低声问了这么一句，声音嘶哑极了。

萧少寒愣了愣，哭笑不得地说道："下雨又怎么了？你知道你睡了多久吗？快把这药吃了！"

床上的人半睁着眼，眼里满是迷茫之色，看了帐顶一会儿，没理会他的话，反而对他吩咐道："去把柴房的地龙烧起来，会冷……"

萧惊堂说着说着声音就小了，萧少寒吸了一口凉气，掐了掐他的人中，有些恼怒地说道："你好歹把药吃了再睡啊！"

柴房通地龙？他真的是脑子被烧糊涂了吧！针扎都不醒的人，这时候来一句烧地龙？

"萧管家……"看这人是醒不过来了，萧少寒转头就想跟旁边的萧管家吐槽两句，结果就见萧管家双目通红，满眼心疼之色地看着床上的人。

"怎么了？"萧少寒有点儿好奇地看了看萧管家，又看了看自家二哥，问，"他刚才说的话，有什么含义吗？"

萧管家轻轻叹了一口气，哑声道："老奴只是心里不好受罢了，柴房里都没人了，还烧什么地龙？"

二少爷的梦里一定什么事都没发生，他们没吵架，温柔姑娘也没走，等雨过之后二少爷还要让人去街角的店铺里买点心回来，斜着眼睛看她跟只老鼠一样"吭哧吭哧"地吃完，然后偷偷地来问他："萧管家，还有别的什么点心好吃吗？"

感觉喉咙有些发紧，萧管家抹了抹眼泪，一边摇头一边往外走："劳烦三少爷照顾好二少爷，老奴去差人打听点儿事。"

"好。"

头一次看到和蔼的萧管家这么难过,萧少寒也不太好受,想想那柴房是谁住的地方,眉头微皱,又看了萧惊堂一眼。
　　人是他赶走的,现在他就算还念着,又有什么用?
　　府里气氛低迷了许久,就在众人都以为二少爷要长睡不起的时候,萧惊堂在一个天晴的早晨终于睁开了眼。
　　"惊堂?!"杜芙蕖双目含泪地坐在床边,一看他醒了,连忙喊:"快来大夫!"
　　坐着的萧夫人等人纷纷进来,欣喜地围在床边。萧惊堂扫了一眼,揉了揉额角,跟什么事也没发生一样起床坐在桌边,低声吩咐道:"早膳。"
　　"哦,对,早膳,快端点儿粥来!"萧夫人擦着眼泪数落道:"你也知道饿?睡了这么久也没醒!"
　　"有些累罢了,现在已经无碍。"下人端了粥来,萧惊堂缓慢地吃了下去,嘴里什么味道也没有,不过胃里好歹是满了。
　　坐了一会儿,他有些茫然地看了面前的一群人一眼:"都在这里做什么?"
　　阮妙梦叹息:"都担心您呢,所以在这里守着。"
　　"是啊。"巧言点头,微微哽咽地说道,"二少奶奶都在佛堂里跪了两天了,听佛祖说今日您能好转,连忙将夫人一起请了过来……想来祈福也是有效果的。"
　　听佛祖说?慕容音抬头看了巧言一眼,没吭声,心想:杜芙蕖都能见佛祖了,那这佛祖还真是善恶不分。
　　萧夫人却不这么想,自己的儿子为了一个丫鬟经历这么大的劫难,她是有些不高兴的。杜芙蕖能与惊堂和睦睦举案齐眉,那才算是正道。
　　于是她便帮腔道:"芙蕖也是有心了,此番惊堂醒来,也是有你的功劳在的。"
　　"妾身哪里敢居功?"杜芙蕖咬了咬唇,低头说道,"二少爷好了就好。"
　　萧惊堂没吭声,也没看她,等休息好活动了四肢,便站起来往外走去。
　　"你要去哪里?"萧夫人连忙喊道,"身子还没养好呢!"
　　"落了几天的生意,要去照看。"萧惊堂头也不回地应道,"母亲放心,儿子没事。"
　　哪有人刚醒就要出去忙的?萧夫人连"哎"了好几声,却也拦不住人,只能干瞪眼,转头就朝萧少寒吼道:"拦着你二哥点儿啊!"
　　萧少寒无辜得很,睁着一双眼睛看着她说道:"母亲,二哥是您亲生的,我是您捡来的是不是?我也两天没睡好觉了啊!现在先去补觉……二哥身体结实着呢,您不必担心的。"

说罢,他一溜烟地就跑没影了。

没别的办法了,萧夫人叹了口气,瞧了瞧四周,嘱咐道:"二少爷身子还虚着呢,你们都照顾好点儿,知道吗?"

"是。"一群姨娘都应下了,杜芙蕖应得最响。萧夫人很满意,点了点头就先走了。阮妙梦和凌挽眉跟着要离开,冷不防地就被杜芙蕖给拦了路。

"府里也恢复正常了,夫人的意思,是让你把账本还给我。"杜芙蕖看着阮妙梦,笑道,"毕竟我才是正室。"

这人不是被关起来了吗?二少爷只是生一场病,这人又自由了不成?阮妙梦皱眉,朝她行礼道:"账本是二少爷给妾身的,若是二少奶奶要拿去,那妾身就还给二少爷,您再从他那儿拿就是了。"

杜芙蕖愣了愣,脸色微变,张口就想骂人。旁边的巧言连忙拉住她,温和地朝阮妙梦笑了笑:"阮姨娘是知道规矩的,这院子里二少爷是主子,夫人就更是主子了,咱们没道理不听夫人的话,是不是?"

若将账本交过去,这人就会乱花银子,无数的黑账算都算不清,阮妙梦是万分不想给的。然而,她们抬着夫人来压人,她也没什么办法,想了一会儿,还是只能憋屈地回道:"妾身回去就让人将账本给您送去。"

杜芙蕖听见这话,脸色才好看了些,扶着巧言的手笑眯眯地就走了。

阮妙梦不舒服得很,拉了凌挽眉等人过来,皱眉问:"这姑娘会不会把萧家给搬空啊?"

慕容音叹息:"不管怎么样,我觉得咱们的日子又不会好过了。"

苏兰槿也一脸愁容:"这位二少奶奶可真是……咱们要不去同二少爷说说?"

想想也是,正好还有温柔的事该给二少爷解释一下,阮妙梦干脆就转身出府,问门房二少爷的去向,然后上马车追了上去。

温柔做了许多琉璃小摆件,疏芳找人回来修了屋顶,又布置好了两个房间。只是,来修屋顶的人拿了银子看了温柔一眼,撇了撇嘴,一声"谢谢"也没说就走了。

这方圆十里的人,怕是都认识杜温柔了。

疏芳很担忧,送走了这人之后,犹犹豫豫地问道:"主子,咱们要不换个地方住吧?"

"好。"温柔点头,"不过要等等,等这批琉璃做完之后,咱们再寻新的瓷窑。"

"可这幸城的瓷窑……"疏芳抿了抿唇,"除了这种小而破的,大一点儿的瓷窑都是裴家或者萧家名下的。"

"这天下之大,难道只有幸城一座城池?"温柔轻笑一声,将手里的琉璃花瓶过了水,抬头看了一眼天色,问道,"今天的午膳咱们还是好好吃吧,你想吃什么?"

这两日她们都没认真吃过东西,疏芳叹息:"主子不是喜欢吃肉吗?隔壁街上开了一家肉糜馆,要不要去试试看?"

"好。"温柔点了点头,收拾了做出来的东西,戴了帷帽出来,问了疏芳一句,"这样还认得出是我吗?"

疏芳觉得又好笑又心酸,摇头:"认不出。"

她整张脸都被罩在里头了,哪里还会被人认出来?

温柔放心地点头,也没走正门,跟疏芳翻墙出去,一路都跟做贼似的跑得飞快,到了地方才喘了一口气,在小二的接待下找了个最角落的位置。

"好多肉啊。"温柔看着墙上挂着的菜牌,咽了一口唾沫,招手让店小二过来,一口气点了八个肉菜。

"客官稍等,马上就来。"店小二瞧着客人是个有钱的主儿,笑容都更灿烂,弓着背就去后厨吆喝了。

两个人坐着等着,瞧着这馆子里人倒是不少。不过寻常百姓是吃不起肉糜的,在这里坐着的人,看穿着都是有些家底的。

她们旁边这一桌就坐着两个人,一个胖子跟一个瘦子,正在嘀嘀咕咕地说话。

"现在生意不好做啊。"那胖些的人叹着气道,"我卜好的门面,卖些瓷器,现在被萧记和裴记弄得根本做不了生意。"

"这事我听说了,裴家和萧家闹得正厉害,连琉璃都被压低了价格,更别说瓷器了。"瘦子问道,"你打算怎么办?关门还是跟着降价?"

"降价哪里玩得起?亏得棺材本都快没了!我想把铺子盘出去,只是眼下也不知道该卖给谁。那地界好,就在裴记琉璃铺和萧记坑墟阁的旁边。卖给萧家吧,得罪裴家;卖给裴家,自然得罪萧家;两边都不卖,可其他人哪有能马上拿出那么多银子的?"

温柔挑了挑眉,接过小二端上来的碗,低声招呼疏芳先吃,然后继续侧耳听着那两个人的对话。

"你打算多少银子出啊?"瘦子问。

胖子为难地说道:"少说也得一万两银子吧?那地界热闹,做什么生意都不会太亏的。不过你要是想盘下来,我倒是可以给你算少点儿,九千八百两,怎么样?"

瘦子连连拒绝。

胖子叹了一口气,愁得肉都吃不下了。

温柔吃了点儿东西垫了肚子,心情好了点儿,笑眯眯地朝那胖子说道:"这位掌柜的,不如过来聊聊?"

胖子愣了愣,回头看了看这被帷帽遮着脸的人,有些迟疑:"姑娘是在喊我?"

"正是。"温柔应道,"掌柜的有困难,小女子说不定能帮上忙。"

一个姑娘家,能帮上他什么忙?胖子叹息一声,不情不愿地坐在了温柔对面。那瘦子好奇,也一并坐了过来,扫了一眼桌上的盘子,拿手肘碰了碰胖子。

这应该是哪个有钱人家的夫人吧?

胖子看了看,神色总算正经点儿,朝着温柔问道:"姑娘说的帮忙是指?"

"我正好想要个铺子。"温柔说道,"方才失礼听见二位的对话,这位掌柜的铺子不如盘给我?"

胖子一听这话,立马来了精神:"夫人要买?那铺子可不便宜,上好的地界,铺面又宽敞,楼上还能歇人。"

"掌柜的要是诚心出,一万两银子我不还价。"温柔笑道,"只是您还得帮我个忙。"

一万两银子是个什么数字?虽然温柔见怪不怪了,但在整个富商云集的幸城里,有一万两银子以上身家的人不超过五十个。所以一听温柔这么爽快,胖子有些不敢相信,眼里充满了怀疑之色:"什么忙?"

"我想开个店,但女人家不是很方便跑衙门那边的手续。"温柔伸手解开荷包,先拿了两张银票出来放在他面前,"若是掌柜的愿意替我把衙门的手续都跑好,保证我没有任何麻烦,那这两百两银子就算是谢礼。"

这人竟然随身带着两百两银子?胖子惊讶了,抬头想要仔细打量温柔,那帷帽的垂纱却将她的脸遮得严严实实的,令他半点儿容貌也瞧不见。

"这……夫人贵姓?"

做生意的人嘛,都怕遇见骗子,温柔很老实地报上了个人信息:"温氏,丧偶寡居,无父无母无亲无故。非要找个靠谱儿的人担保的话,我与西街卖茶的徐掌柜倒是相熟。"

"徐掌柜?"胖子一听这人,当即拍了拍大腿,"这人我认识啊!夫人若是他的朋友,那就好办了,我也不怕你放我鸽子。"

"好说。"温柔颔首,将银票放在了桌上,也没当真给他,只笑眯眯地问道,"那咱们下午能去看看铺子吗?"

"可以,可以!"胖掌柜哈哈大笑,"这真是天降好事于我啊!夫人的出现可是帮了我大忙,要是这事能成,我怎么也得给夫人少二百两银子!"

"多谢。"温柔也高兴,本以为要盘个合适的铺子还要等上一段时间,谁知道恰好就撞上这么个急着出手地界又好的地方。

"既然如此,那我就先让人回去收拾铺子了!"胖子站了起来,兴高采烈地拱手,"在下姓赵,夫人喊在下一声赵四即可。等我收拾好了铺子,让人去找徐掌柜,您只管过来就是!"

"好。"温柔颔首,目送他出去后,才坐下来继续吃东西。

"主子在这里买铺子做什么?"疏芳皱眉,"万一被人知道你是谁……"

"该让他们知道的时候,他们自然要知道的。"温柔耸肩,"我没打算瞒着他们过一辈子。"

疏芳脸都吓白了,连忙拉着她的手,压低声音说道:"这怎么使得?您忘记您额头上这……"

"我没忘。"温柔低笑,"'杜温柔'三个字如今全城人皆知,我走到哪儿他们都会想骂我、打我。"

"那您还……"

"不急。"温柔拍了拍她的肩膀,"有些伤害无法避免的时候,不如就把它们变成实在的利益好了。"

疏芳皱眉,还想再劝,自家主子却已经开始继续吃东西了。

主子有主子的打算吧?疏芳皱着眉想了想,也就不再多说,吃完肉糜就打算陪主子回去继续做琉璃。

"二少爷?"

前头的人走到这儿突然不动了,萧管家疑惑地顺着他的目光看去,看见了一家新开的肉糜馆子。

"您饿了?要不要老奴去买些吃食来?"

萧惊堂不是爱吃肉的人,现下也不饿,至于为什么停在这里,自己也不知道。

"买一份肉吧,"萧惊堂开口,声音依旧有些沙哑,"打包带回去。"

"是。"萧管家躬身,立马拿了荷包往那馆子里走去。他进去的时候,旁边恰好有人出来，一人正低着头说话，另一人头戴帷帽，让人看不清楚样子。

幸城大而繁华，什么样的人都有，所以萧管家未曾在意，依旧在跟伙计点菜。

疏芳也是没注意，反正不敢抬头走路，干脆就低着头谁也不看，还省事。但不知道为什么，一跨出肉糜馆子的大门，她就觉得浑身不舒服。

"怎么了？"温柔低声问，"你还没吃饱？"

然而没等疏芳回答她，旁边就有个人猛地伸手抓住了她的胳膊。

"哒——"被捏得疼了，温柔恼怒地转头看去，"你！"

声音全卡在了喉咙里。即便隔着面纱，她也觉得这人的眼神滚烫慑人。

萧惊堂嘴唇微白，脸色难看得紧，抓着她的手僵硬如铁，疼得温柔不停地挣扎。

他已经清醒了，知道发生过什么事，也知道面前这个人都做过些什么，本是应该当作什么也没看见放她走的，但下意识地……还是想抓住她。

"你还敢留在幸城？"心里翻江倒海，面上依旧冰冷万分，萧惊堂冷笑，睨着她道，"倒也知道出来要遮着脸了？"

温柔微微眯眼，冷笑得比他还大声："二少爷，光天化日之下扯着人不放，您不觉得失态吗？"

"不觉得。"萧二少爷理直气壮，半点儿不在意旁人的目光，"是谁有胆子收留你？看你倒还有银子出来吃肉。"

想了想，他又嗤笑道："也没别人了，裴方物？"

温柔奋力甩开了他的手，揉着手腕冷笑："是谁都轮不到二少爷来管，我滚得还不够远，现在继续滚了，告退！"

说罢，她扯着疏芳就走。

"杜温柔！"萧惊堂皱眉，下意识地低喝了一声。

街上来来往往的人都慢了下来，纷纷好奇地看向那戴着斗笠的女人和满脸怒容的萧家二少爷。

温柔停下了步子，不是因为他喊的这一声，而是因为……他一喊这名字，周围聚集过来的人的眼神实在不太友善，并且众人又挡住了她的路。

她还得被砸一次？温柔想笑，还真的就笑了出来，看着越来越密集的人群，摇头道："二少爷可真是厉害啊，您不动手，都有人帮您动手。现在，您可以去边上看热闹了。"

萧惊堂愣了愣，皱着眉看了一眼四周的人群，几步走过去将温柔拉了回来，微微扯向自己身后："怎么回事？"

怎么回事？温柔笑得眼泪都快出来了，抹着眼道："这不是您想要的结果吗？我'红杏出墙''吃里爬外'，人人喊打，必须戴着帷帽出门；出门被认出来，我还得被人围堵。您有没有觉得很解气？"

萧惊堂微微抿唇，冷哼道："这是你自找的。"

"是。"温柔点了点头，再度挣开他的手，"我自找的，所以不劳二少爷费心了。"

被人当猴子一样围着看，萧二少爷也不太高兴了，干脆拉着人一路走出人群，飞快地往另一条街走去。

后头的百姓惊愕莫名，半晌之后，便有"杜温柔狐媚惑人，连萧二少爷都难逃魔爪"的流言再度传开。

这些事温柔已经不知道了。萧惊堂这个人半点儿也不知道怜香惜玉，扯着她七拐八拐地去了无人的巷了，才一把甩开她的手，嫌弃地拿手帕擦了擦自己的手指。

"二少爷想做什么？"温柔站直了身子，满脸嘲讽之色，"救我一命，送个人情？"

救她？萧惊堂冷笑。她想得也太严重了，那些百姓至多看个热闹，怎么可能真的对她怎么……

面前的人突然掀开了垂纱，一张脸清清楚楚地出现在他眼前，冷漠之意从眸子里透出来，冻得他一时没能动弹。

"话是二少爷说的，也是二少爷让我滚出来的，您再这样纠缠着没什么意思吧？"看着这人，温柔其实有一肚子的委屈的话，可没法儿说，只能拼命变成一根根刺，往他身上狠命地扎，"难不成您也是那种喜欢拖泥带水的人？这样可不利于我再嫁个好人家……"

"你别动！"萧惊堂低喝一声，瞳孔微缩，伸手捏着她的下巴，强迫她把整张脸抬起来面对着他。

温柔愣了愣，被他这低喝声给吓得忘记了挣扎。头上的帷帽被取了下来，她整个人都被笼罩在他的阴影之中。

"谁干的？"

她额角上那块新鲜的伤隐隐还有血色，肿得微微凸起，一看就是被人拿东西砸的。

萧惊堂暴怒，捏着她的肩膀冷冷地重复："我问你谁干的？！"

温柔半晌才回神，愣怔地看了他两眼，忍不住笑了："二少爷，您在这儿跟我演什么呀？您做的事情，自己没想过会对我产生什么影响吗？既然您做了,咱们能不能就不在这里装好人了?这样真的很没意思。"

他做什么了?萧惊堂气极反笑:"你的意思是这是我害的?"

温柔看了他一眼,将帷帽捡了回来,语气淡淡地说道:"也怪不得您,是我咎由自取。"

"杜温柔!"

"您要是想再用这吼声把人引过来,给我脸上添点儿伤,也随您高兴。"温柔戴上帷帽,扭头就走,"不过您要是再对我动手,我说不定会报官。虽然县太爷可能不会罚您,但这种事传出去您的名声也不好听,您自个儿掂量。"

萧惊堂又怒又急,想追上去,可转念一想,这人现在跟自己的确是没什么关系了,他这样追着人不放又是何必……

拳头微微收紧,萧惊堂深吸一口气,停住了脚步,看着她的背影消失在巷子口,愣是忍住了没再把人留住。

他留什么留?叛徒而已,她被人打死了也跟他没什么关系!

心里窝火,萧二少爷挥袖就往回走,也不知自己要去哪里,就一个劲儿地往前冲,撞倒了人,撞翻了菜摊子,许久后才站在街口冷静下来,拿了银子挨个儿回去给人赔礼。

他不欠她什么,也就不必再把人念着。那人惯常会把好心当驴肝肺。他对她仁至义尽了,她不知感恩,那该怪谁?

走着走着,前头竟然恰好就是萧记琉璃阁,萧惊堂敛了怒气,抬脚走了进去。

掌柜一看见他便迎了出来,笑眯眯地说道:"东家,您不在这几日,店里生意没落下,虽没像第一天那般卖了个空,不过每天也能有上万两银子的东西出去。"

萧惊堂点了点头,跟着他上楼,坐在二楼看账本冷静冷静。

这掌柜没骗他,萧记琉璃阁这几日当真是生意兴隆,足以将前段时间的亏空都补回来。并且,裴家嚣张不了了,有萧记的琉璃,裴记的生意自然开始走下坡路,盈利也大不如前,周转的资金一少,裴方物刻意压低的物价也就涨了回来。

萧惊堂身上的压力顿时都消散了。

第十二章
真相大白

"二少爷,"萧管家上楼来,低声禀道,"阮姨娘求见。"

阮妙梦怎么会跑到外头来见他?萧惊堂皱眉,放了账本道:"让她上来。"

"是。"

阮妙梦找了他半天才找着人,一肚子的话都准备好了,上去就开口:"二少爷,妾身想与您说说温柔的事情。"

萧惊堂脸色微沉,看了她一眼:"我记得我说过,不要再提起这个人。"

"可是有些事,不说您就不会知道。"阮妙梦轻蹙着眉头,"温柔算不得吃里爬外,也不该承受您那么重的怒火。"

杜温柔算不得吃里爬外?萧惊堂嗤笑:"她那样的行为都不算吃里爬外,那你告诉我,怎么样才能叫作吃里爬外?"

"她……"

"方才我遇见她了,出了萧家,她还能吃肉,看样子裴方物也没亏待她。"萧惊堂一想起裴方物,手就捏得死紧,脸色也愈加难看,"只是他未必懂得怎么护着她,杜温柔声名狼藉,街都不敢上,被人认出来就会被围堵,身边也不见有个护卫……"

阮妙梦愕然,震惊地打断他的话:"温柔被围堵了?"

提起这事萧惊堂就有些烦躁,而上偏生半点儿波澜也没有,平静地说道:"是,方才我就撞见一次,想必之前她也没少遇见这种情况,额头上也

· 421 ·

受了伤。"

温柔还受伤了？阮妙梦急了："您也没护着她？！"

"我为什么要护？"萧惊堂冷笑了一声，道，"这不是她咎由自取吗？"

温柔咎由自取？！

阮妙梦心口一痛，眼泪都差点儿出来了："您怎么能这样说？！要是没有杜温柔，哪里有如今这萧记琉璃阁？！您只记得她的坏，就舍不得念她半点儿好吗？！"

这话是什么意思？萧惊堂皱眉，有些莫名其妙地看着她："萧记琉璃阁是我的，与她有什么关系？"

阮妙梦气极反笑，边笑边摇头："我要是她，也会选择离开您，绝对不会回头！"

萧惊堂沉默，盯着她看了一会儿，站起来道："你方才要说的与杜温柔有关的，是什么事？"

一想到温柔会是什么惨状，阮妙梦简直想直接甩袖子走人。可一看萧二少爷这一脸无知的模样，阮妙梦又恨得牙痒痒，将平时柔弱的皮都撕了，整个人像只护崽子的母鸡："您要是真想知道，不如跟妾身来看看？今日有货做完了，您不是说的，有货完成，即可交付吗？"

有货完成，即可交付。这是他先前给琉璃阁的掌柜说的，让掌柜随时去提货，毕竟琉璃做的东西，越早出来越好。

可是，这句话怎么会从阮妙梦的嘴里说出来？

心里一顿，萧惊堂瞳孔微缩，有些怀疑地看向她。

阮妙梦一句话也不想多说，转身就往下走。萧二少爷皱眉跟着，出了琉璃阁，上了马车，马车一路往城西行去。

路上他问了两遍，阮妙梦也没多说一个字，到地方了就带着他下车，径直往小瓷窑里走。

这地方破旧而潮湿，前天下的雨水都还积聚在水洼里，泛着粼粼的光。萧惊堂沉默地跨过去，跟着阮妙梦推开了那院子的大门。

"疏芳，把那个碟子里的白色粉末拿给我。"温柔戴着自制口罩，一边转动手里的夹管，一边问疏芳要东西。

疏芳应了一声，转身想去拿，就看见了门口的阮妙梦。

"阮姨娘来了？刚好主子做好了十几件东西，可以一并拿去……"

话没说完，她就看见了阮妙梦背后的萧惊堂。

萧二少爷满脸茫然之色，站在门口看向里头的瓷窑。烧得旺旺的瓷窑旁边，杜温柔正忙碌地弄着什么东西，而在她旁边的案几上，已经摆了一排晶莹剔透的琉璃瓶子，不远处还有一块巨大的琉璃屏风，拿红布盖着，只露了一半。

"阮姨娘来了？"温柔没回头，只说道，"疏芳你别愣着啊，先把东西给我。"

"啊，哦。"疏芳回过神来，害怕地看了萧惊堂一眼，拿了碟子递去温柔手里，小声说道，"有人来了。"

"我知道啊，不是妙梦吗？"温柔笑道，头也不回地大声对阮妙梦说："等我吹好这个瓶子，妙梦你先进来等会儿。"

"好。"阮妙梦应了，也不提醒她，走到离那瓷窑不远的地方等着。

饶是冷天，瓷窑旁边也是分外干热的，温柔被烟熏得眼泪直流，一边流泪一边抱怨道："我觉得再做下去，不但手要毁了，脸也要没了！"

"长期做这个，的确很辛苦。"阮妙梦沉了声音说，"你看看你的手，上头的烫伤不计其数，侧脸不是也有些脱皮吗？"

温柔吸了吸鼻子，耸肩："谁让萧家出的价钱那么高？我想不做都不行。"

"我说过了，裴家出的价钱更高。"阮妙梦撇嘴，"反正二少爷也觉得你吃里爬外，你还不如就去裴家帮裴方物好了，省得两面不讨好。"

今儿的阮妙梦的话好像有点儿多啊，温柔失笑，将退好火的琉璃放在一边，擦了擦手，道："这个问题上次说过了，我不想再与裴家有瓜葛……"

温柔转过头来，看见院子里站着的人，笑意僵在了脸上，话也哽在了喉咙里。

萧惊堂面无表情地看着她，一动不动。

气氛顿时凝固了起来，温柔满脸茫然之色，不知道这个人为什么会出现在这里，被他的目光锁着，一时间也忘记了问。他们就这么站着，隔着十步的距离，敌不动，我不动。

阮妙梦长长地叹了一口气，走过来打破僵局："温柔，这件事我想不到该怎么跟二少爷解释，所以只能带他来了。"

刚开始温柔是有点儿慌张的，可是一转念，她慌张什么啊？反正她都已经被他赶出来了，就算他知道是她在做琉璃又能怎么样？为了跟裴家对抗，他不还是只能从她手上买货？主动权在她手里，该他求着她好不好？

于是温柔就挺直了腰杆，冷漠地回视萧惊堂："二少爷亲自来提货？"

萧惊堂没吭声，一步步朝她这边走过来，目光缓慢地从她的脸上移到她的手上。

高大的身影压了过来，温柔下意识地就往阮妙梦背后躲，伸了个脑袋出来龇牙咧嘴地说道："有话好好说！你再动手动脚的，我停止给萧家供货！"

"手。"眉头慢慢皱了起来，萧二少爷就吐出了这一个字。

手怎么了？温柔抬起自己的爪子看了看。

手背上有三处烫伤的疤痕，狰狞恐怖，完全没了以前纤纤玉手的样子。

温柔满不在乎地收回手去，嗤笑道："二少爷不关心这琉璃的来头吗？也不想问问我为什么能做琉璃吗？"

他是商人，这才是他应该关心的事情。

萧惊堂说不出心里是什么滋味儿，胸口闷痛，只想伸手去抓点儿什么，又知道抓不住，手只能垂在身侧，微微收紧。

他越是心里情绪复杂，表面越是平静，平静得像在一座孤岛上，谁也无法靠近救赎他。

良久之后，他低声问："你就住在这种地方？"

温柔嘲讽地笑了笑，开口道："二少爷，我不回答生意之外的问题。您若是来做生意的，我欢迎，但您若是想知道其他的事，抱歉，无可奉告。"

阮妙梦看了萧惊堂好几眼，也没看明白这个人是怎么想的。她以为知道了真相的二少爷会恼怒悔恨，可他现在一双眼里平静无澜，就好像什么也没听见一样，他只是盯着温柔，眼睛都没眨。

这算是什么情况啊？阮妙梦有些泄气地走过去拉住萧二少爷，转头对温柔道："你继续做事吧，我就只是带他过来弄清楚，没有你就没有萧记琉璃阁罢了。"

温柔嗤笑，满不在乎地说道："二少爷有钱就能有琉璃阁，我只是个做生意的，没什么功劳。这儿的货你们先搬走吧，剩下的做好了我会让疏芳知会你们。"

"好。"阮妙梦颔首，满是歉意地看了她一眼，然后用力将萧惊堂给推了出去。

温柔转身，就当什么事也没发生一样，继续做东西。

萧惊堂出了门后，就站在原地不动了。

"二少爷还想怎么样？"阮妙梦看着他，简直是气不打一处来，咬牙道，"恕妾身直言，妾身见过的男人也不算少，就没一个比您还铁石心肠的，您看不见温柔在做什么吗？！"

"我看见了。"萧惊堂闭眼，"琉璃是她做出来的。"

"所以呢？"阮妙梦跺脚，"您还怨她吃里爬外？凡事都有前因后果，您先废她正室之位，又打没了她的孩子，让她入了奴籍，还不许她用自己的本事自救？您对她好她是没感觉的吗？您以为她是吃饱了撑的放弃脱离奴籍，留在萧家帮您做琉璃对付裴方物？"

萧惊堂脸色微白，突然想起那天的温柔，带着凉风扑进他的怀里，撒娇似的对他说道："我不走了。"

她早就重新信任他了，愿意继续留在他身边，甚至在背地里帮他。

而他呢？那天他说了什么？

"就算是养条狗，我喂它骨头，它也不会咬我，你是个什么东西？！

"残花败柳的身了，你离开萧家后又能如何？你真当裴方物会一辈子对你好？

"我萧惊堂这辈子没做过什么错的决定，唯一错的，就是当初没有直接让你进大牢，被判死刑，死了倒还干净！

"滚！"

…………

心口猛地紧缩，被压抑的情绪全部翻涌了上来。萧惊堂喉结滚动，眼眸微红，捏着拳头僵硬着身子，几个呼吸后，便忍不住按着心口半蹲了下去。

这人没反应的时候跟死人一样，一有反应……怎么反应这么大？阮妙梦被吓了一跳，本还想严厉地苛责他两句，瞧着他这模样，声音顿时就小了："她帮裴家的事，你是没错怪她的，你错怪的只是说她吃里爬外忘恩负义，知道过程，却没问她最后的结果，就这样将人赶出去了。"

这一赶，他想再带人回去，就没那么容易了。

萧惊堂轻吸一口气，转身就想回那瓷窑里，阮妙梦"哎"了两声连忙拦住他："您做什么？"

萧惊堂没吭声，下颌紧绷。他不知道自己想做什么，但……就是想回去温柔身边待着，看看能做什么。

阮妙梦看懂了他的想法，"啧啧"道："现在说什么不都晚了？"

晚了吗？萧惊堂低头，沙哑着嗓音开口问："她离开的时候，是不是很难过？"

阮妙梦抿唇，看着他这表情，忍不住跟着有点儿难过，别开了头："我哪里知道她离开的时候是什么样子的?不过现在她看起来已经恢复了,二少爷又为何还不肯放过她?"

对啊,他为什么就是不肯放过她呢?萧惊堂低笑,也想问问自己,她到底有什么好的。这世上的女子千千万,他若是想要,比她好看的,比她会撒娇的,遍地都是,不会让他这么心痛难过,不会让他这样又爱又恨。

可是……萧惊堂深吸一口气,慢慢推开了阮妙梦,还是往里头走去。

他太难受了。

阮妙梦想拦也已经拦不住他,只能看着他回到那瓷窑里,大步走向还在弄琉璃的温柔,一把将人扯过去按在了怀里。

温柔有点儿蒙,还在调琉璃料呢,冷不防就被人抱得死紧。来人身上的味道她很是熟悉,恍惚间觉得好像还在萧府里,他很晚回来,身上带着露水的味道,将她压在床笫上,肆意缠绵。

"你干什么?"温柔很想继续做冷漠状,然而也不知道怎么回事,被他这样一抱,眼泪瞬间涌了上来,一滴滴地往人家的衣裳里渗。

她离开萧家的时候没哭,被人扔石头的时候没哭,再遇见他的时候也没哭。温柔都觉得自己已经刀枪不入了,不管遇见什么难过的事情,肯定不会再哭。

然而现在,心里压抑着的无数委屈情绪都翻了上来,温柔拼命想推开他,发现推不开,干脆就拿人家的衣裳当卫生纸,眼泪鼻涕都往上头抹。

"你抱我干吗?我已经不是你养的狗了,没道理让你说抱就抱的!放开我听见没?!"

萧惊堂抿紧了唇,任由她踢也好掐也好,手上不松开半分,却也不至于伤着她。

温柔骂骂咧咧了许久,终于没力气的时候,就靠在他的胸口上流泪。她也不是要哭诉,也没有什么别的想法,就是觉得太累了,终于有个地方能让她靠一会儿了。

"你没什么话想说的吗?"温柔声音微哑地问他,"比如给我道个歉?"

虽然他道歉她也不会再接受,但也比他这样抱着她什么都不说来得好吧?

下巴抵在她的头顶上,萧惊堂沉默了半响才开口:"我没有给女人道歉的习惯。"

这话多欠揍啊!温柔龇牙,正打算挑个他没东西挡着的部位下口,却听得他继续说道:"但……要是道歉你就能回到我身边,那……我可以试试。"

温柔愣了愣,不是因为他说的这句话,而是因为她抱着的这个人……他在微微颤抖,整个身子紧绷得厉害。

这是他紧张的表现吗?这个人说话这么嚣张,怎么还会紧张成这样?

温柔疑惑地抬头看了看他,思考了一会儿,突然问:"你这话,是在挽留我加道歉吗?"

萧惊堂抿唇,板着脸点头。

温柔失笑,终于找着机会推开了他,歪着脑袋问道:"二少爷,你知道我为什么一句话也不解释就走了吗?"

"为什么?"

"因为你这个人嘴巴真的很毒,简直骂得我体无完肤。"温柔说道,"语言暴力也是暴力的一种,你对我暴力,就是心里不曾有我,都让我滚了,我还有什么好解释的?"

萧惊堂愕然,皱眉道:"是你将我气得狠了。"

"气得狠了你就可以口不择言?"温柔摇头,"那下次你气狠了,我是不是还得被你再辱骂一次?"

萧惊堂沉默。

他一向话很少,真要是气极了,自然骂人不留情面。萧家没人忤逆他,也没人对他说过这样的脾气该改,所以……都这么多年了,他也不知道这会给人造成多大的伤害。

"要是别的男人,认错会非常诚恳,发自内心地说好话挽留我,那我起码还有心软的理由是不是?"温柔看他一眼,退后了两步,摇头,"但您这样的,我实在无福消受。既然误会解除了,你我两清,没什么仇怨了,那就好好做生意吧,合作愉快!"

说完,温柔扭头就走。

萧惊堂伸手想拉住她,然而那人就跟只泥鳅一样,溜得飞快。他大病初愈,追了两步,只能眼睁睁地看着她跑了个没影。

阮妙梦颇为同情地看了一眼站在原地的二少爷,摇头嘀咕:"见过不会说话的,没见过这么不会说话的男人,追得回来人就有鬼了。"

萧惊堂转头看向了她,吓得阮妙梦连忙掩唇:"妾身什么也没说!"

萧惊堂微微皱眉,走回她面前,想了想,低声问:"女人喜欢听什么样的话?"

阮妙梦瞠目结舌地看着面前的人,干笑两声,眨了眨眼:"这个……女人嘛,自然都爱听男人说心里只有自己什么的话……"

这种话,他怎么可能说得出口?!

萧二少爷微微恼怒,坐上马车生了半天的闷气,直到阮妙梦上车,他才想起来问一句:"琉璃不是天然的宝石?"

"不是,是温柔拿东西烧制出来的。"阮妙梦耸肩,"这个秘密您知道,我们知道,也就罢了,再传出去,琉璃会跌价的。"

"我知道,但是她为什么会做?"

"说是祖上传下来的方子。"阮妙梦回道,"多的我也没问。"

祖上?杜家祖上要是有这样的方子,怎么可能现在才出现琉璃这种东西。

萧惊堂微微皱眉,陷入了沉思之中。

温柔也没乱跑,从瓷窑出来后就去了西街找徐掌柜,跟他说了要盘铺子的事情。

"这茶叶生意,您可以继续做着玩,但我想聘用您做我的店铺里的掌柜。"温柔笑眯眯地看着他,将烦躁的情绪全甩在了身后,一本正经地谈着生意,"我们可以签个契约,您的工钱与店铺里的销售额挂钩,相当于给您自己做生意。"

徐掌柜有点儿愣怔,每次见这温氏的时候,她都是一身普通的长裙,不施脂粉,袖口上还有瓷窑里的灰,看起来就像个普通的女工。

然而现在,这个"女工"跟他说,要聘用他做掌柜。

说实在话,徐掌柜心里是不太有谱儿的。温柔也不急,请他先陪自己去一趟钱庄,取了银票出来再往那赵掌柜的铺面位置走去。

赵掌柜已经让人把铺子收拾了一遍,里头亮堂堂的,温柔一看就觉得合适,问了点儿细节之后,直接把九千八百两银票摆在了桌上。

"签了这契约,这些银票就是赵掌柜的了。"

赵四被吓了一跳。

寻常人买铺子,少不得要拖上几日再给银子,更有无赖的人,拖上一两年的情况也不是没有。他是头一次遇见中午说好,下午就给了全款的买主,禁不住就看了看旁边的徐掌柜。

徐掌柜知道温柔有钱,但这么耿直也是难得,当下便笑道:"夫人是诚心诚意要买这铺子的,赵掌柜也该利索点儿,签了契约吧。"

"唉。"赵四认真地把契约看了两遍,再验了银票,把房契、地契都交到了温柔手里,一颗心总算落了地。他"哈哈"大笑道:"夫人当真是女中豪杰啊！那就祝夫人生意兴隆了。"

"嗯。"温柔颔首，与徐掌柜一起将赵四给送了出去，然后再去铺子里转了一圈。

一百平方米的铺子，在这地方也就只算中等。温柔打量了一圈布局，"喃喃"道："墙上挂几面镜子，会更大。"

镜子？徐掌柜指了指街对面的黄铜镜子铺："那儿有卖的，要去看看吗？"

"不。"温柔摇头，"我说的镜子用这种可不行，得用琉璃镀银才行。"

琉璃镀银？徐掌柜听得有点儿迷糊，旁边的女子却已经找了纸笔来，嘴里念念有词："要点儿硝酸银，还要氨水和氢氧化钠、氯化亚锡……哎，你们这儿知道什么是氯吗？有锡块吗？"

"夫人要的各种原材料，小的不太懂。"徐掌柜摇头道，"但西街有户人家，就是专门做这些奇奇怪怪的东西卖的，像蒸馒头要用的那个白色的粉，还有做豆腐要用的那些东西。您上次给小的的清单上的东西，那儿似乎都能买到。"

哎？有化学药品出售？温柔挑眉，倒也能想通。蒸馒头要用食用碱，豆腐要加石膏，这些都是可食用的化学药剂，古人有专门买卖的也不奇怪。至于锡块，她仔细找找应该也是有的，氯气直接从空气里提取就好了。

温柔兴奋地写好单子交给了徐掌柜，开始忙碌地联系装修，顺便督促赵四替她打点好衙门那边的关系。事情多起来，晚饭都没吃，她回到瓷窑的时候肚子都饿扁了。

"主子，"疏芳担忧地将她扶进门，"您还好吗？"

"没事。"温柔笑眯眯地捏了她一把，开心地说道，"咱们可以开始干一番大事业了！"

疏芳笑不出来，回头看了一眼屋子里的桌上的东西。

温柔顺着她的目光看过去，就看见了满桌子的菜，以肉为主，香味儿四溢。

疏芳身上的银子是不多的，她也不会去点这么多菜，那就只能是别人送的了。

雀跃的心情瞬间就消失了个没影，温柔叹了一口气，在桌边坐下，下巴搁在手背上，低声问："疏芳，你觉不觉得男人都特别没意思？"

疏芳赞同地点头："对你坏起来真是坏得没边儿，好起来吧……又让人觉得不接受跟不识抬举一样。"

"你知道为什么会这样吗？"温柔拿起筷子，夹了一块排骨。

"为什么？"

"因为这儿的女人都是靠男人过日子的，你的衣裳是人家买的，饭菜是人家给的，要是执拗地不肯原谅人家，人家肯定要说你忘恩负义不识好歹，矫情！"温柔耸肩，"就跟人家家里养的狗一样，狗要是咬了主人，人家才不会管主人是不是先打了狗，只会说这狗是个养不熟的东西，劝主人扔了去。"

疏芳愣了愣，看了自家主子一眼。

事实虽然是这样没错，可主子就这么说出来，疏芳觉得怎么有点儿难受？

温柔笑了笑，也没再说话，开始席卷桌上的食物，吃了个肚子圆圆，才满足地叹了一口气。

"您……打算原谅二少爷吗？"疏芳看了看桌上的惨状，惊愕地问。

"他和我其实都没什么错，也谈不上什么原谅不原谅的。"温柔笑眯眯地说道，"只是他似乎想让我回萧家，而我不想并且有资本不回去，所以看起来他处于被动的位置罢了。

"至于这顿饭，我谢谢他。疏芳，你等会儿拿五两银子送去萧家，跟人好好道谢，多的银子就当是小费了。"

温柔起身伸了个懒腰，想开了，畅快地说道："咱们不缺钱！"

疏芳顿了顿，倒是被她的最后一句话的语气逗笑了，顿时感觉头上的乌云都散开了，前头一片光明。

不缺钱的感觉是真的很好，腰杆都挺得直些，她应了自家主子的吩咐，立马去办。

萧惊堂正坐在书房里，晚膳在桌上没动，屋子里也没点灯。

萧管家满眼担忧之色地看着他，也不知该怎么开口。二少爷从回来后就一句话没说，坐在这里也不知道在想什么。

"萧管家。"门被打开一条缝，外头的家奴低声唤他。

萧管家顿了顿，连忙轻手轻脚地出去："怎么了？"

家奴为难地递过来五两银子，挠着头道："有个丫鬟送来的，说是饭钱，要交给您，奴才也不知道是怎么回事，就先拿来给您看看。"

萧管家脸都绿了，捏着那银子咬牙看着家奴："什么钱你都敢收？那丫鬟人呢？"

"已经走了。"

萧管家有点儿哭笑不得,将银子收进袖子里,正想着怎么搪塞二少爷两句,结果一转身差点儿撞上二少爷。

萧惊堂站在他身后,一点儿声息都没有,眼睛盯着他,里头一片死寂。

萧管家被吓得差点儿坐在地上,干笑了两声:"少爷可是饿了?奴才让人把饭菜热一热?"

萧惊堂没说话,抿唇盯了他的袖口一会儿,突然叹了一口气,眼神很是委屈,就像是在外被别的小朋友欺负了,不知道自己做错了什么的样子。

萧管家心软得厉害,要不是尊卑有别,都要直接上手去摸摸二少爷的头安慰一二了。

"二少爷啊,"萧管家扶着萧惊堂回去书桌后头坐下,想了想,斟酌着开口,"温柔姑娘离开萧家的时候,是狼狈得很的,现在外头传的话也不太好听,她心里委屈,不是您用一桌子菜就能哄好的。"

萧惊堂抬头看着萧管家。

"您这样看着老奴,老奴也没什么办法。"萧管家摇头,"老奴都不知道您二位之间发生了什么事。"

"我误会她了,以为她是一心想帮裴方物害我。"萧惊堂抿了抿唇,声音低沉地开口,"骂她的话有些不过脑子,难听得很,也将她的卖身契撕了,将她赶出去了……我现在才发现,她心里未必没有我的位置。"

萧管家愣了愣,联系着最近发生的事情想了想,斟酌着说道:"要是有误会,二少爷认真地道个歉也就是了。"

想起自己道歉时说的话,萧二少爷选择了沉默。

萧管家没注意他的表情,就站在一边碎碎念:"女人的心都是很软的,您道歉不用什么技巧,让她感受到您的诚意和爱意,那她就没有不消气的道理。老奴的内子就是,每次生气,老奴买个什么簪子回来,好好地哄上一会儿,她都是没多久就气消了。瞧瞧老奴身上这衣裳,也是内子刚做的,针脚密着呢。"

脸色更难看了一点儿,萧惊堂皱眉:"除了哄,还有别的法子吗?"

"哎,别的还要怎么做啊?"萧管家笑道,"女儿家就是要哄的,哄一哄就好了。温柔姑娘不是矫情的性子,若是难哄,那一定是您做得过分了,若是特别难哄……"

"那是我天理不容?"萧惊堂嗤笑。

"不,"萧管家摇头,认真地看着他道,"那就是温柔姑娘真的很喜欢您。"

温柔性子很好，也是讲道理的人，若是执着地不肯宽恕自家二少爷，那也就只有太喜欢故而被伤得太深这一种可能了。

萧惊堂的眼睛亮了亮，像黑夜里的乌云散开，星星全部跑了出来。

萧管家看得直摇头："您在高兴吗？"

二少爷完全没有什么该高兴的理由啊，人家姑娘喜欢他却被冤枉赶出了府，那想要她再喜欢……怕是要难得多了。

萧惊堂完全没想到这一点，只觉得抑郁了一晚上的心情瞬间好了起来，坐在桌边看着饭菜，胃口都有了。他吃饱了饭，就乖乖巧巧地坐在了萧管家面前，等着萧管家继续说点儿什么。

萧管家哭笑不得，抹了把脸："二少爷还有什么吩咐？"

萧惊堂疑惑地看着他，问："没有别的能告诉我的话了吗？"

"二少爷啊……"萧管家苦笑，"感情是两个人的事，是要以心换心的，旁的人提醒再多也只能是增个花边儿。您自己无法再将人带回来，老奴也是不会有什么办法的。"

萧惊堂刚亮起来的眼睛又黯了下去，萧管家看得不忍心极了："要不您去问问三少爷？他可能更明白怎么哄人……"

"不必了，"一提起萧少寒，萧惊堂就果断拒绝，"我自己看着办吧。"

这事若交给萧少寒，那自己要思考的就不是怎么把人带回来了，而是怎么防止人被萧少寒给带走。那没脸没皮的人，勾引起良家妇女来真是半点儿不含糊。

"阿嚏！"坐在衙门里的萧少寒打了个喷嚏，茫然地转头看了看四周。

"大人可是有些凉了？"县太爷连忙拿了披风出来，笑得满脸褶子地说道，"最近幸城的天气是有些奇怪，您披着点儿。"

"嗯。"萧少寒吸了吸鼻子，皮笑肉不笑地继续看着他，"刚刚说的事，大人还没给本官一个答复？"

"这个……"县太爷为难地搓手，"萧大人哪，这裴家如今可不像以前那般任人拿捏，现在上头有人护着他，我这小小的县官，真的是很为难。"

萧少寒想用官方的势力给裴家施压，让大家都恢复正当的价格竞争，也是想给萧惊堂减小点儿压力，但是看起来，裴方物的后台还真是硬，自己亲自上门，县太爷竟然都不松口。

"外界都传三少爷与二少爷不和，想来这也是误会。"县太爷打着哈哈就转移了话头，"您还为二少爷这么操心哪。"

"倒不是为了他，"萧少寒垂眸，似嘲非嘲道，"本官更担心这样下去裴家先坚持不住。"

县太爷愣了愣，顿时又有些看不明白这事了。萧少寒起身，裹着人家的披风也没打算还了，似笑非笑地就往外走。白狐毛的披风啊，县太爷也没好意思开口要，还得点头哈腰地送萧少寒出去。

等人上了马车走远了，县太爷才松了一口气，擦了擦额头上的虚汗，小声嘀咕道："年纪轻轻的毛头小子，怎么就这么让人看不透呢？"

萧三少爷这一张脸长得是好看，颇有妖娆蛊惑人的意思，态度也不算很正经——比自己官大或是比自己更严肃的，县太爷见得也不少，但不知道为什么，就是最怕跟这萧少寒打交道。

那一双眼睛，像是把人都看透了一样。

萧少寒撑着下巴跟着马车的颠簸一起晃来晃去，没打算回府，慢悠悠地吩咐车夫："去淮春楼。"

"是。"

马车从幸城最繁华的街上经过，萧少寒往左边的窗外看去，能看见裴记琉璃铺，往右边的窗外看，就是萧记的琉璃阁。

琉璃这东西一问世，直接被传到了宫里，大皇子因此被皇帝偏爱，三皇子偃旗息鼓，已经许久没什么消息了。萧能有自己的琉璃固然是好事，可是这样一来，萧家怕是会更加直接地成为三皇子与大皇子斗争的工具之一。

一旦萧家在明面儿上与大皇子过不去，那若有朝一日三皇子没能问鼎太子之位，萧家怕是也要受殃及。

萧家本是暗地里相帮三皇子，哪怕双方都心里清楚，以后为了多个助力少个敌人，萧家也会被宽恕。但事情若被放在明面儿上……大皇子不对萧家动手，怎么对得起帮他卖力的裴家？

琉璃晶莹剔透，昂贵稀有，可也成了逼着萧家站上风口浪尖的东西。漂亮的东西，果然都是带毒的。

萧少寒轻笑了一声，打算放下帘子安心去销金窟里待着，但是冷不防地，马车经过一个院子，里头骤然有光闪了闪，刚好照到他的眼睛。

今晚有很大的月亮，然而月光柔和，这院子里突然这么亮，若不是被水淹了，那就只有一种可能——琉璃折光。

萧少寒心神微动，连忙喊："停车！"

院子的门刚被合上,里头的疏芳一听这声音,当即倒吸一口气。

幸城这么大,这破瓷窑怎么谁都来啊?

"主子!"疏芳来不及多想,连忙进去告诉温柔三少爷在门口。

今儿累了一天,温柔实在是没力气了,躺在床上闭着眼睛,听见这话只翻了个身,嘟囔道:"来就来吧,又不会吃人。"

"可是……"疏芳皱眉,"您会做琉璃这事,让他知道了是不是不太好?"

"他怎么知道是我做的?"温柔哼了两声,把头埋进了被子,"就说我借宿在这里的行不行?反正过两天我们就搬家了!"

这话好像也挺有道理的?疏芳点头,起身就准备出去看情况。

结果萧三少爷就一脸笑容地站在门口看着她。

"啊!"疏芳被吓得尖叫了一声,随后连忙捂住自己的嘴,瞪眼看着这人。

"你们竟然在这里。"萧少寒笑了笑,眼神古怪地往床上扫了扫。

这人不让人睡觉?温柔叹息,还是只能翻身起来,披了衣裳半睁着眼看着他:"三少爷大半夜不回家,跑我这儿来做什么?"

"我是打算去淮春楼的,"萧少寒耸了耸肩,"结果经过这儿就被你院子里的琉璃给晃着了眼睛。我说,这价值几万两银子的东西你就这么放在院子里,也不怕被人偷?"

温柔轻笑:"三少爷也不看看如今我是谁?杜温柔在的院子,贼都嫌脏不会来的。"

况且,也就只是一个立式的琉璃衣架放在外头而已,她吩咐过疏芳要拿布盖好的。

听着她这话,萧少寒挑眉:"你倒是豁达。"

自个儿都能消遣自个儿,她也不见得有多难过。

"您来这儿有事吗?"温柔打了个哈欠,说道,"没事我可要继续睡觉了。"

萧少寒看了一眼外头的琉璃,又看了看这床上的女子,笑眯眯地过来在她床边坐下,表情认真地问:"你现在不算是我二哥的女人了吧?"

知道他没什么要紧事,温柔干脆躺了下去,困倦地应道:"不算了。"

然后不等他开口,她十分坚定地说道:"今儿起我就是个男人。"

那你可愿做我的女人?这调戏的话还没说出去,就被人给堵了回来,萧少寒又好气又好笑:"你这女人,怎么不按常理来的?"

温柔安静地闭上了眼，不再作声。

旁边的疏芳一脸戒备表情地看着萧少寒，皱眉道："萧三少爷，这么晚了也不太合适，您不如移驾？"

在他这么一个活人面前杜温柔也能睡着，萧少寒有点儿无语，但这大半夜的也的确没什么好说的，干脆就明日再来。

可是，他一出门，想了想，也没了去淮春楼的兴致，还是直接回家吧。

对杜温柔这个女人，他没有二哥那么喜欢，也没有旁人那样抵触。怎么说呢？他就是觉得她做饭挺好吃的，人也活泼，很适合跟二哥那种闷罐子在一起。

然而……

萧少寒看了看那瓷窑的方向，低笑了一声。

这姑娘不是个安分的人，也没那么好驾驭，自家二哥那种人，一旦付出了真心，情路怕是要曲折得很哪！

晚上又下了一场雨，天气更冷了，第二天起来，温柔果断地穿了厚一些的袍子，然后带着疏芳去看那店铺的装修情况。

今日一整天，那铺子里的东西会被全部清空，修葺的人也已经找到了，按照温柔的布置，墙面先留出来，其余的地方设柜台、展台。

这里的商铺，东西都是搁置在架子上的，哪怕是首饰店，东西也都在柜台后头的架子上，客人不太容易看见，要看的时候还得拿下来，很是不方便。

于是温柔打算全部用琉璃柜陈设。

只是，只有她一个人做，琉璃做得慢不说，也累。所以四处看了一圈儿之后，温柔打算去找凌挽眉和阮妙梦聊聊。

结果没等她去找，凌挽眉就主动来了，背后还跟着个鼻青脸肿的毛头小子，满脸无奈之色。

"这是怎么了？"温柔好奇地看了看那小孩，笑道，"谁家熊孩子？"

凌挽眉头疼地说道："我弟弟，二话没说就来了幸城，昨晚偷偷去了木青城下榻的客栈，想把人揍一顿，却被护卫抓着当贼打了。"

凌修月不服气地嘀咕："是他们人多欺负人少！"

"你还敢说？！"凌挽眉横眼看过去，"多大的人了，做事还没个分寸？"

十五六岁的少年，朝气蓬勃，瞧着眉目清秀，细皮嫩肉，想来也是没吃过苦。

温柔笑了笑，睨着那气鼓鼓的少年问道："你叫什么名字？"

"凌修月。"少年看了她一眼，声音小了些，"我可是虎啸山庄的二公子。"

他大概是见着生人想抖威风，奈何说话实在没啥底气。凌挽眉又好气又好笑，无奈地摇头："你别见怪，这孩子被宠坏了，说话做事都不太过脑子。我今日带他来，是有事相求。"

"你尽管说。"

凌挽眉看了凌修月一眼，叹息道："这孩子本性不坏，只是没认真学功夫，又总想着救济苍生、劫富济贫之类的事，没少给山庄惹麻烦。如今他千里迢迢地过来了，我却漂泊不定，带着他也不是，送他走也不是，就只能让你帮忙，将他带在身边调教。"

这倒不是什么大事，温柔理所应当地点头："我还养得起人，这倒是无妨。"

"可……"凌挽眉抿了抿唇，犹豫地说道，"他可能有点儿小毛病。"

"什么毛病？"

"就是……每到一个地方，他都会结识一大帮叫花子。"凌挽眉叹息了一声，道，"先前他总是将叫花子送回山庄里让我爹养着，可我们山庄又不是养闲人的地方，虽说那些叫花子也肯做事，但山庄真是不需要那么多人，所以我爹已经勒令他不许往山庄送人了。要是他跟着你，也招那么多人……"

这就不太好了吧？

凌挽眉最愁的也是这一点，修月没别的不好，但是善心太重，完全不考虑自己有没有能力养活那么多人，看着人可怜就往家里捡。他捡回来的人吧，要么是身世悲惨，要么就是患了重病，他们将人赶出去也不太好，可留下来……也实在养不起。

"我捡的人，都是可以培养的！"凌修月愤怒地为自己抱不平，"虎啸山庄若是想继续壮大，就可以用这些人哪，他们都是有手有脚踏实肯干的……要是街边躺着晒太阳的叫花子，我才不会捡呢！"

"你还有理？"凌挽眉连忙瞪了他一眼，转过头来给温柔解释："他这一点就需要你纠正纠正……"

"不用纠正。"温柔听了半晌，一直是笑眯眯的表情，目光柔和地看着凌修月说道："你若是觉得他们需要帮助，也踏实肯干，那就带回来，有多少人我就替你养多少人。"

凌修月倒吸一口凉气，"噌"地就蹦到了温柔面前，睁大一双眼睛问她："大姐姐说话算话？"

"说话算话。"温柔颔首，"我这里很缺人，只要你带回来的人不好吃懒做,而是当真需要做事混口饭吃的,那我都可以接收。"

凌修月闻言眼眸亮了亮。他本来是认生人的,但一听这话,瞬间就觉得温柔像端着净瓶的观音,和蔼极了。

"你这是要做什么?"凌挽眉轻蹙着眉头看着她:"那么多人……"

"我正准备找你跟妙梦商量。"看了看四周无人,温柔拉着凌挽眉的手低声说道,"琉璃可能需要扩大产量,我也不能一直做,所以打算收一批学徒,慢慢教会他们做琉璃,然后就开个琉璃厂,产出的琉璃可以卖往全国各地。这样销路更广,盈利也更多。"

凌挽眉愣了愣,转念一想,这法子还真的可行。

"琉璃的做法是个秘密,少数人知道是财富,多数人知道……那琉璃就只能是日常用品了。"温柔笑了笑,继续说道,"所以修月要是当真捡乞丐,我会很开心,毕竟乞丐都是没什么亲人的,你们这儿……没有丐帮什么的吧?"

凌挽眉摇头,正想说话,旁边的凌修月便按捺不住地说道:"大姐姐放心,我那不叫捡人,是跟人交朋友的!他们信任我,我也信任他们,愿意帮他们一把。你要是有用得着他们的地方,尽管吩咐,出了事我可以割血谢罪!"

凌挽眉哭笑不得道:"这一点倒还靠谱儿,他送去山庄的人,人品都是上乘的,贫却不怨不贪,我爹都曾夸过。"

这还真是她想要什么老天爷就送来什么啊?温柔有点儿感慨,心想一定是自己混得太惨了,命运终于决定给她来点儿助力。

"那从今日起,你便跟着我吧。"温柔拍了拍他的肩膀,"你跟着我先住小院子,就不住瓷窑了,等过两日店铺开张,咱们再搬去离店铺近的宅院。你随时可以出去交朋友,我不拦着。"

凌修月挠了挠脑袋,不好意思地说道:"不瞒大姐姐,来的路上我就认识了五六个朋友。只是我着急来替姐姐教训浑蛋,没来得及带上他们,只让他们一到幸城就在街边等我。"

"那更好。"温柔笑道,"咱们每天都去街上看看,留意一下他们到没到。"

"好!"凌修月点头,也算了却了一桩心事,立马就在温柔旁边站得老老实实的。

凌挽眉失笑:"我倒是找对人了,那人便交给你。温柔,我可能需要跟人回上京一趟。"

回上京?温柔挑眉:"木青城要带你走?"

"嗯。"凌挽眉低笑了两声,解释道,"我可能打乱了他的计划,他说在幸城停留太久，已经惹人怀疑，也有不少人知道了我的存在，我再被放在外头不安全，他还是得带在身边。

"我没有完全相信他，只是想跟他回去看看，他说的没有娶妻的事，到底是不是骗我的。若是，我还会回来，若不是……"

眼里泛上些光，凌挽眉抬眼看着温柔："那我就要请你去上京喝喜酒了。"

温柔惊讶地瞪眼，问道："你原谅他了？！"

不过她转念一想，这也没什么好惊讶的，木青城找到挽眉已经快一个月了，这中途发生了什么事，她都不是很清楚，万一木青城做了什么分外打动挽眉的事，把姑娘给哄好了，也不奇怪。

然而凌挽眉叹了一口气，也没回答温柔的话，只说道："反正也无处可去，我先去瞧瞧也无妨。"

"好吧。"温柔颔首，想了想，带着凌挽眉去取了五千两银票出来，塞进了凌挽眉的荷包里。

"没有什么事是银子解决不了的，如果有，你就多用点儿银子！"温柔仔细地叮嘱着凌挽眉，"要是不开心你就回来，咱们几个有的是钱，还怕没男人吗？"

凌挽眉"扑哧"一声笑了出来，捏了捏荷包，眼神分外柔和："我第一次走，你给了我值钱的珠子，第二次走，你又给了我五千两银子。温柔，你这恩情，怕是要让我还到下辈子。"

"都是同甘共苦的姐妹了，说什么恩情不恩情的？"温柔摆手，"你安心上路吧，修月有我呢。"

凌挽眉颔首，认真地捏了捏温柔的肩膀，然后转头，略微凶狠地朝凌修月说道："有功夫就用在保护人身上，再打架，我饶不了你。"

凌修月撇了撇嘴，往温柔背后躲了躲，伸出只爪子朝凌挽眉挥了挥："大姐再见。"

凌挽眉一步三回头地走了。

温柔身边多了个少年，总觉得心里满满的，忍不住就想对他好："饿不饿？"

"不饿。"凌修月一本正经地拿出了自己的佩剑，横在她面前说道，"以后就是我来保护你了！"

温柔失笑，摸了摸他的脑袋，分外慈祥地看着他。

第十三章
开业大吉

十天之后，崭新的铺子就在萧记和裴记的琉璃店旁边开张了，鞭炮放得很响，引来不少人围观，众人都在猜测这是做的什么生意。

萧惊堂站在萧家琉璃阁的二楼上，裴方物也站在裴记琉璃铺的门口，两个人一齐看过去，就见那门口拿竹竿挑着鞭炮的女子活蹦乱跳地喊着"温氏琉璃轩正式开张，大家走过路过，不要错过喽——"

他们已经知道琉璃是什么了，可怎么又有了琉璃？众人都是一脸茫然的样子，稍有学问的人忍不住就在人群里头显摆："琉璃是珍贵的玉石啊，有古书记载：'凡琉璃石与中国水精、占城火齐，其类相同……其石五色皆具……此乾坤造化，隐现于容易地面。'天然琉璃石日渐稀缺，尤为珍贵！"

百姓们似懂非懂地听着，都好奇地伸头去看。

温柔笑眯眯地站在门口，大方地将门都打开。顿时有光射出来，照得众人一阵惊呼。

这是她的小心机，她特地切割了四个多面的球状琉璃，放在店铺的四个角落里，拿烛光一照，光华流转，分外璀璨。

"温氏的琉璃没那么神秘，"温柔笑眯眯地引着人进去看，"也就是彩色的琉璃罢了。"

人群拥了进去，惊讶地发现这店铺里头好大，跟走不到尽头似的，四周都是琉璃柜子，柜子里头陈列着很多五颜六色的琉璃首饰和装饰之物。

439

前头一个人看得傻眼了,一头就撞上了墙面的镜子。

"啊!"那人跌坐在地上,瞪着面前跟自己一模一样的人,惊呼,"我灵魂出窍了!"

"是镜子罢了。"旁边的疏芳连忙扶起他,低笑道,"这镜子是用琉璃和银子做的,更能真实地照出我们的样子,不是您的灵魂出窍。"

满店铺都是稀世珍宝啊!众人看傻了,难免也有贪婪的人动了心思,想顺点儿什么东西走。

然而,门口不知什么时候站满了穿着统一衣裳的人,都是健硕的男子,表情严肃,衣裳的胸前绣着一个"温"字。

开这种店,要是没几个打手,温柔都不敢让人进来。琉璃柜里的小件儿东西他们是拿不着的,大件儿的东西,出门就藏不了。

"好东西啊,都是好东西,比那琉璃还好看!"

里头议论声不断。

"我记得先前萧记也卖过这种琉璃,五颜六色的好看得很,不过价钱昂贵,一个镯子就要五千两银子。"

"是啊,这儿的琉璃与萧记卖过的很像,不过便宜多了,才一千两银子!"

"都是贵人才用得起的东西……"

店里的自然是贵人才用得起的东西,温柔也没指望寻常百姓能在这里买多少,只是想让他们把消息传出去。

幸城这么大,广告很重要,店铺装修得有特色,就足以让幸城一半的人知道她的店铺。

至于另一半……

温柔笑了笑,转头看了一眼外头。

裴记琉璃铺、萧记琉璃阁,别的同类的店开在这两家旁边都是自寻死路,但是她的琉璃轩,会被这两家店带得生意很好。

不怕货比货,她就怕裴、萧两家不来比。

萧惊堂眼神复杂地看着那招牌,旁边的琉璃阁掌柜低声说道:"昨日就已经与温氏签了契约,他们依旧会给萧记提供寻常的琉璃制品,只是彩色的琉璃归温氏专有。"

温柔没有断他的路,依旧让他有底气与裴家对立,只是……

萧惊堂低笑一声,说道:"这女人,为什么这么轻松地就爬到我头上了?"

萧记琉璃阁算是如今萧家收入最高的店铺，竟然要依靠她而活，这种感觉可真是……

"风水轮流转吧。"萧管家嘀咕了一句，看了一眼对面的裴记，摇头道，"不过咱们还算好的，您至少与温柔姑娘在一条线上，裴家公子才是当真被孤立了。"

萧惊堂愣了愣，看了一眼下头对面站着没动的裴方物，不知道想起了什么，略微尴尬地说道："她竟然没帮他。"

萧管家笑道："温柔姑娘真是个好人，看起来也做不出爬墙的事。老奴让人打听过了，温柔姑娘自离开萧家后就未曾去过裴家，裴家的琉璃……想来是温柔姑娘先前传授了秘诀，裴家自己在做。不管是成色还是样式，裴家的琉璃都不如温柔姑娘供给萧家的好。"

也就是说，自己一直误会的她深爱裴方物，所以要帮裴方物对付自己的设想，是压根不成立的。

萧惊堂轻咳两声，抿了抿唇，道："既然已经与温氏合作，那中午不如就在珍馐斋设宴，请她来用膳吧。"

"二少爷，"萧管家看了他一眼，"中午香秀阁的掌柜想与您用膳，老奴已经应下了……"

"你应下，那就你去。"

萧管家："……"

杜温柔这十天忙着弄店铺的事情，一眼都没有多看他，哪怕他去那瓷窑里找人，也没能找到。如今看样子她是有空了，既然他们在合作，那他自然就得和她搞好关系是不是？

萧惊堂正想着呢，下头的裴方物突然就动了。萧惊堂挑眉，抬眼看过去，就见温氏琉璃轩的门口一阵混乱，像是有人闹事。

"女人家家的，抛头露面开店可真是够不要脸的！"一个书生模样的人义愤填膺地朝温柔吼，"好女人会不在家里相夫教子？"

几个护卫把温柔护在后头，温柔皱眉看着骚动的人群，心想还真是大意了。

方才有人问了一句东家是谁，她忙昏了头，一时也没多想就应了一声，应完才反应过来，这个地方，女人出来做生意，还不得被人戳着脊梁骨骂死？

她现在反悔已经来不及了，几个卫道士站了出来，指着她就开始骂："三从四德都学到哪里去了？没娘教的？女人……女人拿这么多银子干什么?"

瞧瞧这一张张气急败坏的脸,温柔气极反笑,站直了身子问他:"女人赚的银子比你多,你不服气?"

"我呸!"那书生涨红了脸,"士农工商,最末为商。做这下贱的活儿赚的银子,谁稀罕?"

"万般皆下品,唯有读书高?"温柔冷笑,捋起袖子道,"来,来,比文化是不是?我出个上联你来对下联?"

书生愣了愣,皱眉看着她:"你会什么上联?"

温柔拨开护着自己的护卫,眯起眼道:"你听好了就是!上联:炭去盐归,黑白分明山水货!"

书生愣了愣,"喃喃"地念了这对子两遍。

对联都讲究意境相合,平仄相通,这个对联要对起来是很困难的。温柔以前无意间在网上瞧见,跟几个人研究了许久也没能对出来。这种跳蚂蚱一样的书生,对得出来才见鬼了。

所以意料之中地,那书生对了两个,心知自己对不上,便恼羞成怒道:"你拿这种绝对来为难我,算什么?"

"好,我给你出个简单的,你随便对。"温柔压着脾气笑了笑,出题道,"上联:甘为下贱,家财万贯乃商人。"

书生皱眉,不屑地看着她道:"你别只会出对子,有本事你自己对上?"

"我要是对上了,你可别生气。"温柔笑道,"万一你恼羞成怒砸我的店,我可是要报官的。"

"你只管对!"书生哼笑,"我看你能对出个什么来?"

温柔拍了拍手,看了周围的人一圈,先声明:"这对联我只针对这位书生,与其他人无关,各位见谅。修月,念一遍方才的上联!"

凌修月被拦着没上去揍人,一听温柔的话,立即大声念道:"甘为下贱,家财万贯乃商人。"

"自命清高,百无一用是书生!"

十一个字,掷地有声,那闹事的书生听了脸色骤变,脸上红白交错了一阵,咬牙就骂:"你个婊子养的东西,竟然敢这么说!"

他不只骂,还想扑上来打温柔。疏芳当即放开了凌修月,后者扑上去就逮着人一顿猛揍。

人群更加混乱,饶是有护卫,温柔也被挤得站不稳。她正皱眉呢,身边陡然有人过来,将她四周圈出点儿空间,焦急地说道:"你快走,这里交给他们吧。"

听出是裴方物的声音,温柔抿了抿唇,颔首道:"多谢裴公子。"

裴方物垂眸,也没多说,只将她带出人群,便后退了几步,和她保持着礼貌的距离,只看着她。

温柔没回头,只皱眉吩咐疏芳:"去报官。"

不只那书生一人看她不顺眼,今日来看热闹的男子居多,虽没像那书生那般直接,但看着她的目光也不是很友善。

温柔觉得有点儿危险,正打算离开,冷不防一个鸡蛋朝她扔了过来。扔的人是个大婶,同为女人,大婶用一种嫌恶的眼神看着温柔,导致温柔愣了愣,忘记了躲开。

女人自己都不觉得女人该自立自强,那也活该这时代里的姑娘一直被封建礼教束缚了吧?温柔感觉心里有点儿凉,闭上眼捂住了脸。

然而没有想象中的蛋液四溅的场景,她等了几秒钟后睁开眼,就见面前多了个人。

萧惊堂像是路过,什么也没看见似的,低头看着她问道:"温氏掌柜,可有空移步珍馐斋?"

温柔茫然地低下头,看见在萧惊堂身后的地上碎了的鸡蛋,顿了顿,抬头看了他一眼。

她好像很久没看见这人了,眼前的萧二少爷,眼里没有对她的厌恶和仇恨之色,好像是刚刚认识她一般,优雅地问她,要一起吃个午饭吗?

这里不是可以久留的地方,温柔面无表情地点头:"可以带个小孩一起去吗?"

"随你带谁都可以。"

"好。"温柔招手让凌修月过来,看了看他,微微皱眉:"你打人归打人,怎么把自己的手也弄伤了?"

凌修月闻言,低头看了看自己有些肿胀发红的手背,撇嘴道:"我没带剑出来,只能用手了。那人实在太可恨,什么也不做,光凭一张嘴诋毁人,实在不像个男人!"

温柔轻笑一声,捏了捏他的肩膀,声音柔和宠溺:"好,好,好,你最像个小男子汉了,跟姐姐去吃东西好不好?"

吃东西?凌修月点头,然后才注意到旁边站着的男人。

他没有这男人高,只能仰视。四目相对,他看见了这男人眼里不悦的神色，男人泛蓝的眼眸里透出一丝冷光，让人觉得恐惧。

凌修月下意识地就往温柔身边靠了靠，结果不靠还好，一靠过来，这男人的眼神更沉了些。

温柔没注意萧惊堂，只觉得凌修月突然紧张了起来，于是轻声安慰道："没事，这个人也就看起来凶，你不用怕的，先走吧，这儿太闹腾了。"

"好。"凌修月点了点头，又扫了一眼不远处，拉着温柔就往街口走，一边走一边小声嘀咕，"怪不得大姐要我来保护你，你的处境怎么这么危险啊？"

"怎么？"温柔有点儿蒙，"很危险吗？"

"是啊！"凌修月回头看了后头的萧惊堂一眼，又看了看不远处的裴方物，表情严肃地说道，"他们好像都跟你有仇，看起来脸色都不太好看，我一定会好好保护你的！"

温柔愕然地跟着他看了看那两个人，随即失笑，也懒得解释，只觉得凌修月这一本正经的样子很可爱，干脆就点头道："好啊，你可要把我给保护好了。"

"一定！"凌修月握拳。

萧惊堂一步步地跟在后头，看着前头的人笑得万分开怀，神色很阴郁。

他这半个月一直是没睡好的，病情反复，噩梦连连，已经快分不清什么是梦境，什么是真实世界了。

梦里的杜温柔回到了他身边，他待她极好，可天上掉了银子下来，她飞快地就跑去捡了，将他一个人扔在了原地。醒来他觉得梦境荒谬，又觉得心口疼，正觉得难受呢，温柔却当真回来了，坐在他床边笑着问："二少爷，早膳想用点儿什么？"

她笑得可真是温柔，一双眼里像是藏着星星。她伸手想将他拉起来，奈何他太重了，她的身子反而被他扯下来抱在了怀里。

"是你吗？"他沙哑着嗓音问。

怀里的人"咯咯"直笑，抚上他的喉结，伸出舌尖调戏他的唇瓣："是我啊。我回来了，再也不会离开你。往后不管发生什么事，奴婢都会在您身边。"

心里温热得厉害，萧惊堂抿唇，伸手将人紧紧抱住，可一用力，怀里的人瞬间消失得无影无踪。

"温柔？"

四周突然都空旷了起来，他茫然四顾，"喃喃"低语："这不会是梦的，她开口说话了，不会是梦……"

"不会是梦……"张口说出话后,整个人瞬间清醒,萧惊堂惊坐起来,瞪了床边的萧管家半晌。

"二少爷?"萧管家一脸无辜地说,"您睡得太久了,终于醒了,先来吃点儿东西吧?"

这到底还是一场梦。

愣怔了半晌,萧惊堂哑然失笑。

是啊,这要不是梦,她怎么会说那样的话?那场景怎么看都是假的,他竟然还想当真,真是可笑。

"你是不舒服吗?"坐在马车上,温柔看了看对面这一直闭着眼没吭声的人,挑眉道,"你要是不舒服的话,这饭就不用吃了。"

她也就是想搭个顺风车离开店铺。

萧惊堂缓缓睁眼看向她,低声回道:"我没什么事,该谈的事情还是要谈。"

听着他语气这么公式化,温柔也就不介意什么了,老老实实地闭嘴看向外头,手搭在修月的肩上,护着他以免他因车子颠簸而撞上车壁。

不睁眼还好,一睁眼就看见这场景,萧惊堂微微皱眉,看向凌修月:"这是谁?"

"挽眉的弟弟。"温柔也没打算瞒着他,耸肩道,"挽眉去了上京,她弟弟千里迢迢地过来找她,她自然就将人交给我照顾了。"

"你如今这么忙,哪里来的时间看管孩子?"萧二少爷伸手,"让他去我府上吧。"

凌修月惊得立马往温柔怀里扑。温柔伸手搂住他,摇头道:"这孩子就不劳二少爷费心了,我自己能照顾好。"

凌修月帮了她不小的忙,找来的人都是肯吃苦的,跟着她学了两天的琉璃制作,不说做出多好的艺术品吧,反正东西是能出瓷窑了,也能摆出来卖个新鲜。等她寻了雕工好的大师回来教学,这一批人都能成为很棒的学徒。

难得看到她脸上出现这种怜爱的神情,萧惊堂抿唇,觉得很不爽。可现在他也没什么立场说她的不是,只能沉默地一路盯着凌修月。

小小的少年在精神上受到了巨大压迫。他看了看萧惊堂的拳头,又看了看自己的,好像明显打不过。

那他还是忍着吧。

第十四章
不如打个赌

珍馐斋很快到了，萧惊堂上楼的时候就点好了菜，看温柔带着凌修月进去挨着坐好，目光微动，开口道："这儿有丫鬟布菜，修月坐得太近了，往旁边挪两个位子。"

"哦。"温柔不疑有他，主动往旁边挪了两个位子，然后看着小厮上菜，丫鬟布菜，抬眼问对面的人，"二少爷想跟我谈什么？"

"很简单，琉璃。"心情好了一点儿，萧惊堂看着她问道，"如果我没猜错，你是教了裴家人怎么做琉璃吧？"

"是。"温柔点头，也不避讳啥了，老实交代，"为了让裴方物把我赎出去，我将琉璃料的配方给了他，不过他那边只有一个张老五会做，所以产量低，质量也不是太好。裴方物不傻，肯定也会培养学徒提高东西的产量，但我现在有的方子是比他那个更好的，所以二少爷放心，同样是琉璃，你萧家琉璃阁只比裴记少了个御赐的牌匾罢了，东西品质反而更好。"

萧惊堂点了点头，说道："对琉璃的质量我没有疑虑，只是想让你考虑一下，要不要做萧记琉璃阁的东家之一。"

他想让她做琉璃阁的东家？那就是坐着分红数银子的人哪！这种好事，萧惊堂会白白让她来做？温柔笑了笑，问："二少爷的条件是什么？"

两个人现在平起平坐，萧惊堂的态度让她觉得自己就是一个正经的商人，双方没什么感情羁绊，这种感觉很舒坦，比裴方物让她觉得舒坦多了。

她现在就只想谈生意，不想谈感情。

萧惊堂正色道:"我的条件很简单,你不必用银子做资本,只需将你现在的秘方共享给我,作为回报,萧记琉璃阁未来三年的纯利润都会分给你四成。"

四成!

温柔闻言眼睛亮了亮,挑眉道:"二少爷也是耿直的人,可是琉璃的配方是个秘密,知道的人越多,琉璃的价钱就会越便宜,我将秘方共享给你,自己也会有不少损失。"

"是,所以我让利四成。"萧惊堂颔首,"萧记琉璃阁开张已经将近一个月了,这一个月不到的纯收入,分出来四成,也是相当可观的,这笔账你应该自己会算。"

她供货给萧家,虽然利润更高,但很累,也会影响她自己的琉璃店的供货速度。并且萧惊堂看起来就是不放心的样子,怕她哪天不再供货,那萧家的琉璃阁也不好做生意。

想了想,温柔开口道:"五成利,我二话不说将配方给二少爷,并且可以替二少爷培养几个学徒,保证产品品质,如何?"

谈生意都是要讨价还价的,虽然萧惊堂给的条件已经不错,但温柔觉得总得多说两句,才显得自己不是那么好说话吧?

她本以为以五成利的条件萧惊堂也会爽快地答应,毕竟这是一本万利的生意。但是她没想到,对面的人竟然露出了有些为难的神色。他抿了抿唇,道:"先用膳吧。"

他还舍不得了?温柔撇嘴。她也没占太多便宜啊,制作琉璃成本低,萧记自产自卖,收入能比以前多一倍,她也就是抽一半的提成,这样还能保证萧家的货源稳定。就算她有些贪了,以萧惊堂如今的处境,难道他不也是该答应的吗?

心里有点儿疑惑,温柔也没多说,老实地把饭吃饱,之后萧惊堂起身出去,萧管家就在旁边劝道:"温柔姑娘何苦为难咱们少爷呢?您什么都不用做,给个方子,未来三年都会有极多的收入,足以让您一辈子吃穿不愁的,多一成少一成,也没什么关系。"

分红少一成是没什么关系,温柔撑着下巴,越想越觉得划算。萧惊堂这种阴险的商人,肯定会让利益最大化,跟着他分红,自己还不用做琉璃,的确是有利无害的。

要不……她让让步得了?

"今日天气不错,难得出太阳了,"萧二少爷回来,站在门口问道,"温掌柜想去游湖吗?"

这算是商业应酬?温柔笑了笑,睨着他问道:"我跟二少爷去游湖,二少爷就让我五成?"

萧惊堂不置可否地勾了勾唇。

去就去吧,自己也不会少块肉。温柔点头应了,拎着凌修月就往外走。

凌修月很乖巧,说了保护温柔就寸步不离地跟着她,只是看到那船的时候,小脸有点儿发白。

"我可以不上去吗?"他问。

萧惊堂看了他一眼,没吭声,温柔则是关切地问:"晕船?"

"嗯。"凌修月点头。

"那……"

"那你就在旁边的茶馆里等着吧。"萧惊堂打断温柔的话,慢条斯理地说道,"那馆子里有不少点心,你可以挑着喜欢的点,萧管家会给你结账。"

"好!"其实凌修月并不饿,但还是答应了下来,主要是因为真的太怕船了,一溜烟就跑到了萧管家身边。

萧管家笑了笑,朝他们拱手:"那少爷便跟温掌柜上船吧,老奴带这小公子去吃东西。"

租好的画舫就停在湖边,温柔点了点头,提着裙子走了上去。萧惊堂跟在后头,上了船便将系船的绳子解开了。

温柔坐下来后才发现,船上就他们两个人。

"船夫呢?"

萧惊堂伸手拿起划船的木浆,淡淡地开口道:"你觉得我不像吗?"

他哪里像了?!

这人分明穿着一身浅棕灰的锦绣长袍,领口带着绒毛边儿,袍子上的图案精巧细致,玉冠束发,一张脸比先前憔悴,但也多了几分病态美。他往这儿一站,哪怕是拿着木浆,也完全跟船夫没有关系。

不过他来划船的话,两个人不必面对面坐着,也少了很多尴尬的感觉。

温柔深吸一口气,感受着船向湖心漂去,便开口问:"二少爷觉得分红五成当真很为难?"

萧惊堂面无表情地在船头坐下,侧头看向她说道:"我觉得温掌柜拿四成不亏,五成的话,我萧记也没太大的赚头,不是吗?"

温柔认真地想了想,是这个道理没错,正想松口,却听得这人开口道:"那边的山是什么山?"

温柔愣了愣，顺着他的目光看过去，就发现远处重山连绵，有雾气缭绕，跟仙境似的。

"我也不知道是什么山。"温柔"喃喃"了一句，趴在栏杆上看了许久，深吸一口气，突然有种回归自然的舒畅之感。紧绷的身子放松下来，她突然就想唱歌。

"让我们荡起双桨，小船儿推开波浪——"

萧惊堂顿了顿，手里的木桨差点儿没拿稳，回头看了她一眼。

察觉到他的目光，温柔"嘿嘿"笑了两声，闭嘴了。

船自由地在湖面上晃荡，湖光山色太好，以至温柔都忘记跟他说分成的事情了。

"看见那边的那座山了吗？"萧惊堂指了指不远处，问道。

"看见了，怎么了？"

"这座山有个传说。"萧惊堂抿了抿唇，说道，"说是山下压着一个无恶不作的神仙，每次路过的人只要骂上几句，这神仙被囚禁的年数就会增加。"

这是什么荒诞的传说啊？温柔撇嘴，不过还是撩起袖子叉起了腰，清了清嗓子，说道："那我就要为人类做贡献了，二少爷，麻烦堵住耳朵。"

萧惊堂听话地捂住了双耳，镇定地看着她。

温柔深吸一口气，朝着那山就大骂起来。

整个山水之间都回荡着她的声音，温柔嗓子吼痛了，整个人也彻底放松下来，舒坦地靠到长椅上，伸出爪子喊了一声："水！"

心里憋着的气都被释放了出来，温柔瞬间有点儿不知道自己在哪儿，伸手就使唤人。

萧惊堂松开了捂着耳朵的手，起身去递了一盏茶给她。

"谢谢啊！"温柔接过茶来喝完，才反应过来递茶的是谁，瞬间撑起身子坐得端庄。

"除了那个神仙，你还有别的人想骂吗？"他也没介意她这没个正形的样子，只问了这么一句话。

有啊，你啊！

心里敢这么说，面儿上温柔却细声细气地回道："没了，我这个人不记仇的。"

她不记仇？萧惊堂撇了撇嘴，也懒得反驳，只在船头找了个干净的地方躺下来，看着大今天是难得的晴天，天空蔚蓝，偶尔有几朵白云飘过，看着让人心情舒畅。

看他没有要说话的意思，温柔也不多嘴，跑去船尾躺着，舒舒服服地看起了风景。

这十天可真的是忙坏她了。为了开店要用的第一批货，也为了装修铺面，她几乎就没怎么合过眼，结果今天开张大吉还遇见闹事的人，她的心情不是一般郁闷。

幸好还有机会给她释放一下，不然她非得憋坏不可！

看着看着天，眼皮子就沉了下去，温柔打了个哈欠，半眯着眼四处看了看，就见画舫上还有羊毛毯子，大概是怕游玩的人晚上游湖冷而备着的。

温柔扯过来一半毯子铺在身下，一半盖在身上，"喃喃"喃道："二少爷，你要是想好了，记得跟我说一声，我先歇会儿。"

"好。"萧惊堂漫不经心地应了。

船尾很快没了声音，萧惊堂回头看了一眼，微微抿唇，起身将箱子里放着的枕头一并拿了过去，垫在她的脖子下头。

这女人真是蠢，知道拿毯子，不知道拿枕头？

她眼下满是青黑色，瞧着都没了个女人的样子。萧惊堂冷哼，在她旁边坐下，高大的身子瞬间挡住了凛冽的风。温柔吧唧了两下嘴，安稳地熟睡着。

裴方物坐在自己的房间里，愣怔地看着手里的信。

他倒是没想到，自己的处境这么快就被上头的人知道了。按照大皇子的意思，他该收拾东西，去上京继续做生意，也免得琉璃在路上颠簸，总是出现裂缝。

去上京是好事，市场更广，有钱人更多，但是……他还没来得及跟温柔解释清楚，一直被她拒之门外。萧惊堂看样子也放不下她，自己这一走，岂不是会与她错过一辈子？

裴方物做决定很简单——问自己问题。

你舍得她吗？

舍不得。

必须走吗？

必须。

那他就没别的选择了，只能想办法让温柔跟他走。

450

可是，现在这情况，用正常的手段，他是不是已经没办法让她听自己的话了？

"公子，"旁边的牵穗开了口，"您少有这么为难的时候。"

裴方物低笑一声，垂眸："是啊，以前若是有我看得上的女子，我还不直接娶回家来？若是她不愿，那我便使手段强娶。若是她另有所爱，那便让人杀个干净。可是……"他抿了抿唇，神色黯淡得很，"我怕她恨我。"

牵穗也算是了解温柔是个什么样的姑娘，能明白自家公子为什么这么忌惮。只是，公子毕竟是做大事的人，被这儿女情长一直羁绊着，也不是个办法吧。

"您若是当真想让杜氏跟您在一起，那不如就提前准备，引她去上京做生意就好了。"牵穗想了想，建议道，"您肯定是有法子的。"

法子是有，只是他也得先走一段时间。

裴方物叹了一口气，笑了笑："罢了，就那样做吧，也别无他法。她想经商，那便经，我可以助她一臂之力。"

牵穗点了点头，退下去与人联络。

她虽然也很喜欢温柔，但难免也会替自家公子抱不平。温柔背叛的人不止萧惊堂，还有裴方物。萧惊堂都让她滚出萧家了，而自家公子从头到尾就没有一点儿讨厌她的情绪，哪怕是被她弄出来的萧记琉璃阁给打了个措手不及，也没有怨她半分，甚至想护着她。

温柔看得见萧惊堂的好，为什么就不能宽恕自家公子？

天色渐渐晚了，湖面上一片宁静。温柔翻了个身，头磕到了船板上，猛地惊醒。

她看了看四周，脱口而出道："这么晚了？"

萧惊堂还在船头撑着木桨，闻声回头看了她一眼，轻笑："温掌柜真是能睡，耽误了我一天的时间，我还等着你给回复。"

"啊！对不起！"温柔愧疚地裹着毯子站起来，连忙道歉，"耽误你的要紧事了？"

萧惊堂看了看她这模样，别开头，目光温软，嘴里模棱两可地应了一声："嗯。"

"那就不好意思了……"温柔惭愧地鞠躬，低下头去看见自己花式复古的绣花鞋，才反应过来这是哪里，自己在干什么。

她道什么歉哪？

温柔鼓了鼓嘴,站直了身子:"二少爷有要紧事可以先走的。"

"已经被耽误了,我赶去也来不及,现在就只想看看星星。"萧惊堂面无表情地说道,"反正耽误的不是你的事,你要是想走,可以先走。"

他这话说的,她要是走了,那岂不是很过分?

温柔泄气地在椅子上坐下,小声说道:"你等我的什么答复啊?明明是我问你五成分红可不可以的,要答复也是你给我……"

"温掌柜,"萧惊堂开口,淡淡地打断她的话,"咱们都不肯让步的话,不如就打个赌如何?"

"打什么赌?"

"赌早上太阳升起的时候,月亮还在不在。"

废话!太阳升起的时候月亮怎么可能……哎,不对,她就看见过早上出太阳了,另一边还有月亮的场景。

这人想诓她?温柔眯起眼:"那我赌还在。我若是赢了,二少爷便让我一成利,如何?"

"好。"这次萧惊堂答得耿直,看着她说道,"漫漫长夜,反正也无事可做,咱们就看着吧。"

"啥?!"听明白他的话的意思后,温柔当即跳了起来,"我们俩是脑子有病吗在这船上待一晚上?要看也可以回去睡觉,早上起来看就好了啊!"

"抱歉。"萧惊堂回头看着她,表情无辜地指了指湖面,"木浆掉下去了。"

哦,掉了根木浆而已啊……等等!啥?木浆掉下去了?!温柔瞪大了眼,立马转头去看湖面。

月光皎洁,很远很远处的湖水上浮着那根撑船用的木浆,孤零零的,像是没了家的孩子。

温柔:"……"

萧惊堂无奈地说道:"我也只是打了个盹儿,谁知道它就掉下去了。"

他很无辜,很委屈,不能怪他。

温柔朝天翻了个白眼,觉得头疼,肚子也饿得难受,发出"咕噜"一声巨响。

萧惊堂听见了,伸手就掀开了旁边放着的另一个箱子,拿出了热腾腾的四菜一汤。

"哪儿来的?"温柔惊愕。

"船上准备的。"萧惊堂回道。

"骗鬼呢？！"温柔瞪他，"我们上船已经好几个时辰了，要是船上准备的这些东西，还不凉透了？"

萧惊堂顿了顿，认真地看着她说道："你这人为什么这么不知变通？我说船上准备的，也没说是咱们船上准备的。这湖上少不得有人来游船，刚刚来了一艘，我见有吃的，就让他们卖了我们几盘。"

这话听起来好像没有哪里不对？温柔点头，饿得不行了，也不管那么多，先坐下来吃了再说。

肉很香，饭很软，温柔又吃了个饱，睡眠不足，哈欠连天。

"困了？"萧惊堂斜眼问。

"没事，咱们得想个法子回去。"温柔咂了两下嘴，"我还有事没跟他们交代完，新店开张，又有人闹事，衙门那边也要打点，再加上还有一批货……"

"你还是闭嘴吧。"萧惊堂皱眉道，"咱们回不去，你说再多的事也没用。"

温柔鼓了鼓嘴，不服气地看着他："你是不是也不想我的生意比你做得更大？"

萧惊堂好笑地扫了她一眼，说道："你若是有本事，做得多大都跟我没关系。我不但不拦着你，相反，有共同所图之时还会帮你。"

他这么豁达？温柔挑眉，正想夸他呢，却听得他的下一句话："不过你应该没这个本事。"

气不打一处来，温柔冷笑："你别小瞧了女人。"

萧二少爷优雅地颔首："我只是比较自信。"

自信？温柔哼了哼："若是我不帮你，你打算拿什么对付装方物？"

萧惊堂看了她一眼，回道："萧家的生意不止幸城这几家铺子，就算他耗尽家财让幸城的萧记关门，这天下却还有几百家萧记铺子开着。"

也就是说，萧家会有损失，但绝对不会被压垮，这就是百年商贾的底气。

温柔抿了抿唇，声音小了点儿："那你对付不了也很头疼吧？"

"是，"萧惊堂也不争辩，大方地颔首，"所以我谢谢你。"

"免了吧。"温柔嗤笑，"当初你赶我出萧家的时候可凶着呢。"

终于聊到正事上了，萧惊堂坐直了身子，装作不经意地说道："你以为我赶你出去，是因为萧记被你逼得生意寡淡？"

453

"不然呢？"

黑夜之中的人总是要柔软一些，白天不会说的话，到了晚上都会很轻易地吐出来。这话是萧管家说的，萧惊堂很认真地记下了，并且亲测有效。

他轻咳了一声，似笑非笑道："都这么久了你也没想明白，我气的只是你的背叛行为，与你具体做了什么事情无关。"

温柔撇了撇嘴，后知后觉地有点儿委屈："我先前是因为旧怨想背叛你，可后来不是在努力弥补吗？你二话不说就骂人……"

"是我的不对。"萧惊堂起身，走到她身边坐下，盯着她歉道，"我不太擅长道歉，但冤枉了你，觉得很对不起。"

月光温柔，面前的人表情也很温柔，以至温柔的心也跟着柔软了些。

"早干吗去了？"

萧惊堂脸上微红，皱眉："我在道歉，你就不能好好原谅我吗？为什么非得嘴硬？你也没多恨我啊。"

"你怎么知道我不恨你？"温柔翻了个白眼，"现在整个幸城的人都在骂我，不是你害的？"

"与我有什么干系？要怪就怪裴方物，若不是他掺和进来，你也不会被人戳脊梁骨。"萧惊堂板着脸说道，"况且你做的事情，本也就容易落人话柄。"

想想好像也是，温柔叹了一口气："行了吧，我不恨你，也没啥好原谅的，夫妻是当不成了，咱们做个好的合伙人吧。"

本来还觉得事情有些缓和了，一听这话，萧惊堂又沉了脸："什么叫夫妻当不成了？"

"当得成夫妻？"温柔挑眉，看了看他这表情，可算找着个吐槽的机会了，撩起袖子就说道，"你知道你们这里的男人有多恶心吗？大男子主义，不尊重女人，觉得女人就是给你们生孩子、做家务、相夫教子的。你不也是三妻四妾吗？不算那些姨娘，巧言才算是你的第一个女人，你没跟她分开，却想跟我当夫妻？"

"她在，跟你在，有什么冲突吗？"萧惊堂茫然。

这还能没冲突？！温柔翻了个白眼："观念不一样，我接受不了我的男人有别的女人，哪怕只是名义上有，我也会吃醋，会生气，更别说有实质关系的。"

萧惊堂皱了皱眉，看了她一会儿，开口道："你可真小气。"

小气？温柔冷笑，抱着胳膊问他："那这样吧，我给你当老婆，顺便也跟裴方物好，没事就在他那儿过夜，但我心里爱的是你，好不好哇？"

"你敢！"神色一沉，萧惊堂低喝。

"瞧瞧，这不就是双重标准吗？"温柔轻笑，"许你有三妻四妾，不许我与人有染。二少爷，我是女人，但也是完整独立的人，没道理比你低上一头，就算你比我有钱，那又怎么了？我自己又不是不会挣钱，也不会饿死，凭什么去你身边受气？"

萧惊堂愕然，眉头深深地皱了起来："你这个女人……"

"我这样的人不能被你们这里的观念接受是不是？"温柔勾了勾唇，别开头，去看湖面上的月光，"所以我不是你们这里的人，早晚要回到我自己的世界里去，二少爷又何必多留念想？"

这话是什么意思？萧惊堂微愣，伸手便捏住了她的手腕："你想去哪里？"

"您就当我随口胡说的，毕竟我现在也不知道什么时候能回去。"看着湖面上倒映出的月亮，温柔突然有点儿想家，也不知道家里情况怎么样，有没有发现她不见了。

想着想着她就觉得困倦，打了个哈欠，靠在旁边的栏杆上就睡了。

萧惊堂坐在她身边，犹自生着气。他弄不明白这女人的想法，难不成整个萧家就只能有她一个二少奶奶，旁的姨娘都不能有？

那她也太霸道了，这在小户人家还有可能，高门大户里，谁家不是三妻四妾？他若只有她一个女人，那不是惹人非议？

他皱眉侧头看向她，正想说点儿什么，却看见了她那一张睡得纯真无邪的脸。

气顿时都消散于无形，萧惊堂闷叹一声，伸手将她的脑袋拨弄了过来，靠在自己怀里。

第二天天大亮的时候，温柔醒了过来，发现自己已经在一处房间里了。瞧着房间陈设有点儿熟悉，她眯了眯眼。

"有人吗？"

门应声而开，丫鬟端着早膳进来，后头跟着萧惊堂。

"我好像又睡过了，"看了看外头的天空，温柔颇为懊恼，"也没注意看日出的时候有没有月亮。"

"有。"萧惊堂面无表情地说道，"所以分你五成利，成交，吃了饭就能去签契约。"

真的？！温柔大喜，脸上还不能表现出来，只能得体地微笑："好。"

她本以为很难的事情，竟然就这么轻松地完成了，出府的时候都是一蹦一跳的，差点儿就撞着了人。

"你……"杜芙蕖按照巧言的话，正要来伺候萧惊堂起身，冷不防地竟然撞上了杜温柔，当即变了脸色，瞪眼看着温柔。

心情极好的温柔朝杜芙蕖挥了挥手，然后甩着裙子就继续往府外蹦跶了。

杜芙蕖半晌才反应过来，气了个半死，冲进萧惊堂的屋子里便问："那女人怎么会在您的院子里？"

萧惊堂抬头看了一眼，回道："谈生意，昨日太晚了，便将她带回来了。"

他跟个贱婢谈哪门子的生意啊？！杜芙蕖刚想开口，想了想，觉得不对。

刚刚杜温柔身上穿的料子可不一般，不便宜呢，想来也不是普通百姓能穿的……杜芙蕖犹豫地看了萧惊堂一眼，找了个借口退下，一溜烟地就去找巧言了。

府里没有温柔的日子，巧言过得跟以前一样舒心。但一听杜芙蕖这话，巧言愣了愣，皱眉："杜温柔是出去做什么事了吗？"

"我哪里知道？"杜芙蕖愤然，"看起来她还吃穿不愁，没半点儿狼狈的样子！"

杜温柔那么惨地被赶出去，怎么可能不狼狈？除非二少爷还是在背后护着她，给她银子。

巧言咬牙，心里不舒服极了。二少爷从一开始就是她一个人的，凭空出来个人夺走他，还将她弄去了别院，这口气她怎么都咽不下去。杜温柔要是过得好，她就觉得硌硬。

不过……看了旁边的杜芙蕖一眼，巧言叹了一口气。

"你我看不惯她，也没什么法子，毕竟二少爷护着她，她现在又与杜家没什么关系，谁也管不着。"

"难不成就看着她这么一直逍遥下去？"杜芙蕖瞪眼，"凭什么啊？她犯的错也不比我轻，为什么二少爷还让她进这萧家院子？昨晚她还是在他的房里睡的！"

"这男人哪，一旦喜欢谁，都会对其格外包容。"巧言叹息，"二少爷是被她勾了魂了，谁说什么都没用。"

杜芙蕖不服气,想了想,扭头就派人出去打听那杜温柔在做什么。

不打听不知道,等丫鬟回来禀告情况的时候,屋子里的两个人都被吓了一跳。

"开店?!"

茯苓点头,皱眉道:"那店子就在咱们萧记跟裴记的铺子旁边,新开的,生意好得很。听闻那店家是个姑娘,这方圆百里的百姓有不少人赶过来想骂她的,还有德高望重的学士想说服她回家相夫教子,然而那杜氏死不悔改……"

"然后呢?"杜芙蕖瞪眼,"没人砸她的店子吗?"

"没有。"茯苓撇嘴,"哪里砸得起?那店子里的东西最便宜的都得上千两银子,官府专门派了衙差在那附近巡逻,杜温柔自己也请了打手护着。她那店子里五光十色的,跟仙境一样,赶过去骂她的人没骂什么,倒是都啧啧称奇呢。"

这算是什么事?杜芙蕖恨得脸都扭曲了:"也就是说她不但一点儿损失没有,还赚了不少银子?"

"许是如此没错。"

天杀的,这让人心里怎么平衡?人生最痛苦的事莫过于自己的仇人过得比自己还好!同样是杜家的人,杜温柔的处境应该比她更差才对,结果杜温柔那般风光,自己不仅得小心翼翼地躲在碧莲阁里,听风也还被关在牢里没有放出来。

这太过分了吧?

杜芙蕖越想越生气,咬牙道:"巧言,你知道这杜温柔有什么弱点吗?"

巧言沉思片刻,笑道:"弱点没有,不过她倒是挺会勾搭男人的。看她一出去跟裴家那人撇得那般干净,就知道她是还想对二少爷下手,毕竟二少爷地位更高,家底也更丰厚。她那样的女人我见得多了,就是捧高踩低的。"

男人?杜芙蕖顿了顿,仔细想了想,眼眸一亮:"那敢情好,她要男人,咱们就送她男人,到时候把她这水性杨花的一面揭露给二少爷,就不信二少爷还喜欢她!"

"你有好的人选?"巧言挑眉。

杜芙蕖笑了笑,一脸胜券在握的样子。

萧惊堂只是个商人,再有钱地位再高,也高不过侯爵。

帝武侯楼东风趁着皇帝给的假期，隐了行踪游山玩水，正去杜家拜访。

他是个聪明人，知道自己不管怎么微服出行，也总有人会查他的去向，所以这一趟没直接去幸城，而是先到杜家寒暄一阵，顺便问问杜家与萧家的联姻如何了。

杜老爷对他万分恭敬，看他一直提起当初要与杜氏联姻的事，连忙说道："杜家二女儿如今已经嫁去了萧家，侯爷要是有空，也可以顺道去看看。"

"本侯与萧家人不熟，"楼东风笑了笑，"烦请伯父写信先过去知会一声，也免得唐突。"

于是信就先被送去了萧家，杜芙蕖先收到，看了之后就送去了萧惊堂面前。

萧惊堂面无表情地瞧了信，只说道："是个侯爵，那咱们就好生招待吧。妙梦擅长待客，让她准备即可。"

杜芙蕖颇为委屈："妾身才是主母，招待客人怎么能让姨娘来？"

萧惊堂微微一愣，皱眉看向她："你不是在碧莲阁里思过吗？"

她什么时候出来的？

杜芙蕖瞬间就红了眼眶，咬了咬唇："二少爷，妾身是当真知道错了，您总不能让妾身一辈子不伺候您了。"

萧惊堂神色不悦地看着她，不吭声了。

他这目光里满是抵触和嫌弃之意，杜芙蕖顶了一会儿就顶不住了，泄气地应了一声："知道了。"

让阮妙梦来招待人也没什么大不了的，反正自己与那帝武侯也相识，到时候找机会行事便是。

这天，天刚蒙蒙亮，温柔就被人叫醒了。

"我有事要说。"阮妙梦难得神色这么正经，严肃得像是她们的琉璃轩被人砸了一样，惊得温柔立马坐了起来。

"怎么了？"

"楼东风来幸城了。"阮妙梦抿了抿唇，说道，"现在他已经快到萧家，估计走过凤凰门了。"

温柔眨眼，想了想楼东风这个名字，恍然大悟："你男人哪？"

阮妙梦讥诮地笑了笑："现在也不知道算谁的男人，他大概是有事要与萧惊堂说，所以来这边了。"

温柔眨了眨眼,捏了捏阮妙梦紧绷的小下巴,笑着问:"分开这么久了,难道你们不应该是激动地拥抱?怎么这么严肃?"

"我激动不起来,只觉得烦躁。"阮妙梦皱紧了眉,"你知道那种感觉吗?自己养大的狗更亲别人,还嫌你这主人太凶。这条狗,你想看见吗?"

有进步了,这人都会拿狗比喻男人了。温柔笑了两声,又觉得这时候笑很不厚道,连忙正经起来:"你要是不想见,那就不见。正好这两日店里很忙,你白天来帮帮我,晚上咱们去吃好吃的,怎么样?"

"好。"神色缓和了些,阮妙梦颔首,"府里该安排的事我都安排了。看那杜芙蕖也想抢着做事,我索性就放手了。"

温柔打了个哈欠,将阮妙梦扯上床来,拍了拍她的背:"好啦,这会儿也太早了,咱们再睡会儿。"

"嗯。"

因为先前听萧惊堂说过,这些女人是因为太重要才被放在他的院子里的,所以温柔觉得,也许是阮妙梦误会了,人家肯定很在乎她,只是也许表达方式不太对——就像凌挽眉跟木青城似的?

然而,当真看见楼东风的时候,温柔觉得,萧惊堂可能是骗她的。

忙了一天之后温柔拉着阮妙梦去珍馐斋,一上二楼就路过了一间开着门的厢房,里头有悠长的古琴声,和着女子的低吟声。

阮妙梦转头看了一眼,身子僵了僵。虽然她很快就继续往前走了,但温柔还是察觉到了不对劲,伸了个脑袋进去看了看。

萧惊堂坐在客座上,主位上是个神色和缓的男子,瞧着相貌不俗,气质也不错。那男人正盯着那弹琴的女子微笑。

温柔愣了愣,回头看了看阮妙梦的脸色,又看了看里头的萧惊堂,瞬间就明白这人是谁了。

楼东风!

一曲唱罢,琴女起身要走,却不知怎的一个趔趄摔倒在地,涨红了脸连连道歉:"奴婢该死!"

"你若是不舒服,就坐一会儿再走。"楼东风笑了笑,神色温和,"不必这样匆忙,桌上有吃的,你可以先用着。"

"多谢大人!"

瞧着这人脾气挺好的啊?温柔眨眼,正想说这人还不错,就听得萧惊堂淡淡地说道:"温掌柜既然有缘路过,不如进来一起喝一杯?"

自己竟然被发现了?温柔愣了愣,看了看阮妙梦,后者叹息一声,示意她进去。

"这是……？"

她们一进去，厢房的门就被关上了。

楼东风只淡淡地看了阮妙梦一眼，便好奇地盯着温柔："掌柜？"

哪有女子做掌柜的？

"妾身温氏，见过大人。"温柔也不点明他的身份，行了礼后就坐下来，装作与萧惊堂很熟络的样子说道，"今儿也真是巧了，在街上遇见二少爷家的阮姨娘，上来吃饭又遇见了二少爷。"

萧惊堂看了看阮妙梦，似笑非笑地问："你们俩很熟？"

"自然，以前在贵府为奴，承了她不少照顾。"阮妙梦没开口，温柔就笑眯眯地把话都接了，"不过这位是……？"

楼东风神色冷淡了下来，还不如方才跟琴女说话时温柔，淡淡地说道："楼某刚与二少爷结识，一起来用膳罢了。"

"这样啊。"温柔笑了笑，也不在意，伸手拉了拉萧惊堂，"既然你们没急事，那二少爷可否借一步说话？"

难得她主动有话说，萧惊堂看了楼东风一眼，颔首起身，跟着温柔就往外走。

屋子里安静了下来，琴女觉得气氛不对，弱弱地开口："奴婢也就先告退了？"

"你脚上受伤了，坐着别动。"楼东风一边说，一边抬眼看向旁边的阮妙梦。

她还是那般冰冷不近人情，像一座冰雕。他不开口，她就不开口。

那就罢了吧，他们还有什么好说的？

楼东风起身走向琴女，开口道："既然阮姨娘也没什么要说的话，那在下就先去护送佳人了。"

"侯爷慢走。"阮妙梦当真没留他，只颔了颔首，像一只孤傲的天鹅。

楼东风嗤笑一声，当真头也不回地抱着琴女走了。

温柔拉着萧惊堂到了隔壁，本是打算给那两个人一个机会，然后听听墙脚什么的，结果刚贴上墙就听见了这样的对话，瞬间怀疑自己的耳朵是不是进了墙灰。

"这是什么情况？"温柔瞠眼看向背后的人，问，"你不是说……她们都是因为太重要，所以被放在你这里的吗？"

萧惊堂抿唇。他是个商人，又不是月老，怎么可能随时知道这些人的感情之事？

想了想，他说了句愚蠢至极的话："男人总是会变的，也许当初重要，现在不重要了。"

温柔深深地看了他一眼，点了点头。

后知后觉的萧二少爷黑了脸，低声说道："你这眼神是什么意思？我不是那样的人。"

"都一样。"温柔撇嘴，"人是会随着周围环境而变化的，当初的誓言，经过一些事情之后，都是会改变的，所以不管是男人的誓言还是女人的誓言，都不能相信。"

谁知道先前说好的白头到老，中间会不会变成早离早好？

萧惊堂皱眉，想了想竟然觉得这话挺有道理的。

他正想说点儿什么，身前的人却已经抬步走了。他跟着出去，才发现楼东风已经没了踪影。

阮妙梦坐在房间里，眼圈微红。

"怎么了？"温柔蹲在她面前问，"为什么他直接走了？"

阮妙梦抿了抿唇，微笑："没事，那琴女脚受伤了需要照顾，他先把人送回去了。"

啥？温柔瞪眼，满脸的难以置信之色。

按理说情人久别重逢，不是应该好好说几句话，再不济也得陪着坐一会儿吧？这楼东风为什么一来就带着别的女人走了？

"我没事。"阮妙梦耸肩，轻笑道，"早晚会有这么天，我一早就准备好了。"

萧惊堂在温柔背后站着，微微皱眉："你也该给他说两句话。"

"我要说什么呢？"阮妙梦苦笑道，"他已经不需要我了，我也不能再帮上他什么忙，如今人老珠黄，他也有更多貌美如花的姑娘陪伴，我又算什么？"

萧惊堂没吭声，眉头皱得更紧了，眼里满满的不赞同之色。

然而温柔和阮妙梦都没看他，温柔只连连叹了几口气，拉着阮妙梦的手笑道："咱们不说这些了，先吃饭，吃过饭我带你去个好地方怎么样？"

"好。"阮妙梦应下，垂着眼眸站了起来，跟着温柔去隔壁。

温柔回头看了萧惊堂一眼，客气地问："二少爷吃吗？"

然后不等他回答，温柔又说道："哦，对，您刚刚吃过了，那就不耽误您的时间了，您慢走。"

萧惊堂又好气又好笑地看她一眼，摇了摇头，跟着下了珍馐斋的楼。

楼东风在外头的马车上等着，旁边已经没了琴女的身影。他紧绷着一张脸，也不知道在想什么。

上了车，萧惊堂问："三公子的事情进展得不顺利？"

"是。"楼东风回过神，回道，"可能还是需要你的帮助。科考在即，又是各家拉拢助力的时候，大公子势头正猛，皇后也比淑妃更为得宠，三公子的处境实在艰难。"

萧惊堂微微皱眉，想了一会儿，点了点头："我会准备的。"

说完正事，楼东风就闭上了眼，长长地叹了一口气："她过得不错？"

"没亏待。"

"那就好。"

除此之外，楼东风再没什么多的话，萧惊堂不免也觉得，可能这人的确变了吧。

第十五章
平定流言

楼东风打算在幸城停留几日,这几日的行程里,都没有与阮妙梦有关的。

温柔在珍馐斋拍着阮妙梦的背,看着她边吃边哭,心里跟着紧得厉害。

"我其实知道他喜欢什么样的姑娘,"阮妙梦红着眼睛,给温柔比画,"那种柔柔弱弱的,会靠在他的怀里撒娇,问他要东西,身体较弱带病的更好。

"可是,我做不来那样,舍不得问他要东西,病了也不舍得让他担心,久而久之,他自然就不理我了。"

"你太懂事了。"温柔叹息,"何必呢?"

眼泪"哗哗"地流,阮妙梦哽咽:"我也想问自己何必呢?所以有一天我问他要了个镯子,他高兴得很,去给我买了个很贵的——真的很贵,听着价钱我心都疼,忍不住就骂他,说他浪费,银子该省着用。

"那些银子都能在孔雀街上买个铺子了,拿来换成一个镯子,我怎么能不心疼?"

温柔听懂了,阮妙梦就是当真想跟楼东风过日子,然而楼东风那样的男人,自然会觉得阮妙梦不解风情,不会像个女人一样柔软一点儿。

"好了。"温柔拍了拍她的背,低声劝道,"你要是实在难受,咱们就试着慢慢放下他,找个更好的男人好不好?"

"好……"阮妙梦委屈地抿了抿嘴,跟她比画,"我要找个疼我、宠我的，就喜欢我这个样子的男人。"

"这天下的男人可多了去了，"温柔眨眼，"咱们有银子，去哪里都可以找，下午就去倌馆看看？"

阮妙梦微微一惊，瞪她："那种地方你都敢去，二少爷知道了，会把人家的馆子拆了的。"

温柔愕然，失笑道："你想太多了，我与你家二少爷，现在也只剩合作关系了。"

他们只是合作？阮妙梦撇嘴："我看他很关心你。"

"关心又不是爱情。"温柔耸肩，"爱情是两个人三观相合，能彼此接受对方所有的缺点，欣赏对方的优点，在一起就觉得开心，那样才能长久地过日子。

"而他，大概只是大男子主义作祟，认为我是他的，所以还会多在意我两分。"

这点温柔想得很明白。她不会喜欢萧惊堂有三妻四妾，萧惊堂也不会喜欢她霸道地想独占他，所以两个人是走不到一起去的。即便有时候他的行为很感人，可感动是不能当爱情使的。

阮妙梦看了她一眼，突然反过来开始安慰她了："别担心，我们这么有钱，什么样的男人都好找的。"

温柔古怪地看了她一眼，好笑地说道："先把鼻涕擦了再说话吧。"

阮妙梦咧嘴，正要再说什么，却见疏芳从楼下跑上来了，严肃着脸禀道："主子，萧家二少奶奶在琉璃轩里。"

萧家二少奶奶？温柔挑眉，看了看疏芳这严肃的模样，伸出筷子夹了一片嫩牛肉塞进她的嘴里，笑眯眯地问："好吃吗？"

吃着爽滑麻辣的炒牛肉，疏芳顿时神色轻松了，点头："好吃。"

"那就好啦，快坐下来先把饭吃了，吃完咱们再回去看看。"

要是萧夫人去了琉璃轩，那温柔还可能紧张一下，但是杜芙蕖能去干什么？温柔一点儿也不在意，吃饱了饭，才拉着阮妙梦慢悠悠地回了琉璃轩。

杜芙蕖在二楼，温柔让阮妙梦回避，然后带着疏芳便上去了。

"这些个东西，也就是颜色好看点儿。"挑剔的声音从二楼传了下来，温柔勾了勾唇，踏上最后一级台阶，就见杜芙蕖坐在贵宾椅上，手里捏着个琉璃镯子，对着阳光看来看去。徐掌柜站在她身边，垂手微笑。

"东家回来了？"看见温柔，徐掌柜连忙过来禀道，"这儿有位客人，说是您的妹妹，要买东西，让便宜些。"

温柔颔首，看了杜芙蕖一眼，笑了笑："二少奶奶真是会挑东西，一挑就挑了个最贵的，这东西少了一万两银子不卖。"

杜芙蕖刚才还笑着呢，一听这价钱，脸都扭曲了："你怎么不去抢啊？！"

"买不起就别坐贵宾席。"温柔脸色骤变，"这二楼可不是什么人想上来就能上来的，没钱还装腔作势的？"

要是一般人，就算买不起东西温柔也不会这样，可这偏偏是杜芙蕖，温柔现在还记得杜芙蕖把自己跟听风关一起的仇呢。

杜芙蕖气极反笑，一把就将荷包里的银票扯出来拍在了桌上，怒道："我会买不起你这点儿破东西？"

温柔扫了一眼桌上的银票，也就两三千两的样子，于是嗤笑一声，上下瞥了杜芙蕖几眼，眼里满是鄙夷之色。

杜芙蕖是打算来砸场子的，却没想到会被人这么羞辱，当下便气不过，梗着脖子说道："出来身上就带了这么点儿零碎银子，我要是想买，你们只管去萧府收账，我可是萧家的二少奶奶！"

"是吗？"温柔抱着胳膊，不屑地扫了杜芙蕖两眼，"可别打肿脸充胖子，一万两银子可不是什么小数目。"

这的确不是小数目，就算是萧惊堂，花一万两银子买个镯子也得心疼，更何况这镯子成本就一两银子不到。

但话都说出去了，哪里还有收回来的道理？尤其是在自己厌恶的人面前，女人大多时候是完全不理性的，所以杜芙蕖冷笑道："你觉得一万两银子是大数目，我可不觉得，萧家有的是钱，打赏一点儿给你这种下贱人，也不是什么难事。"

"那就谢谢您嘞！"温柔一点儿也不生气，笑得春光灿烂，挥手就让徐掌柜把东西包起来。

"仔细包好了送去萧家，然后去找萧夫人收账。"

一听这话，杜芙蕖慌了："你……找什么萧夫人？找账房不就好了？"

温柔挑眉，转过头来看着她，满脸同情地说道："二少奶奶在萧家的时间还是太短了，看样子很多规矩不知道，这么大的花销，账房是不能做主的，一定会禀明二少爷和萧夫人。"

温柔仰起下巴，嘲讽地看着这神色慌张的人，抬手吹了吹自己的指甲，笑吟吟地继续说道："萧家二少奶奶可真是好啊，挥金如土，半点儿不心疼。不过也是，得宠的少奶奶，花这点儿银子，萧家人自然是不会介意的，不像我，当初买个东西，一百两银子都拿不出来。"

"那……那是自然！"杜芙蕖心里忐忑，面上还是绷住了，冷嘲热讽道，"你这种蛇蝎心肠的女人，萧家多给你一两银子都觉得糟蹋！想要银子？求我啊，求我我还能多买点儿东西！"

疏芳皱眉，上前就想理论，温柔拦住她，好脾气地说道："我这个人不缺钱，但是钱够多的话，也还是能考虑一下的。二少奶奶打算用多少银子换我来求你啊？"

刚花了一万两银子，杜芙蕖哪里敢再花？她也就是嘲讽两句而已，谁知道杜温柔还真这么问，当即就有点儿下不来台，狠狠地别开头冷哼："你这人又不值钱，我为什么要浪费银子在你身上？"

"啧啧。"温柔撇嘴，"也是，大概也该没钱了，二少奶奶还是坐会儿吧。"

杜芙蕖面红耳赤，坐着冷静了一下，想起那镯子，简直后悔万分，看了看杜温柔，皱眉道："你这儿的东西这么贵，不会有瑕疵吧？先把那镯子拿回来我看看！"

"您方才不是看了许久吗？"温柔笑了笑，"货物售出，概不退换，哪怕您是萧家二少奶奶也一样。"

"我……"杜芙蕖越想越后悔，咬了咬唇，道，"你这是强买强卖！我不要那镯子了！"

到嘴的鸭子还有飞了的道理？温柔冷笑，指了指后头站着的丫鬟、护卫以及旁边看热闹的人："他们都是人证，镯子是二少奶奶要的，我可没多说半句，何来的强买强卖？再说我琉璃轩的东西，一向价值不菲，您挑了个最贵的，对我好生侮辱一番，现在买不起了，又想赖账？"

旁边的人纷纷点头，有其他府上的夫人看不过眼了，站出来说道："这温掌柜是女儿家，做生意对咱们也多有照顾，女子来买东西，她都会便宜不少，萧家二少奶奶这样闹，未免仗势欺人。"

"是啊，买不起别买好了，那样挤对了人又退货，不是欺负人吗？"

杜芙蕖气得直跺脚："什么温氏？这分明是背叛萧家的贱婢杜温柔！爬墙不要脸的货色，你们也当她是好人？！"

此话一出，四周瞬间安静了一会儿。

温柔沉了脸色，上前就捏住了杜芙蕖的衣襟："你要是再随口诬蔑人，就别怪我不客气了！"

"姐姐放开,有我。"旁边闻讯赶来的凌修月按捺不住了,上前就从温柔手里接过了杜芙蕖,恶狠狠地说道:"我听了半晌,这女人说话怎么这么不干不净的?谁爬墙了,谁不要脸了?"

"哟,还有个小白脸儿护着?"杜芙蕖冷笑,睨着温柔道,"我说的是谁,你喊姐姐的这个人最清楚了,自己做了什么龌龊事,还怕人说?"

温柔咬牙:"我问心无愧。"

然而,她的反驳声在巨大的流言面前是没有作用的,方才还帮她说话的几位夫人现在都闭了嘴,用复杂的眼神看着她。

杜芙蕖一看这场景,顿时恢复了底气,冷哼一声挥开凌修月的手,嗤笑道:"整个幸城的人都知道你水性杨花,你还有什么脸出来开店?你还指责我?杜温柔,你可别忘了你当初是用什么手段嫁进萧家的,又将我害到了什么地步!"

楼下的人听见了声音,都纷纷往楼上看,凌修月瞧着情况不对,连忙对温柔说道:"姐姐先回去吧,别留在这里了。"

温柔深吸了一口气,恼怒地道:"我只恨你们这儿诽谤不算犯法!杜芙蕖我告诉你,敢到我门前挑事你就得承受后果,我不会让你好过!"

她又不是什么傻白甜的姑娘,遇见这种不择手段的女人,还讲道义讲堂堂正正地战斗?呸,女人之间永远不能用打架解决问题,用的都是手段。

而比起手段,她可以甩杜芙蕖三个凤凰门那么长的距离!

杜芙蕖冷笑,一副胜利的姿态看着温柔,听着周围越来越大的议论声,抬着下巴说道:"本来还想给你介绍个男人,你这么贪心,是个人都受不了你,还是滚吧!"

"不需要你介绍。"温柔勾了勾唇,招手让疏芳过来低声吩咐了两句。然后,她抬眼看着杜芙蕖道:"这是我的地盘,要滚也是你滚,要是不滚,那等会儿咱们就来看场好戏,如何?"

看着她这眼神,杜芙蕖愣了愣,陡然有种不好的预感。不过,想想杜温柔也不能怎么样,难不成这人还能连萧惊堂的面子都不顾,当场揭穿自己与听风之事?

那杜温柔与萧惊堂也走不到一块儿去了,大不了大家玉石俱焚!

温柔转身下了楼,凌修月和护卫都护在她身边,众人跟着出来,一路都在议论,以至温氏琉璃轩的门口又聚集了一大片看热闹的百姓。

杜芙蕖纳罕地看着温柔,也不知道她要干什么,就见她搬了椅子,直接在大门口坐下了。

没一会儿,一辆马车停在了不远处,有人从上头下来,步履匆匆地就往这边走来。

"惊堂?"一看清那人是谁,杜芙蕖就慌了,连忙提着裙子下楼去。

听见疏芳的传话内容,萧惊堂又惊又怒,一路上脸色都沉得厉害,到了地方又见这么多人围着琉璃轩,嘴里还都不干不净的,当下更是恼怒,推开人群就走到坐得端正的温柔身边,低头问她:"怎么回事?"

"二少爷您自己做的事,总该来买单。"温柔笑了笑,起身活动了一下筋骨,转头看向四周,不慌不忙地喊道:"各位父老乡亲,小女子杜温柔,今日想为自己讨个公道!"

众人一听她这名字,脸上便都是嫌恶的神色,不过人总是有好奇心的,幸城的百姓纷纷奔走相告,没一会儿整条街都被人堵了。

杜芙蕖一看见萧惊堂就跑了下来,急急地扯着他的袖子问道:"惊堂,你来做什么?"

冷冷地看了她一眼后,萧惊堂淡淡地说道:"我也想问,你来做什么?"

杜芙蕖噎了噎,连忙劝道:"这里乱得很,咱们先回去吧?"

看见她下来,有知情的人喊了一声"萧家二少奶奶",一圈百姓顿时更沸腾了。这场戏可热闹了,心狠手辣的前任萧家二少奶奶以及现任深受二少爷喜爱的二少奶奶,再加上个萧家二少爷,这比戏台子上唱的戏还好看。

"回去做什么啊,二少奶奶?"温柔笑了笑,看着她说道,"今日不说清楚,我这店子还怎么做生意?你们萧家的人不是说我水性杨花,爬墙吗?来,现在当着这么多人的面,你们拿出证据来我看看?"

萧惊堂皱眉,扫了一眼周围的人,然后将目光落在了温柔身上:"那都是误会。"

"误会?"温柔失笑,"您现在知道是误会了?可知道这误会对我造成多大的伤害吗?知道错了?那你先前散播流言的时候,怎么就不想想呢?"

散播流言?萧惊堂诧异地问:"你说是谁散播的流言?"

难道这些流言不是幸城的百姓听见风声自己胡编乱造的?

温柔深深地看了他一眼,反应了过来,看样子这事不是萧惊堂做的,那么就只有一种可能。

"二少爷问我,不如问问尊夫人。"她回道。

萧惊堂神色一凛,看向杜芙蕖,后者心虚地垂下了眼眸,低声说道:"谁有空去管她啊?她自己做出来的事情,还怕人家说吗?"

"她做什么了?"人群里响起一个声音。

众人愣了愣,纷纷让开,却见裴记的东家裴方物慢慢走了过来,神色严肃,手里捏着折扇,扇面却未打开。

"一直找不到机会解释,也无力解释,既然今日人这么多,又在光天化日之下,裴某便有话想同萧二少爷说清楚。"

萧惊堂皱眉,看着他走到温柔身边站定,一双眼盯着自己,颇为恼恨地说道:"我与杜氏温柔,从来不曾有苟且之事,只是生意上有往来,何以到了你萧家人嘴里,杜氏温柔就是水性杨花、下流无比的女人?"

百姓哗然,人云亦云的事谁都说不清楚,但听当事人对质,那至少比别人口里传的情况更真实,于是纷纷竖起耳朵听着。

眼瞧着杜温柔这一身脏污要开始被洗干净,杜芙蕖连忙站出来说道:"大家都知道你裴公子喜欢杜温柔,你这时候颠倒黑白替她辩护,还不就是想以后干干净净地娶她过门?可萧家对她恩重如山,她怎么对萧家的,是个人都有眼睛!"

"我如何对萧家的?"温柔冷笑,转头看向萧惊堂,"二少爷是个爱憎分明的人,误会我背叛他的时候就直接将我赶出了府,可他现在为什么会心平气和地站在我面前,不叱骂我?"

"因为你没有做错。"萧惊堂配合地垂眸,一字一顿,掷地有声,"是我误会你与裴方物有染,冤枉了你。"

自己的相公都这么说,杜芙蕖的处境就很尴尬了,聪明的人都会选择忍气吞声闭嘴当个误会盖过去,可她偏偏性子冲,张口就说道:"怎么算是误会?她都那样帮裴家了,还能与裴家没关系?!"

"我不知道杜家是怎么教你的。"温柔压住了火气,微微一笑,端庄万分地说道,"但是我从小受的教育就是,不以最恶毒的想法去揣度别人。有人说过,你想到的是什么,你就是个什么样的人。二少奶奶为人想必也不怎么干净,才会把人想得这样不堪。"

"你!"杜芙蕖咬了咬牙,"我问心无愧,你敢说你问心无愧吗?!"

温柔嗤笑:"你这样的人都敢说问心无愧,那这句话说出来还真没什么分量。你不是当事人,却比谁都更激动,上门来诬蔑我,毁坏我的名声,巴不得我过得不好。你这样心肠的人,也有资格骂我歹毒吗?"

"我……"

"女子的名声有多重要,在场的各位想必都清楚。"温柔没理杜芙蕖,转头看向四周,正色道,"要是有一天你们的妻子、女儿被人诬蔑,你们想必就能体会我的感受了。流言猛于虎，小女子未曾违背什么礼法，只不过是想自己混口饭吃，奈何有人不答应，非得往我身上泼脏水，那我今日就立个约在这儿吧。"

"幸城之中，无论男女老少，只要能提供我杜氏温柔与裴家公子私通的证据，我背后这座琉璃轩里的东西，随他拿，想拿多少拿多少！"

此话一出，四下惊呼，是个人都知道琉璃轩里的东西有多珍贵，现在只要找到证据的人，就可以进去随意拿？！

本来大家都是看热闹，就是找个茶余饭后的谈资，也没人会真的去追究事情的真相，所以温柔知道，解释了没用，得证明才行。

大家不是都觉得她与裴方物私通了吗？那好啊，大家找证据啊！

"哎，你上次不是说这杜温柔和裴方物苟且，说得跟亲眼看见了一样吗？现在去拿东西啊！"

"我……我是没本事拿，那个谁不是还说捡到杜氏偷欢之时掉的绣花鞋了吗？拿上去咱们帮你抱琉璃回家！"

"其实我也不是很清楚啊，听谁说得有声有色的……"

人群骚乱起来，众人议论纷纷。温柔平静了点儿，挥手让凌修月跟疏芳抬了桌子出来，说道："各位慢慢讨论，我就将这约定写出来挂在我琉璃轩的门口，顺便，萧家二少爷既然冤枉了我，是不是也该陪我写个公开信？"

"公开信是什么？"

"就是你公开写冤枉了我，我并没有做那出墙之事。"温柔翻了个白眼，"不然光是我写的东西挂着，不知道情况的人还以为温氏琉璃轩怎么了呢！"

这怎么能答应？杜芙蕖瞪眼，萧惊堂是何等看重颜面的人，让他写这种信挂在琉璃轩门口，不是相当于告诉全城的人他错了吗？他怎么可能……

"好。"萧惊堂点头应了，脸上没有恼怒之色，神色看起来反而轻松了一点儿。

裴方物皱眉，颇为心疼地看了温柔一眼。

她再怎么澄清，始终得被人议论。她也是当真看得开，换作其他人，怕是要自尽了。

"我也来写吧。"裴方物开口道，"总归我也被卷在里头。"

"不劳裴公子费心了。"看温柔拿起了毛笔，萧惊堂连忙伸手夺过来，一边蘸墨一边说道，"我与她两个人足矣，你再卷进来，又是麻烦，况且……"

萧惊堂抬眼看了看他，皮笑肉不笑道："她对你是清清白白的，你对她却未必没什么想法。"

裴方物顿了顿，微微皱眉。

温柔当作没听见，伸手就要去抢毛笔："你就不能让我先写？"

"不能。"萧惊堂扫了她一眼，面无表情地说道，"你总会把毛笔掰断，那我还怎么写？等我写完你再掰吧。"

温柔："……"

他说得好像还挺有道理的？

杜芙蕖皱眉看着他们，越看越觉得委屈。萧惊堂对她冷漠得很，可对杜温柔怎么就完全不一样？先前他分明是很讨厌杜温柔的啊，一转眼为什么就这么护着？不仅他护着，裴方物也护着，凭什么啊？！

等萧二少爷的道歉信写完了，温柔将笔拿过去，几笔写了告示，让人拿了两块木板出来，就贴好放在门口。

"白纸黑字，各位努力去找吧。"温柔拍了拍手，笑道，"千万两银子在向你们招手。"

反应过来的众人这才一哄而散，纷纷去找人，有认识什么萧家丫鬟或者裴家奴才的，都拉出来询问。

温柔转头，看向表情有些扭曲的杜芙蕖，微笑道："你是不是很恨我？"

杜芙蕖抬头瞪着她，冷笑着。

"没事，我也很恨你。"温柔耸肩，"不过我还是友情提示你，回去小心点儿，别再犯错，你婆婆可能已经看你不顺眼了。"

婆婆？萧夫人？杜芙蕖嗤笑："我是杜家嫡女，她很满意的儿媳妇，有什么看不顺……"

话说到一半，杜芙蕖想起刚刚那个镯子的事，脸都绿了。

她本是打算把镯子追回来不买了，所以才跟杜温柔在这儿闹的，没想到杜温柔反应这么大，让她一时间都忘记那件事了，以至……这会儿镯子应该已经被送到萧家了。

"今天有点儿累，琉璃轩提前打烊吧。"温柔打了个哈欠，"我和妙梦还有别的地方要去，感谢萧二少爷仗义出手，也多谢裴公子帮忙，咱们就先走一步了。"

杜芙蕖想退货？琉璃轩是不收的。为了这一万两银子，事情若闹大了会败坏萧家的名声，萧夫人也是不会这么做的，只会打落牙齿和血吞，并且会对杜芙蕖这种不知分寸大手大脚的儿媳妇分外硌硬。

一旦让自己的婆婆硌硬，又是在这种封建家庭里，那杜芙蕖就没有好日子过了。一想到这点，温柔好歹觉得好受些了，翻了个白眼就想走。

"温柔。"看了看还有些没散去的百姓，裴方物不放心地提议道，"我送你一程吧，顺便也有话想同你说。"

温柔看了看他，刚想拒绝，就听见他补充道："谈生意，不谈其他的事。"

萧惊堂皱眉，沉声道："温氏和萧记已经联手经营，裴公子当着我的面拉她谈生意，是不是不太好？"

"她该有选择的机会，没道理全部的路都让二少爷一人堵死。"裴方物回头看了萧惊堂一眼，笑了笑，"二少爷从一开始就占上风，现在又有什么好担心的呢？"

萧二少爷的脸色不太好看，眼瞧着两个人又要吵起来，温柔一把就将阮妙梦从里头拉了出来，再带上凌修月，打了个圆场："行了，裴公子要谈生意，那咱们就先走一步。二少爷有空还是回家看看账单吧。"

账单？萧惊堂疑惑地看了看她，又看了看杜芙蕖。

杜芙蕖委屈地拉了拉他的袖子："惊堂，咱们回去给娘亲解释一下吧，那个镯子当真不是我想买的……"

这人又惹了麻烦？萧惊堂皱眉，看温柔一行人已经上了马车，也别无选择，只能带着杜芙蕖回去。

像萧家这样的富贵人家都是不缺钱的，也舍得花钱，但是一下子花这么一大笔钱，还是要出问题的。

萧夫人也算是一个和善的婆婆，但是在屋子里坐着拿到账房送来的账单时，还是差点儿骂出了口。

"她敢这么花银子？"萧夫人气得拍桌子，"我萧家再有钱也经不起这么花！"

账房无奈地说道："听琉璃轩的伙计说，二少奶奶很阔气，除了这件镯子，还有别的东西要买。"

还有别的？！萧夫人差点儿背过气去，坐在椅子上，扶着额头道："去，把人给我叫回来！"

"是！"

杜芙蕖急急忙忙地回来，刚跨进屋门，还没来得及说话，一盏茶就摔在了她面前。水花四溅，杜芙蕖被吓了一大跳，脸都白了："娘亲？"

"为人儿媳，当勤俭持家。"萧夫人冷声道，"我不知道你把这萧家当金库还是别的什么，平日里花销大我也不说你什么，从妙梦手里拿了账本还说是我吩咐的，念在你是正室的分上，我也不说你什么，你倒好，越来越过分了？！"

萧夫人劈头就是一顿骂，杜芙蕖听得憋屈极了，又不敢顶嘴，只能跪在地上委屈地说道："那镯子我不想买的……"

"你萧家二少奶奶不买的东西，人家还敢硬送上门不成？"萧夫人笑了，揉着额头道，"我原以为娶你回来更好，毕竟更合惊堂的心意，现在瞧来，倒是闹得家宅不宁。"

这话说得有点儿重，杜芙蕖也是个小心眼的人，当即便沉了脸，忍不住回道："与我有什么干系？您不也是为了杜家的势力才让惊堂娶我的吗？我又不欠你们什么。"

此话一出，萧夫人简直以为自己听错了："你说什么？！"

"本来就是如此。"杜芙蕖撇嘴，"你们萧家人可真难伺候，一个杜温柔被你们废了，我过来也被你们嫌东嫌西，要是觉得不需要杜家了就直说，我还能改嫁呢，何必弄得跟我求您似的？"

萧夫人难以置信地倒吸几口气，气得急了，红了眼眶站起身来："没个尊卑了是不是？你杜家的大小姐就很了不起，敢爬到长辈头上来？"

"那你休了我好了！"杜芙蕖"哇"地就哭了，"你休了我，咱们杜家与你们萧家一刀两断！"

萧夫人这叫一个气啊！满院子的女人，就没一个像杜芙蕖这样跟泼妇似的。亏她先前还觉得这女子柔弱温顺，与惊堂也算良配。

现在看来，她这是瞎了眼啊！

萧夫人气得头一阵阵发晕，伸手就朝旁边的丫鬟素手吩咐道："来，拿纸笔来，我将这杜家二小姐的情状都写下来，送去给杜家的人看看！"

素手应了，提着裙子就要去拿纸笔，谁知地上的杜芙蕖竟然跪坐下来，冷笑道："杜温柔的母亲不得宠，您想休了杜温柔，杜家也没人会说什么，至多觉得面子上过不去。但是我的母亲可是父亲的心头肉，我不像杜温柔那么好对付！您敢写这休书，我就敢闹得萧家和杜家反目成仇！"

萧夫人愣怔，难以置信地看着她："你……你还有理了？！"

萧惊堂本是不打算陪杜芙蕖去挨骂的，所以没去正厅，然而刚回到自己的院子，就见萧管家急急忙忙地赶来，禀道："二少爷，二少奶奶跟夫人吵起来了！"

萧惊堂皱眉，起身就跟着管家往外走。

整个萧府的人都被惊动了，纷纷过来看是什么情况。慕容音等几个姨娘一进来，就看见杜芙蕖坐在地上，脸上眼泪横流，仰着下巴，一副恨恨的模样。

萧夫人旁边的丫鬟都在替自家主子顺气，看样子萧夫人是气得不轻，萧二少爷也刚到，站在旁边黑着脸。

"你杜家教出的怎么都是尊卑不分的东西？"萧夫人一边垂泪，一边叱骂，"这院子里是供不起你这大佛了，我这就写信，求你杜家人放过我萧家！"

"母亲。"萧三少爷也到了，温柔地拍着她的背劝道，"您先别急，这件事就交给我跟二哥。"

萧家和杜家的联姻牵扯的人和事都很多，绝不是能随随便便就断掉的。杜芙蕖咬定的就是萧家还得倚仗杜家在朝中的势力，这又是第二次联姻，只要她胡搅蛮缠，回去跟杜家人说是萧家诚意不足不想联姻，那两家的关系就必定会出现裂缝，最后全盘皆崩。

现在还不到这种时候。

萧夫人气得直哭，杜芙蕖也觉得委屈万分：她不就买了个镯子吗？她又不是让萧家破产了，事情至于闹得这么大吗？

萧惊堂淡淡地看了她一会儿，说道："已经快冬天了，上京想必寒冷万分，我打算把杜家老爷与夫人一并请过来，在咱们这里过冬。"

杜芙蕖愣了愣，皱眉看向他："你想做什么？你以为他们来了就能让你们休了我？休想！"

"我没想休了你。"萧惊堂开口道，"只是让他们来过冬，你不必多想。"

杜芙蕖狐疑地看着他，想来想去也不明白萧惊堂是想做什么。不过不管怎么样，等杜家人过来，她是肯定会先告状的！只要萧家敢休了她，她一定会让他们后悔！

巧言也在旁边站着，安静地看着狼狈的杜芙蕖，微微摇了摇头。

这女人也实在太蠢了，管不好自己的行为，也管不住自己的脾气。现在二少爷打算对付她了，她还一脸高傲表情地以为自己占了上风。

竖子，不足与谋。

"今日的事情就作罢吧。"萧惊堂起身道，"母亲最近身体不是很好，恰好父亲已经游至天泉山庄附近,母亲不如就去陪父亲两个月,家里一切有我。"

萧夫人心里这叫一个气,可看样子又拿这杜芙蕖没什么办法,只能忍气吞声,按照萧惊堂的安排,眼不见为净。

地上的杜芙蕖自己站了起来,拍了拍裙子觉得自己应该是赢了,抹了眼泪高兴地看向旁边的巧言。

然而巧言低着头揉弄着手里的帕子,像是压根没注意到她。

杜芙蕖也没在意,吸了吸鼻子,看着萧惊堂说道:"既然准备接杜家的人来,那二少爷还要与我分房睡?"

萧惊堂扫了她一眼,勾唇,走近她两步,低声反问道:"不然呢?我嫌脏。"

如同被闪电劈了一样,杜芙蕖瞬间白了脸,眼珠子乱转,咬牙低声说道:"你手里没证据了,光靠你们几个人证,我会一口咬定是你们诬蔑我。"

"我也没打算告你红杏出墙,毕竟没有捉奸在床。"萧惊堂淡淡地说道,"但你也该有自知之明。"

"呵。"事情已经这样了,杜芙蕖发现巧言跟她说的要韬光养晦什么的完全不如蛮横有用,当下便仰起下巴说道,"妾身从来没有自知之明。妾身只想提醒二少爷,若是杜家的人过来,发现你我还未圆房,你打算怎么同他们交代?"

"你我未曾圆房吗?"萧惊堂嗤笑,"口说无凭,让稳婆给你验身便是。"

杜芙蕖微微一愣,沉了脸。

她的身子是被破了的,若是她说没与萧惊堂圆房,那岂不是坐实了红杏出墙之事?

杜芙蕖不甘心地咬唇,柔和了神色,扯了扯萧惊堂的袖子:"妾身到底是哪里不好,让二少爷这么不能接受?"

萧惊堂半垂着眼看了看她,说道:"我从前觉得你这样愚蠢的女人很省心,不会算计我,也应该不会闹出什么大事,所以娶你,我不介意。

"但是我现在发现了,女人太蠢更加麻烦,我倒不如娶个能说会道、精于算计的人,起码做事知道分寸,不会给我惹这么多事。"

萧惊堂扯回了自己的衣袖,抬腿就走。

萧少寒嫌弃万分地看了杜芙蕖一眼,跟着众人往外走去。

"这二少奶奶也真是够嚣张的……"苏兰槿眉头皱得死紧,"哪有以前的二少奶奶一半好?"

萧少寒听见了这话，笑眯眯地拦着她们问："小嫂子们，你们看我二哥和母亲都愁成这样了，就不打算帮帮忙？"

一般的宅院里不都是女人相争，正室被压得死死的吗？他二哥这后院也太奇特了。

看见萧三少爷，三个姨娘集体往后退了一步，满脸戒备之色。

"哎呀，今天不调戏你们。"萧少寒哭笑不得，"我就是想问问，你们有没有法子对付这二少奶奶？这样也好给我二哥排忧解难。"

平时被这三少爷调戏惯了，难得见他这么正经，慕容音撇嘴："我们能有什么法子？你瞧瞧她平时怎么对我们的？克扣银子，克扣东西，院子里遇见还少不得有被推搡两下的，咱们瞧见她都是绕道走的。"

苏兰槿点头："与其问我们，你还不如去求助温柔。"

"是啊。"云点胭点头，"温柔先前不是与她是对头吗？不过她如今没了身份，还在外头吃苦，也不知道有没有精力再对付这人。"

杜温柔？萧少寒想了想，好像还真是，这杜芙蕖的克星，可不就剩一个杜温柔了吗？

温柔正与裴方物坐在湖边的凉亭里，凌修月在旁边不远处玩水，疏芳亦步亦趋地跟着。

风吹得有点儿凉，温柔眯起眼，听裴方物说了半响，终于开口："我在这幸城尚未站稳脚跟，当真不打算这么快去上京。"

"我就是知道你在幸城难以站稳脚跟，所以才想你去上京。"裴方物抿了抿唇，垂眸，"是我害了你，本可以将你清清白白地赎出来……没想到弄成了这样。"

如今就算她澄清了出墙的事，也总会有人误会她、伤害她。只要她留在幸城里，就随时会遭人白眼，被不知情的人扔石头，生意虽然好做，可也难免会遇见阻碍。

一想到她这张笑眯眯的脸有可能迎上人家无情的嘲讽神色和白眼，他就觉得心疼。

温柔沉默，看了裴方物两眼，问："你是想让我生意好做去上京，还是单纯想让我离开萧惊堂的势力范围？"

"都有。"裴方物老实地坦白，苦笑道，"我知道你心里，他的位置占得比我多，但是温柔，我除了贪心一点儿想占有你，别的再无过错。"

再无过错？温柔失笑，眼神瞬间变得不太友善："这么久了，你还不知道我为什么讨厌你？"

裴方物有些慌张地看了她一眼，捏紧了手里的玉扇："我知道，是我辜负了你的信任，骗了你。"

也是他太急切了，只要事情放缓一点儿，不那么想占有她，一切都不至于变成今天这样。

温柔软了眼神，叹了一口气："裴公子，你是我来这里后第一个伸手帮我的人，也很照顾我，我一直很感激你，但是这种感激不是爱情，我不喜欢你，这事我一早就说过。你将那么重的感情放在我身上，我不能回报，就会变成负担，对你愧疚。然而，我什么也没做，却要对你愧疚，你不觉得这很不公平吗？

"你帮我，我回报你，谁也不欠谁，这样不好吗？"

捏着扇子的手更紧了一点儿，裴方物沉默了良久，开口问："温柔，你爱过一个人吗？"

温柔微微一愣，翻了个白眼："没爱过。"

"等你爱过你就知道了。"对面的人轻笑了一声，道，"你真的会忍不住想待在他身边，哪怕他心里没有你，你也会觉得只要他好就好了，若是他能在自己身边过得好，那就更好了。

"人都是贪心的，我也一样。"

他轻笑了一声，抬眼，神色坦诚："比起默默无闻地守护你，我更想争取得到你。先前是我用错了方式，我会改。但，我对你的感情是我的事，你若非要觉得有负担，那可能是中了我的计了。

"我这个人其实很无耻，就喜欢对人好，然后你就会对我愧疚，觉得亏欠，那么也就不能对我太狠心。"

他当真是说得理直气壮的啊！温柔瞪眼："你都这样说了，那咱们还有什么好谈的？"

"不是还要谈生意吗？"裴方物垂眸轻笑，"上京凤凰街上最好的店铺，我都已经准备盘下来了，那地方可不是有银子就盘得到的，我打算高价让给你，以便有足够的银子周转，你觉得如何？"

顿了顿，他又补充："价格真的不会太便宜，但是那位置极好，比起在幸城，那边的收入可以翻上几番，甚至让你有更好的人脉和门路，做更大的生意，这也是我对你给我琉璃配方的回报。回报之后，你我才算是真的两不相欠。"

温柔皱眉，对裴方物这个人当真是想敬而远之，然而这条件吧，想想也是真的很诱人。

幸城这地方富商大户的确很多，但有的高价琉璃还是容易卖不出去。她想过，早晚是要将生意做出去的，只是没想到机会会来得这么快。

现在她的资金还有一半在外头没被收回来，不过手里剩余的倒应该能买个铺子，只是，对在裴方物手上买铺子这一点，她还是有点儿硌硬。

想了想，温柔试探性地问了一句："多少银子？"

"十万两，不议价。"裴方物微笑。

温柔："……"

这还当真是高价！赵掌柜给她的这个铺子算是幸城位置极好的了，价格也不过一万两上下，裴方物一张口，竟然贵了十倍！

"你刚才说的对我有感情，一定是骗我的对不对？"温柔斜睨着这个人，撇嘴，"正常的剧本不应该是你把高价收来的铺子低价卖给我，以让我欠你人情吗？"

裴方物笑了笑，伸手把袖子里的地图展开放在她面前。

"大明天下，上京最为繁华。而上京之中，最为繁华的不外乎凤凰街。"他一边说，一边在地图上指着，"我想卖给你的铺子处于凤凰街中段，南北东西四路相通，多富商高官之流。你用来做琉璃生意，不到一年就可回本。"

这倒是真的，温柔仔细看了看那地方，正好是皇宫的官道直通的街道，这样的铺面放在现代……那也是天价。

温柔有点儿心动，面上却还是一脸不屑的表情："裴掌柜多少银子收的？"

"八万两。"

他用得着这么老实吗？这人想赚她两万两银子的差价，还非得这么实诚地说出来？他是不是看准了她不好意思跟他还价？

温柔鼓了鼓嘴，肉疼地说道："你让我回去想想。"

"好。"裴方物颔首，"在下也不着急，你想通了，随时来找我就是。"

温柔点头，起身喊了凌修月和疏芳一声，郁闷地带着他们往回走。

"怎么了？"疏芳皱眉看着她，"裴公子又为难您了吗？"

"倒不是为难。"温柔摸了摸下巴，说道，"当真是跟我谈生意，并且没留什么情。我在想，疏芳，这裴方物其实也未必有多喜欢我吧？"

疏芳愣了愣，想了想，跟着点头："你们一共才见过几次，也没做什么事情，他对您的确不可能有太深的感情。"

那就好说了。心口一松,温柔眯起眼:"他是商人,我也是商人,大概是感情牌打不通了,他要跟我正经谈生意,我觉得这是个好机会。"

古代的公子哥,吊儿郎当的多了去了,她要是真觉得人家是一心一意喜欢自己,那也有点儿自恋。不欠他人情就好了,至于生意,她还能再做一回。

想通了之后,温柔长叹了一口气,开始回去算账,整理一下最近赚的银子,看看还差多少。

第十六章
身份对调

楼东风坐在萧家的庭院里,正在听杜芙蕖哭诉。

他也不知道这女人为什么要对着自己哭。他只是来等萧惊堂的,没想到杜芙蕖二话不说就坐在了他旁边,跟见着了亲人一样,哽咽道:"侯爷,妾身好难过。"

毕竟与杜家有些交情,也与这杜家二小姐打过照面,楼东风也没拂她的面子,只问:"怎么了?"

一脸梨花带雨,杜芙蕖呜咽:"二少爷骗我嫁了过来,却对我不好,整个院子的人都欺负我!方才他们还将账本收了回去,给了个姨娘,我才是萧惊堂的正室啊!"

楼东风也不了解杜芙蕖是什么人,就觉得她哭得挺可怜,于是递了手帕给她,轻声安慰道:"许是姨娘手段太厉害,也怪不得你。"

"她厉害个什么,不也是喜欢钱,没少往自己的腰包里塞银子?"想起阮妙梦,杜芙蕖就有点儿咬牙切齿。

先前自己把账本从她手里拿过来,还耀武扬威了一番,没想到她这么快就将账本拿了回去,来拿的时候,眼里的神色还分外鄙夷,杜芙蕖看得又气又憋屈。

楼东风挑眉,问:"你说的是哪个姨娘?"

"还能有哪个?阮姨娘啊!她在咱们院子里是出了名的爱钱。"杜芙蕖愤恨地擦着眼泪,忍不住泼人脏水,"脾气阴阳怪气就算了,她还仗着二少爷护着，总是与我为难，霸道得让人以为她才是这院子里的正经主子！"

妙梦吗？楼东风微微黑了脸。

她的性子有多霸道，他是知道的。那人倔强又孤傲，外人看她外表柔弱，都会觉得她是个好相处的人，只有他知道这人的心有多坚硬如铁。

那脾气再不改，她早晚是要吃亏的。

"我好不甘心，嫁过来当正室，却落得这样任姨娘欺负的下场。"杜芙蕖还在哭，"但我嫁得远，娘家人也护不了我，幸亏侯爷来了……"

"嗯。"楼东风颔首道，"有我在，你不必那么害怕这些姨娘。从侧门被抬进来的人，哪有你这正门十里红妆娶进来的正室的地位高？她若是再如此胆大妄为，我会让萧二少爷替你做主。"

"真的吗？"杜芙蕖心里一喜，破涕为笑。

庭院旁边的走廊上有人发出了一声冷笑，楼东风顿了顿，立马回头看过去。

阮妙梦站了许久了，从杜芙蕖来，就一直在这柱子后头站着，听他说从侧门被抬进来的人哪里有正室的地位高，忍不住就笑出了声。

瞧瞧她是有多眼瞎，才会看上这么一个人哪！她到底是为了什么放弃从人家正门进去的机会，被人从侧门抬进这萧家的？

眼里闪过些慌乱之色，楼东风站了起来。但杜芙蕖在旁边，他什么也不能说，只能僵硬地站着，看着阮妙梦。

那人笑得前俯后仰，没有过来请安的打算，笑够了抹了眼泪站起身，深深地看了看他。

眼神里有释然之意，更多的是冷漠，阮妙梦像是放下了很久以来一直放不下的东西，轻松地朝他挥了挥手，然后转身便走。

直觉告诉楼东风，她这一走，可能不会再回来了。心里一沉，他连忙就追了上去。

"侯爷？"杜芙蕖疑惑地喊了一声，也站了起来。

脚步顿了顿，楼东风垂下眼眸说道："我只是去看看那是谁，笑得那么厉害。"

"还用看吗？那就是阮姨娘。"杜芙蕖撇嘴，"您还是回来坐着吧，二少爷一会儿就出来了。"

楼东风再回头，前头的人已经跑了个没影。他抿唇，缓缓地回去位子上坐下。

他是不是说错话了？可是她不是那么小气的人，遇见再难接受的事情，都总能冷静下来劝他两句，何况今日只是他安慰人随口说的话……

从到幸城开始，他就没主动跟她说过话，就想等她主动一次。等来等去没等到，今日的楼东风都在心里想：罢了，还是他去找她吧。

结果，他还没来得及找她，就发生了这样的事情。

这事应该不严重的，他一直在心里这么说，但是不知道为什么，一想到她方才的眼神，他的心口就疼得厉害。

"侯爷。"

萧惊堂终于忙完了事情出来，看见杜芙蕖，眉头就皱了皱。杜芙蕖也算识趣，行了礼就匆忙退了下去。

"二少爷与这二少奶奶，感情似乎不太好？"楼东风抿了抿唇，心不在焉地问了一句。

"我今日请侯爷来，也是想让侯爷帮忙。"萧惊堂开门见山地说道，"杜氏无德，出墙在先，害人在后，顶撞长辈，目无尊卑，我萧家实在容不下她。"

这罪名有点儿多啊？楼东风听得傻了，愣怔地说道："方才杜氏还跟我哭诉委屈……"

"她没有什么委屈的，一切都是自作自受。"萧惊堂淡淡地说道，"只是杜家那边，我不太清楚是什么状况，知道侯爷是从杜家过来的，所以来问问。"

杜家的状况？楼东风叹了一口气："你要是想休这杜二小姐，怕是真的不太容易，杜家老爷宠那许氏入骨，半分也不舍得她受委屈。"

许氏，也就是杜芙蕖的生母，以前的杜家姨娘，如今的主母。

萧惊堂皱眉。

楼东风继续说道："不过那许氏是个知书达理的人，只是出身不高，早年又被刘氏所害，不得恩宠，想来杜芙蕖也跟着她受了不少委屈。只是这回去杜家，我看那许氏依旧慈眉善目，不怨天，不尤人，却不知这杜芙蕖怎么会变成了这样……"

"那许氏很宠杜芙蕖？"

"倒也未见得。"楼东风想了想，摇头，"至少我离开杜家的时候，她并未嘱咐我多照顾杜家二小姐，也没说别的话，看起来精神不是很好。"

说起这许氏跟刘氏还是堂亲，长得也很相似，只是家庭背景差距很大，刘家富裕，许氏是被寄养在刘家的，嫁来杜家也只是刘氏的陪嫁。早年许氏得过宠，不知怎么的就失宠了。后来刘氏生了杜温柔，许氏也生了杜芙蕖，虽然都是女儿，可杜温柔是嫡长女，常常欺负杜芙蕖，许氏郁郁寡欢，再也没出过自己的屋子。

想来这许氏也是个可怜人，如今得宠，若是不见骄纵样子，反而保持本心的话，那杜芙蕖这般行径，许氏也许是不会相帮的？

萧惊堂衡量了许久，颇为头疼。

楼东风也明白他为什么这般苦恼，毕竟杜家做兵器发家，在朝中的关系网甚广，一个不注意就会坏事。但……杜家人，还真是不足与谋。

沉默片刻，萧惊堂叹了一口气："罢了，既然马上要科考，别的事情都可以暂且放一边，等杜家的人过来再说吧。"

"嗯。"楼东风颔首，还是忍不住看了庭院旁边一眼。

那里空空荡荡的，已经什么都没有了。

阮妙梦很平静地去找了温柔，带着自己所有的积蓄和细软，脸上有如释重负的笑意。

"发生什么事了？"温柔目瞪口呆地看着桌上的东西，问，"你要离家出走？"

"不算离家出走，只是解脱了罢了。"阮妙梦笑得可爱极了，脸颊边有浅浅的梨涡，"先把东西都放在你这里，等我去跟二少爷交代一声，便可以离开萧家，然后跟着你做生意了。"

阮妙梦要离开萧家，跟着她做生意？

温柔倒吸了一口气，忍不住眉头倒竖："那王八蛋不要你了？"

阮妙梦笑眯眯地看了她一会儿，眼眶还是有点儿泛红："是我不要他了。"

一听这话里头就有千般委屈，温柔心疼极了，连忙问她："你不是说不甘心放手吗，现在怎么又不要他了？"

"我一直觉得，只要我等着，他始终会来，就算我老了、丑了，他也会记得当初我帮他的恩情，不会亏待我。但是今天我想明白了——他的心里已经没有我了，就算以后他把我接回去，心里也会觉得我是个被人从侧门抬进去过的、不需要尊重的女人。"阮妙梦低笑，"我离开他不是活不了，既然活得了，又何必去受那种煎熬？"

是这个道理没错，温柔点头，拉着她的手说道："那你再伤心一会儿，咱们就把他给忘了吧。"

"我有什么好伤心的？"阮妙梦长出了一口气，笑道，"以前我总盼着他来，每日每夜都在盼，盼来了又担心他走，时时刻刻在担心，活得很累，但是现在，我终于解脱了。以后我再也不用担心他会不要我了。"

温柔微微一愣，看着她脸上的笑意，心疼地捏紧了她，想了想，问道："我本就想跟你商量，要不要去上京做生意？"

上京吗？阮妙梦点头："好，那里好歹还有我的家。"

啥？温柔瞪眼："你家是上京的？"

"嗯。"阮妙梦拿帕子擦了擦眼睛，笑道，"一直未跟你说，我爹也是个生意人，在上京小有名气，因为我执意要糟践自己替人铺路谋划，我爹气得与我断绝了关系。都这么多年了，哪怕他还是不认我这个女儿，我也该回去看看。"

"这不是活生生的卓文君和司马相如吗？"温柔叹了一口气。

"卓文君和司马相如是谁？"阮妙梦茫然。

"就是个傻女人跟一个负心汉。"温柔耸肩，"跟你似的，最好的青春都花在了男人身上，没为自己而活，到头来男人另有所爱不要她了，她也只能作些怨词。"

阮妙梦似懂非懂地点头，笑道："往后我就为自己挣银子，为自己攒银子，别的事，再也不管了。"

"好。"温柔握拳，与她一起盘点了两个人的财产，还差了许多银子才能买铺子，她们还得等琉璃轩继续挣钱。

夜色降下来的时候，阮妙梦就去同萧惊堂道了别。

"多谢二少爷照顾，只是这萧府的阮姨娘怕也是要'病逝'了。"

萧惊堂皱眉，万分不能理解地看着她："侯爷打算带你走？"

"没有，是我自己有想去的地方，"阮妙梦朝他行礼，笑道，"不用等他了。"

这算是什么事？萧惊堂错愕，为难地说道："你还是该先同侯爷说一声，不然他问我要人，我去何处寻？"

"你给他送个柔软体贴、什么主意也没有、只听他的话的女人就好了，"阮妙梦笑道，"他一定很喜欢。告辞。"

萧惊堂抿唇，看着她的背影，倒也没让人拦，只让萧管家去给楼东风送信。

收到信的帝武侯沉默了良久，终于忍不住起身出去找人。可是脚还没踏出去，他就见暗卫飞身跪在身前，低声禀告道："京中急事，陛下病了。"

心里一沉,楼东风看了远处一眼,忍不住叹息。

皇帝生病不是小事。当今圣上身体一直极好,所以未曾立皇储,诸位大臣也按捺着没提。但一旦皇帝病了,想必立皇储的事会立刻被提上日程。

眼下真不是什么好时候啊,淑妃失宠,皇后一党势力盖天,这个时候准备立皇储之事,那得益的一定不会是他们。

来不及多想,身为帝武侯,他要做的事就是在皇帝有事的时候立刻回到皇帝身边,带兵护卫皇宫。

衣裳都没换,楼东风就上了暗卫牵过来的马,东西未收拾,想去见的人也未见,直接便风尘仆仆地往上京赶去。

阮妙梦搬到了温柔的院子里,散了妇人的发髻,恢复了姑娘的装扮,平静了心情,开始帮忙清洗一批新的琉璃。凌修月撑着下巴在她旁边看着,忍不住问:"阮姐姐,你这么温柔贤淑,也要跟温姐姐一起打算盘吗?"

"打算盘有什么不好吗?"阮妙梦笑道,"你看你温姐姐,'噼里啪啦'一顿响,银子'哗啦啦'地就进了咱们的口袋。"

的确是这样,虽然凌修月以前也觉得女人在家相夫教子就很好了,可是在认识温柔之后,觉得她那样打着小算盘,聪明又独立的女子,也挺可爱的。

只是,她们也忍不住让他觉得心疼。她们都是遇见了坏男人,知道男人靠不住,所以才决定靠自己的吧。

凌修月微微握拳,一本正经地说道:"我以后绝对不会让我的妻子有想出来打算盘的想法。"

阮妙梦愣了愣,戏谑地看了他一眼:"才多大,你就想着娶妻了?"

凌修月脸蛋微红,睁着水灵灵的眼睛,一本正经地说道:"也不小了,十六岁了!"

"哇,好厉害!"温柔跨进门,听见这话就鼓了鼓掌,"咱们修月十六岁了耶!"

脸红到了脖子根,凌修月恼怒地说道:"温姐姐这是看不起我?先前我还打退了不少来闹事的人呢!"

自琉璃轩的告示出来,少不得有人想用假证据来骗东西,被拆穿之后就撒泼打滚,这种人,都是被凌修月拎着领子扔出去的。

温柔忍不住怜爱地摸了摸他的脑袋,点头:"咱们修月可厉害了,不过现在遇见个事,我先同你阮姐姐商量商量,你去找疏芳吧。"

凌修月轻哼了一声，倒也懂事，二话没说就出去带上了门。只是……他摸了摸自己的头顶，忍不住嘀咕："怎么跟我娘亲似的？眼神都一样。"

房间里，瞧着温柔瞬间变得严肃的神色，阮妙梦不禁紧张了起来："出什么事了？"

"接着个大单子。"温柔伸手，放了一张订单在桌上，"来人出手阔绰，直接付了一半定金。"

阮妙梦愣了愣，拿起来看了看。

"赤黄琉璃步摇三套、琉璃玉镯六对、琉璃簪花四支、琉璃戒指十八枚、琉璃玉器摆件十二座……"

一长串的单子，几乎能将目前琉璃轩里的东西给扫掉一半。

阮妙梦目瞪口呆，都不敢去细算这是多少银子，抬眼愣怔地看着温柔："谁家来订的？"

"那人说来自上京，不是幸城的人。"温柔抿了抿唇，手指放在桌上敲了敲，"你更了解你们这儿的贫富差距，告诉我，能出手这么阔绰的，会是什么来头？"

阮妙梦咽了一口唾沫，沉默良久才说道："就算是丞相家，也不可能给这么大的单子，况且全是女眷用的，那就只有一种可能。"

后宫。

温柔干笑，抓了抓自个儿的头发："妙梦，我头疼！"

这种单子她们能乱接吗？不能吧？可是银子实在太多了啊，有了这么一大笔钱，她完全可以马上把装方物手里的铺面给盘下来！所以她也不知道怎么的，看见人家给定金就接了，签了契约，答应了给货。

现在她才想起来，这货是不是给了不得了的人？

重要的是，她这儿的琉璃刚刚出世，上京那边怎么就来了这么大的单子？

"也没什么好头疼的。"想了想，阮妙梦说道，"咱们打开门做生意，有大主顾，总不能不卖吧？正好咱们缺钱，这里的定金怕是也够了。"

好像也是这个道理，温柔点头，反正也睡不着，干脆就跟阮妙梦一起打理这些琉璃。

宫里人要的东西，肯定是又要好看又要有好的寓意。第二天一大早，温柔就亲自去了一趟瓷窑。

瓷窑里已经不像当初那样空荡，四处都是人，凌修月一进去就挨个儿打招呼："小虎、阿南，都还好吗？"

正在做事的几个人回头朝他笑了笑，又继续忙活，旁边的小虎闲着，过来跟凌修月对了一下拳头，然后笑着对温柔说道："东家来看货？"

"嗯。"温柔颔首笑道，"有个大单子，需要费点儿心。"

小虎连忙引她去放成品的地方，一边走一边说道："东家找的雕工师傅手艺很棒，咱们都在学，只是一时半会儿可能学得不是很好，您要精致些的东西，还得看师傅亲手做的。"

雕刻这种艺术，温柔是不敢亵渎的。先前卖的都是造型很随意的东西，但自从找到了靠谱儿的雕刻师傅，温柔就觉得底气足了，也敢给图样了。

成品房里又积攒了一批货，龙飞凤舞的镯子、马踏祥云的摆件，温柔都贴了已经卖出的标记，让凌修月好生记着。

"师傅可做了牡丹的头饰？"温柔看了一圈，问那姓卫的人，"要一整套的，大气得体，能入宗庙之地。"

卫师傅摇头："东家若是要，让外头的画工给个图样，再让这几个调皮小子把基本的模样做出来，老夫一日便可交货。"

"好。"温柔拍手，"你们当真是越做越快了，等这一大笔单子忙完，我出钱，咱们出去游山玩水一遭，你们只用带上自己，别的都不用带。"

此话一出，小虎等人都乐开了，卫师傅也笑了笑："东家真是我见过的最仁慈大方的人。"

当世做活儿的人都不容易，温氏挣得多，也实在大方，工钱没少给，饭菜也让他们吃得又好又饱，还专门在瓷窑附近买了个大宅院给他们居住。这样良心的东家，谁舍得出卖她？

看他们高兴，温柔也跟着欢喜，挑好了能交的成品，又让画师画了接下来要做的图样，一并交代了下去。

忙完的时候已经是傍晚了，中午只吃了两个馒头的温柔摸了摸自己的肚子，打算带着凌修月去珍馐斋开荤。结果他们刚走到街上，就看见一支浩浩荡荡的车队，旁边全是丫鬟跟奴仆，一串儿地往萧府的方向去了。

街边的百姓议论纷纷，温柔有点儿好奇，伸了个脑袋去听。

"上次不是听谁说萧家二少爷和二少奶奶关系不好吗？这怎么把杜家的岳父岳母都接过来了？"

"看这阵仗杜家人是要来住上一段时间，双方不像是关系不好啊？"

"那就不知道了，这些个高门大户的事情……不过瞧这杜家还真是有钱，这么多马车，还都是金漆的。"

原来是杜家人，温柔挑眉。

她对杜家人的印象一直不怎么好，毕竟能教出杜温柔跟杜芙蕖这俩奇葩，杜怀祖和杜振良瞧着也不像是什么好人，那整个杜家上梁不正下梁歪，基本没啥好东西。幸好她现在跟他们断了关系，也就看个热闹就好。

她看完了就打算走，耳边却冷不防地响起个声音。

"温柔姑娘，真是好巧。"

温柔被吓了一跳，后退两步，旁边的凌修月皱眉看着这人，挡在她面前便朗声问："你是谁？"

萧少寒戴着斗笠，抬高了下巴才让他们看清他的脸。

"三少爷？"温柔捂了捂心口，没好气地问道，"大白天的你这是做什么？"

萧三少爷咧嘴一笑，回道："出来找你啊，我这样有身份的人，总不能光明正大地走在街上，会被人抬回家去供起来的！"

温柔："……"

萧惊堂那么沉默寡言，为啥他的亲弟弟就这么活蹦乱跳死不要脸呢？

"说正经的，温柔，"萧少寒不笑了，捏着斗笠的檐，认真地看着她说道，"杜家里好歹都是你的亲人，你不打算去看看吗？"

温柔翻了个白眼，撇嘴："谁爱去看谁去，我与他们已经断绝关系了。"

这女人怎么这么无情的？萧少寒瞪眼，看她要走，连忙伸手把人拉住："哎，你不能这样无情哪。"

"谁无情？"温柔转头看了看四周，眯起眼指了指自己，"我吗？"

好吧，写断绝信的是杜家老爷，她什么也没做，现在冷漠些，也不能怪她。萧少寒轻咳两声，想了想，还是老实说道："我有事想找你帮忙。"

帮忙？温柔笑了笑："好说，去珍馐斋边吃边谈吧。"

"好。"萧三少爷应了，伸手搂住那张牙舞爪的小弟弟，笑眯眯地说道："杀气别这么重，我又不是什么坏人。"

你看起来就不像个好人哪！凌修月龇牙，不过看温姐姐都没什么抵触的情绪，想了想，还是乖乖地把小虎牙收了回去。

坐下点菜的时候温柔就没客气，什么贵点什么，先前来没舍得吃的东西，这回都点了。

"你可真大方，"萧少寒咂舌，有些不好意思，"随意遇见的而已，不用请我吃这么好的东西。"

温柔眨了眨眼，莫名其妙地看着他："不是你结账吗？"

"啥？"

"你说有事要请我帮忙啊。"温柔理所应当地说道,"请人家帮忙,不都得先请吃饭意思意思?不然你怎么好开口?"

萧少寒:"……"

一贯是别人请他吃饭,他还是头一回被一个女人敲竹杠。这人竟然大言不惭地要他请客!

那他就请吧……

想起萧家里头那祸害,萧少寒叹了一口气,道,"只要你能帮忙,别说这一顿饭,十顿饭我都可以请。"

这人怎么说也是一个大官,县太爷都要让着些的人物,什么事情会让他这么苦恼,还要她帮忙?

"实不相瞒,"萧少寒苦恼地开口,"二哥这回请杜家的人来,大抵是想让他们看看杜芙蕖的行径,从而达到休妻的目的。可是杜芙蕖怎么说也是杜家的人,就算杜家人知道她不好,也不会主动提出让二哥休妻,至多只会补偿萧家一二。"

温柔挑眉:"萧、杜两家那么大利益关系的联姻,你们还真说不要就不要了?"

"不是不要,"萧少寒撇嘴,看了旁边的疏芳和凌修月一眼,倒也没让他们回避,只是声音低了些,"除了杜芙蕖,总还有其他杜家的人能来联姻吧?"

看样子这萧家兄弟是都忍不了杜芙蕖了?温柔突然来了点儿兴趣:"她做什么了啊,你们这么急着想休掉她?"

一提起这事,萧少寒就翻了个巨大的白眼,表情嫌弃地说道:"杜芙蕖顶撞母亲,这几日被关在府里,四处哭诉我二哥对她有多不好,搞得府里沸沸扬扬分外不平静。这样的女人不休了,留着过年哪?"

温柔笑了笑,手指轻轻在桌上敲着,并没有接话。

屋子里安静了一会儿,萧少寒古怪地看了她两眼:"如果我没记错的话,你与那杜芙蕖应该是有大仇才对。"

"是啊。"温柔点头,"她差点儿坏了我的清白。"

"不止关你的那一次,"萧少寒耸肩,"如果我没记错的话,她还在外头散播你红杏出墙的流言,让你在这幸城之中人人喊打。"

温柔微微一顿,眯起眼:"你知道这事是她做的?"

"萧家有什么我不知道的事情吗?"萧少寒咧嘴笑道,"我是回来休假的,可也难免有操心的习惯。普通人操心也就操心了,可我这样的天之骄子一旦操心起来，那就是无所不知无所不晓，知道得多了，我自己也很苦恼。"

温柔："……"

旁边的疏芳和凌修月本来觉得这人气质不凡，又有些威慑人，都闭嘴不敢说话，一脸敬畏的表情，可听着听着，看他的目光就没那么充满尊敬了，甚至忍不住带了点儿无语的眼神。

"怎么？不相信？"萧少寒扫了一眼面前这三个人，一巴掌就拍在了桌上，气势汹汹地开口，"其实我也就是随口说说。"

众人："……"

要不是顾及礼节，温柔真的很想伸手摸摸这个人的额头，看他是不是发烧了。他这画风怎么这么不对劲呢？先前瞧着多正经的小伙子啊，说疯就疯！

"但是，温柔，你不恨她吗？"萧少寒神色正常起来，一双眼深深地看着她，"虽说先前你对她也挺过分的，但后来她对你也没多好，你们两个人应该是死对头才对。"

温柔笑了笑，了然地看着他："所以三少爷今日找我，就是想让我去跟她互相伤害，最好能达到让杜家主动同意休妻的目的，最后二少爷另娶别的杜家姑娘？"

"聪明。"萧少寒颔首，眼里满是笑意，"你能做到吗？"

温柔深吸一口气，跷起了二郎腿，仰着下巴说道："我虽然恨杜芙蕖，但对现在无波无澜、衣食充足的生活很满意，为什么又要平白无故地主动跳进旋涡里去？"

这人真是难对付啊，萧少寒撇嘴，也懒得跟她绕圈子了，直接说道："你一个女人，没什么背景，出来做生意是很困难的。有这么一个机会，让你傍上萧家这样的靠山，你还不乐意？"

温柔等的就是他说这话。

没有好处的事她是不太乐意帮忙的，毕竟她跟萧少寒关系也不是很好啊！何况她本也不是很喜欢萧家，凭什么搭上自己去帮忙？

不过有好处的话，她还真的恰好能帮这个忙。

温柔咧嘴笑了笑，奸诈地看着萧少寒："您好歹也是当朝户部侍郎，说话可要算话。"

"是，是，是。"萧少寒一副哭笑不得的样子，"所以你能怎么做？"

"疏芳和修月先去外头吃点心。"温柔回头看了旁边的两个人一眼，笑道,"我跟大人说点儿话。"

凌修月点头,拉着疏芳就跑了出去。将门关上后,两个人都微微松了一口气。

"那是谁啊?"凌修月低声问道,"好大的气势。"

"萧家的三少爷,"疏芳回道,"是个大官。"

"那温姐姐会不会吃亏啊?!"

"不会,"疏芳认真地摇头,"你要相信你温姐姐。"

温柔只吃肉,不吃亏,所以在谈判的事情上是不会让人欺负了去的。两个人在屋子里嘀嘀咕咕了一会儿,疏芳就听得里头传出一声低呼。

"当真?!"萧少寒瞪眼看着温柔,"哪里有这样的事情?"

温柔低笑:"我的记忆没出错的话,是有这样的事情的。"

"那……"

"三少爷找个机会带我去见见许氏吧。"

萧少寒神色复杂地看着她,随后点了点头:"如果真的是这样,那这件事就好办得多了。"

两个人说话声小,凌修月贴在门上听了半晌也没听清,正疑惑呢,门就被打开了。那气势十足的男人走了出来,一把就将他拎了进去。

"你们好生吃饭吧,我先走一步。"

温柔笑眯眯地挥手:"大人慢走,记得结账。"

"好。"萧三少爷耿直地应了,表情严肃地跨出了珍馐斋。

疏芳瞧着,忍不住好奇地问了一句:"主子当真有办法?"

温柔笑着颔首。

那是当初杜温柔和刘氏造的孽,如今,似乎却成了压死杜芙蕖的一座大山。

杜家人已经到了萧府。

萧夫人上山去了,府里便只有三少爷出来接待。杜家老爷比上次来的时候看起来和蔼多了,旁边跟着的许氏也很是温顺柔和。

"岳父、岳母。"

萧惊堂很给颜面地没再喊伯父、伯母,杜振良听得也很高兴,进大厅坐下,看了一眼主位,问:"萧夫人呢?"

"母亲最近身子不好,去烧香祈福了,还未回来。"萧惊堂颔首道,"有怠慢之处,还望岳父、岳母海涵。"

"哪里，哪里。"杜振良笑着看向旁边的许氏，"内子最近正好想出来散心，亏得二少爷贴心，邀了我们来江南。"

"芙蕖嫁过来也有一段时间了，一直很本分。"萧惊堂礼貌地颔首，"怕她想家，故而请二位过来，一来可游玩，二来也可团聚。"

杜振良听着这话，心里十分高兴："二少爷还真是很疼芙蕖。"

说着，他又看了杜芙蕖一眼，眼神愧疚地说道："这孩子跟着她娘亲，小时候吃了不少苦，我也没能好好教导她，不知道有没有给二少爷添麻烦？"

正常的客套话，肯定都是"没有，没有，令爱十分懂事贴心"，然而萧惊堂只淡淡地笑了笑，看了杜振良一眼，垂下了眼眸。

心里一跳，杜振良皱眉看向旁边的杜芙蕖。

从他们进门开始，她就没怎么说过话，脸上的笑容颇为虚浮，他本还以为她受了什么委屈，可一听萧惊堂这话，又不像。

那……是不是芙蕖做错了什么事？

许氏端坐在一边，看了看面前众人的神色，微笑道："刚到地方，也累得紧，瞧二少爷也不曾亏待芙蕖，咱们就先安顿下来再说吧。"

"岳母说得是。"萧惊堂颔首，转头对杜芙蕖说道："你先带岳父、岳母去侧院休息。"

杜芙蕖古怪地看了他一眼，咬唇点头，上前扶住了杜振良的胳膊："父亲、母亲，随女儿来。"

许氏点头，与杜振良一起踏出了大厅。外头候着的萧管家，带着一众奴仆引路，礼遇有加。

碍于人在，杜振良也没好意思问话。等到了地方，萧家的奴仆都退下了，他才忍不住皱眉问："芙渠，你可是犯了什么错？"

"女儿能犯什么错？"杜芙蕖勉强地笑了笑，回道，"萧家人都挺喜欢我的，这不，还将您二位给接来享福了。"

先前在杜家，杜振良是常常忽略这个女儿的。当年她失踪一年，整个杜家也无人发觉；如今她莫名其妙地回来了，还成了萧、杜两家之间的纽带——杜芙蕖知道，杜振良对自己是没多少父女之情的，顶多是看在她母亲的面上对她和善几分。她犯的大错要是当真被知道了，她也不一定有什么好果子吃。

所以，很多事她也不可能跟他和许氏说，只能强装镇定。反正看萧惊堂这架势，他也没打算给杜家二老难堪，那她暂时就没什么好担心的。

"你没犯错就好。"杜振良严肃地说道,"最近京中局势紧张,我们少不得有要倚仗萧家的地方,万不可坏了关系。"

许氏颔首:"女子出嫁,温柔恭顺就不会有什么差错。那萧二少爷相貌堂堂,眉目之间正气凛然,也算是良人,你大姐没福气,你可要好生珍惜。"

每次听她说这些话,杜芙渠都会相当不耐烦。不过如今杜振良对许氏宠得很,杜芙渠也不敢像以前那般顶撞许氏,只能低头应着:"知道了。"

"你父亲上次太过冲动,没有弄清你的生死,就与你大姐断绝了关系。"许氏微微皱眉,叹息,"也不知道她现在在哪里,过得如何。"

杜芙渠有些忍不住,沉了脸道:"母亲,我不明白您为什么这样关心大姐?她差点儿害死我!没死是我命大!您还记挂她做什么?!"

许氏顿了顿,微微捏紧了手:"刘氏的确疯狂,但也不会真的想杀你,不然你不会有机会站在这里。温柔她……也是被教坏了。"

"您可真是心大!"杜芙渠感觉气不打一处来,咬了咬牙,"您就是这么好拿捏,才会被人欺负了二十多年!"

"芙渠!"杜振良斥道,"你怎么能这般跟你母亲说话?她受委屈是我的不对,也是刘氏一直欺压,你母亲本身并没有错!"

杜芙渠轻哼一声,别开了头。

许氏叹息,揉了揉额头,道:"刘氏如今被追债之人追得狼狈至极,也算是报应。至于温柔……她本性不坏,我……也就是想问问她在哪里。"

"我不知道。"杜芙渠没好气地朝两个人行礼,甩了袖子就走。

"这孩子!"杜振良想发火,又碍于许氏在,只能忍着怒气叹息道,"你这般温和知礼,她怎么就那般不懂事呢?她要不是你亲生的,我真想好生教训一顿!"

许氏垂眸,安静了片刻,泪水便淌了下来。

"哎?夫人,我不是怪你,你怎么哭起来了?"杜振良愣了愣,连忙蹲在她身前安慰道,"我也只是觉得她跟你不像而已!"

"能怎么像呢?"许氏拿帕子擦了眼泪,长长地叹了一口气,"老爷,您觉得,妾身千里迢迢地过来,是为了什么呢?"

先前在杜家,这母女俩的关系就不是很好,其实杜老爷也不明白,怎么萧家一请,许氏就急匆匆地想过来?

"如今姐姐不在杜家了,您与温柔也断绝关系了,有件事,妾身也该同您说了。"许氏抬眼看着杜振良,哽咽道,"当年府里先怀孕的其实是妾身,不是姐姐。"

杜振良愣了愣，眼神有些茫然，想了片刻，倒吸了一口凉气。

他当初娶了刘氏，许氏陪嫁过来，两个人都一直未曾有身孕。他更偏爱知书达理的许氏，也对其宠爱有加。但是后来，府里不少人说许氏不干不净，虽然没什么证据，他心里也有了疙瘩，故而冷落了她。没多久，刘氏就说有了身孕。

当时杜府对子嗣尤其看重，刘氏一有身孕，立刻三千宠爱加身。之后一个月，许氏也有了身孕。不过有刘氏在前，加之她备受冷遇，也就没多少人在意她，只让稳婆好生伺候着。

如果先怀孕的是许氏，他也许……高兴之下，就会好好查清真相，二十年前就该重新宠爱她了。这是杜振良最近一直后悔的事情。

结果许氏告诉他，当初先怀孕的真的是她，而不是刘氏。

"怎么会这样？！"杜振良皱眉。

许氏笑了笑："我是姐姐家的人养大的，自然要还她恩情。她让我将第一个孩子给她，我应了，所以我怀孕的时候，她跟老爷说她怀孕了，却在一个月后，她当真怀上了。"

为了不让人怀疑，刘氏一直是垫着肚子且不让许氏见人的，等要临盆的时候，就带许氏去了山上生产，两个人一前一后生产，换了孩子。

杜温柔才是许氏亲生的女儿。

"她竟然敢那么做！"杜振良颇为气愤，"都是女儿，生早生晚都是嫡女，她就是不想你好过，所以才非要换孩子！你也是傻……"

许氏泪如雨下，泣不成声。

杜老爷瞧着，也不忍心骂了，只叹息道："我竟然被瞒了这么多年都不知道！那温柔……温柔岂不是……？"

"先前妾身就想跟老爷说，但姐姐在家里闹得厉害，温柔又已经远嫁……妾身本想这么过一辈子也就罢了。"许氏抹泪，"可谁承想，老爷一转身就将温柔赶出了杜家，她又被萧家休弃，处境不知道有多惨，妾身实在难受，才想着过来找到温柔，跟老爷坦白，谁知道……竟然找不到她了。"

温柔是许氏亲生的女儿，那也就是说，杜芙渠才是刘氏的女儿？他先前本就是因为刘氏才迁怒温柔的——这么一说，倒是他太冲动了？

"可刘氏……"杜振良皱眉道，"她怎么舍得对芙蕖下那么狠的手？"

许氏沉默。

刘氏是个自私的人，许氏是从来不觉得刘氏有什么人性的。刘氏放任温柔欺负芙蕖也不是一回两回了，更是为了温柔嫁出去巩固地位，将芙蕖送出了杜家，藏了一年多。

许氏知道刘氏不会害死芙蕖，但刘氏也的确不是一个称职的母亲。

杜振良连连叹气，看了许氏良久，让身边信任的家奴出去打听消息。

就算现在他将错就错，把这芙蕖当嫡女，可许氏真正的女儿总不能流落街头。

萧府里秩序井然，丫鬟、奴仆都分外懂规矩，杜振良与许氏住了一天，觉得杜芙蕖也没受亏待，便想着出去走走。

萧惊堂淡淡地说道："最近外头乱，二位要出去，还是走官道吧。"

杜振良点头，驱了马车带着许氏出门。他们走官道过去就会经过大牢一带，窗外微风拂面，旁边的丫鬟笑道："夫人和老爷不如下去散散步，光待在马车上也没什么意思。"

"好。"许氏应了，让人停了马车，与杜老爷一并下来慢慢散步。

大牢附近的街道上也有不少人，大家七嘴八舌，议论的大多是牢里头的事。两个人经过的时候，一些人正说到不久前被关进来的人。

"那大夫年纪轻轻的，怎么也坐牢了？他看起来不像个坏人。"

"你可不知道！那大夫是萧家的！据说他跟那萧家二少奶奶不干不净的，被萧家二少爷寻了罪名给关进来了！"

"什么？萧家二少奶奶？！"

许氏和杜老爷一听这话，当即都停下了步子。

几个人都背对着街道坐在一条长凳上，一时没发现身后的人，你一言我一语地说得欢。

"那萧家二少爷真是忍得，自己的正室出墙了也不怪罪。听说那二少奶奶还花钱如流水，前些时候在琉璃轩花了几万两银子，气得萧家夫人都上山礼佛去了！"

"这又出墙又冒犯长辈的，萧二少爷到底喜欢她什么啊？"

"谁知道呢？许是萧二少爷第二次跟杜家联姻，再不好休妻了吧。杜家这教养也真是……"

杜振良听得脸色发白，许氏也被吓了一大跳，两个人面面相觑，都尴尬万分。

旁边的萧家丫鬟忍不住上前呵斥："乱说什么？你们看见了吗？就敢胡编乱造！"

说话的几个人被吓了一跳，回头看了他们一眼，瞬间声音就小了，不过有个人还是不服气地说道："这怎么能是咱们胡编的呢？我儿子是这幸城大牢的看守，这些事都是他说的，还能有假？要是不信，你们去这牢里看看，看有没有一个叫听风的大夫，年纪轻轻的，没杀人没犯法，白被扣了个罪名就给关里头了。"

丫鬟愣了愣，看了杜家老爷和夫人一眼，怯怯地退回去不说话了。

许氏紧皱着眉头，看着那丫鬟问："他们说的是真的？"

丫鬟为难地看了看她，垂眸小声回道："这些事二少爷都不让说的。二少爷也没有要怪罪的意思，您二位就且当没听见吧。"

杜振良脸色分外难看，倒也不好说什么，只觉得愧对萧家。

杜芙蕖怎么会做出这样的事情来？！

然而，萧家二少爷要是当真不怪罪的话……那自己就……就当什么事都没发生过吧，他们总不能自己去揭芙蕖的短，到底是一家人。

散步的心情也没了，两个人急匆匆地就回了萧府。

萧少寒摸着下巴打量了面前的人半晌，点头道："你这样看起来倒是亲切多了。"

穿着丫鬟衣裳的温柔朝他翻了个白眼，转身拎着裙子就往外走。

"你给我找条进门的必经之路，我去等着，也不能太刻意了。"

"前头就是，一般人出去都会从这边进来。"萧少寒伸手指了指前头，挑眉，"你慢点儿走。"

"慢什么慢，错过了就来不及了！"温柔埋头嘀咕了一句。最后一个字音还没落地，她就一头撞上了一个人的胸膛。

"啊！你不长眼睛啊？"心里正忐忑，还撞上了人，仗着有萧家三少爷在背后，温柔上去就是一个狮子吼。

然后她抬头就看见了萧家二少爷表情高深莫测地正看着她。

温柔优雅地弹了弹裙摆，换上了笑眯眯的表情："二少爷，早啊？"

萧惊堂看了看午时灿烂的太阳，皮笑肉不笑地说道："不早了。"

"啊，是吗？那就不打扰您了。"温柔挥了挥手，低头就想溜。

后衣领被人拎住，温柔立马尿成了一团："我什么也不知道，您有疑问就问三少爷！"

萧少寒干笑道："二哥，是这样的，我只是让温柔过来喝杯茶……"

萧惊堂看了看她身上的丫鬟衣裳，冷冷地哼了一声。

于是萧少寒也厌了，耸肩道："其实我也不知道温柔要做什么，您不如问问她？"

萧惊堂眯了眯眼，目光在这两个人之间转了几圈，嗤笑一声，一手拎一个，将两个人一并带到了旁边的小黑屋里。

"说吧，你们到底在做什么？"

两个人跪坐在蒲团上，面面相觑。

萧少寒是出于好心想帮自己的二哥一把，但是以萧惊堂的个性，他要是知道他们在背后耍手段插手他的事，那是肯定要不高兴的。所以，萧少寒选择沉默。

萧少寒沉默，旁边的温柔就沉默不下去了。眼看着人就要回来了，她哪里能在这儿浪费时间？

于是温柔二话没说，"哇"的一声就哭了出来。

萧惊堂被吓得抖了抖，皱紧眉头盯了她半响："好好说话！"

她号的声音大，脸上却一滴泪都没有，唬谁呢？！

温柔捂着眼睛抽抽搭搭了两下，撇嘴："我……只是想来萧府见个人罢了，二少爷这么凶做什么？"

"见个人？"脸色缓和了些，心情也突然好了起来，萧惊堂别开头，抿了抿唇，道，"想见，你大大方方地来，谁也不能拦着你。"

温柔愣了愣，抬头看了看面前这别扭又严肃的人，虽然很不忍心，但还是说道："不是见您。"

这话一出，对面的男人立马沉了脸。

萧三少爷直朝温柔使眼色。

她会不会说话啊？她就不能说点儿他哥爱听的话？这可是他们暗暗耍手段被抓着了的特殊时期，她就不能暂时向恶势力低头？

温柔会意，立马一本正经地说道："虽然我不是来看您的，但是既然遇见了，也要顺便跟您请个安，二少爷万福金安！"

萧少寒："……"

萧惊堂抽了抽嘴角，叹了一口气："直说吧，你是来见谁的？"

"杜家人来了，我自然是要来看看的。"温柔回道，"虽然他们无情，但我不能无义。我好歹也是杜家的女儿，况且……许氏一向待我不错，是我不知尊重，辜负她的好意。如今我大彻大悟，也想再见见她。"

许氏？萧惊堂挑眉，正想再问，外头突然就传来一个丫鬟的声音："二少爷。"

来人是他安排陪着杜家人的丫鬟。

萧惊堂神色一紧，连忙将温柔一把拉到旁边站着，上前开了门。

杜家老爷跟夫人都站在外头，一见门被打开，许氏连忙往里头看去。

温柔不避不闪，抬头看着她。

在温柔的印象里，这个许氏是不常露面的，不过每次见面，她对自己都分外温和，眼里充满怜爱之色。

单凭记忆，温柔觉得认亲的难度不高。可是当真看见许氏的时候，温柔莫名其妙地觉得心软得厉害。

"大小姐？"许氏眼眶微红，没管萧惊堂，径直跨了进来，到温柔面前抓着她的手又放开，上下扫了她一眼，眼泪"唰"地就流了出来，"您……怎么成这样了？"

温柔心里一紧，有点儿手忙脚乱："您别哭，哎，也别用尊称哪……我现在就是个下人。"

下人？许氏看着她，更加哽咽难成声。

杜温柔是多骄傲的一个人啊，衣裳要最好的料子，饭菜也要最好的，从来不肯向人低头的，如今这一身粗布衣裳，做下人的装扮，一双手粗糙不堪，还有不少伤痕，怎么还笑得出来的？

萧惊堂看傻眼了，萧少寒也有点儿愣神。

先前萧少寒跟温柔商量，温柔是打算跟许氏相认，然后揭穿杜芙蕖不是嫡女的事情，让萧家有个休妻的说辞。

本来萧少寒觉得杜温柔这么多年都没给过许氏好脸色，两个人相认大概需要点儿功夫，但是没想到，温柔什么都不用做，只见一面，许氏竟然就哭成了这样。

"哎。"温柔也有点儿鼻酸，"有话好好说，咱们先不哭了成吗？"

杜振良进来，碍于萧家人在场，也不好说什么，只提议道："咱们去正厅说话吧？"

"好。"许氏应了，想拉温柔，又不敢拉。温柔看了看，倒是主动伸手将她给拉住了。

无关算计，她就是觉得许氏给人的感觉很舒服，也很可怜。杜温柔那样的性子，她一向不会跟许氏亲近，换成了自己，那好歹安慰安慰生母。

许氏很意外，惊喜地看着她。温柔笑了笑，带着她往外走，边走边说道："从前我不太懂事，总是冒犯您，也不是故意的，就是年少轻狂，拉不下脸来。如今我明白了很多道理，也该跟您道个歉。"

"唉……"许氏连连叹息,很是受宠若惊,捏着温柔的手,重了怕她难受,轻了又怕抓掉了,脸上满是忐忑之色。

"这是怎么回事?"萧惊堂在后头看着,问了萧少寒一句。

萧少寒撇嘴:"母女相见,分外亲热。"

母女?!萧惊堂震惊地停了下来,瞪着萧少寒。

"你瞪我干什么?我也才知道不久。"萧少寒无辜地嘀咕,"你看那杜老爷的脸色,估计他也没比咱们早知道多久。"

萧惊堂沉默,看了一眼前头的温柔,一转念,松开了眉头。

"看杜夫人脸色不好,去请个大夫来吧。"

"是。"旁边的奴仆应了,立马低头跑开。

众人都到了正厅,杜芙渠一听温柔来了,跑得比谁都快,没一会儿就冲了进来,一见温柔和许氏坐在一起,瞬间就生气了。

"母亲,你跟这个贱婢这么亲热做什么?!"不管旁边是什么情况,杜芙渠直接就吼了出来,"她凭什么坐在这里?!"

"芙蕖!"杜振良斥道,"大吼大叫的像什么样子?她好歹是你的姐妹。"

"谁要认她做姐妹?她不是跟杜家断了关系吗?"杜芙渠瞪着温柔,完全不能理解,"现在又是怎么的?你们竟然让一个无关的贱婢在这儿坐着?"

"不好意思杜二小姐。"温柔看向她,冷了神色,"我已经脱了奴籍,不是你嘴里的贱婢。再者,我也不想同你做姐妹,但是你上门砸我的店面的时候,不是跟掌柜的说是我妹妹,让人便宜些吗?"

杜芙渠顿了顿,脸微微涨红:"我那是……"

"那是客套话,我知道。"温柔点了点头,"我如今跟你客套,也不过是因为你是许姨养大的,我欠了许姨恩情,顺带给你两分好脸色罢了。"

"啊?"杜芙渠难以置信地看着温柔,"你给我好脸色?凭什么?你看清楚,这是萧家,我才是萧家的二少奶奶,你什么都不是!你连杜家人都不是!"

"我是被人抛弃了,"温柔垂眸,苦笑道,"那是我以前作孽太多,自讨苦吃。可是你就没作过孽吗?"

杜芙渠微微一愣,嗤笑道:"我能作什么孽……"

"你有个很好的母亲,却从未珍惜过。"温柔打断了她的话,道,"如果我没记错,小时候你还一直说自己更像刘氏,更该是嫡女,而我眉目间与许氏相似,我才该是庶女,不是吗?"

喉咙一紧,杜芙渠沉了脸:"那都是我年少时说的玩笑话,还能当真不成？！许氏是我的生母,不管她是正室还是姨娘,我都认她！"

"是吗?"温柔笑了笑,"你以前可不是这样做的。许氏生病,你嫌弃万分,大夫都没给她叫。管家给你钱让你去外头请大夫,你却把钱都换成了街边小摊上卖的芙蓉花头簪,半点儿没管她的死活。"

在杜温柔的记忆里,杜芙蕖戴着那芙蓉花头饰在她面前得意了好几圈,被她寻着由头将芙蓉花头饰踩烂了,杜芙蕖才哭着说那是许氏的救命钱。

虽然杜温柔真的不是什么三观端正的人,可杜芙蕖也的确没好到哪里去,这俩祸害就适合互相伤害造福人类,只可惜现在是她来顶包了。

"你……想挑拨离间是不是?"杜芙蕖眯了眯眼,"看我和我娘现在过得好,你就想破坏我们的关系?"

"我说点儿实话罢了,你不爱听可以不听。"温柔说道,"只是你也没资格在我这儿指手画脚的。"

"好了!"杜芙蕖还想再吵,杜振良直接低喝了一声,"吵什么吵?你们都是姓杜的,互相揭短难不难看?"

她们都是姓杜的?

温柔挑了挑眉,萧惊堂也略微意外地看了杜老爷一眼。

他这话就说得有意思了。

"谁跟她都是姓杜的?!"杜芙蕖没听出来话外之意,依旧愤愤不平,"她是被赶出杜家的,开的店子都起名温氏呢!"

"芙蕖,"许氏叹息,"这次我们来就是要说这个事情。上次老爷将温柔赶出杜家,做得实在不妥,好不容易找到温柔,我想……温柔无依无靠的,不如还是跟我们回去吧。"

"什么?!"杜芙蕖瞪大了眼,气得直哆嗦,"凭什么啊?她从小到大都针对我,没少为难我,先前被赶出去也是因为险些害了我的性命,如今被接回来算是怎么回事?在您眼里,我的命就这么不值钱?!"

许氏愣了愣,为难地捏了捏手帕。

这两姐妹从小不对盘,可芙蕖也不是一点儿错没有,一个是她亲生的女儿,一个是她养大的女儿,她还真是不知道该怎么说。

"许姨的好意我知道了。"温柔笑了笑,叹息道,"今日我也只是想来看一看您,没打算回杜家。你们合家欢乐就行,我也得回去做事了。"

"哎……"看着她起身,许氏万分不舍,可碍于杜芙蕖在,又不能再说什么,只能眼泪汪汪地看着温柔。

温柔拍了拍她的手,转身对旁边的众人行了礼,施施然地就转身离开了。

萧惊堂镇定地看着温柔,等她的背影在门口消失了,才开口道:"三弟。"

"啊?"萧少寒回神,茫然地看着他。

"那人是你带进来的?"

"是。"

脸色沉了沉,萧惊堂恼怒地说道:"你是不知道她在与萧家作对,还是不知道她得罪了芙蕖?这样的人也往府里带,你把我放在了哪里!"

萧少寒只顿了一瞬,立马配合地叹了一口气:"我以为……你原先好歹是有些宠她的。"

"原先是原先,"萧惊堂皱眉看着门口的方向,压低了声音,却刚好能让许氏听见他说的话,"现在她一不是杜家嫡女,二不是我府里的人,我是早晚会置她于死地的。"

许氏惊了惊,立马回头看向他:"二少爷?"

"夫人不必担心。"萧惊堂缓和了神色,说道,"她当初那般欺负芙蕖,我总会给芙蕖讨个公道。"

杜芙渠愣了愣,莫名其妙地看了萧惊堂一眼。

他讨什么公道啊?他不替杜温柔来对付她她就已经谢天谢地了!

许氏更加着急,看了杜芙渠一眼,抿了抿唇,道:"芙蕖你先回去歇息吧,我还有话要同二少爷说。"

杜芙渠皱着眉想反对,可看了看旁边的杜振良,咽下了气,甩了袖子就出去了。

大门被关上后,许氏又开始落泪:"二少爷为什么要同温柔为难?"

萧惊堂严肃地说道:"是她冒犯芙蕖在先,不知死活地与萧家竞争在后。既然她选择做商人,那就怪不得我无情。"

"可……"许氏咬唇,无助地看向杜振良。

杜振良叹息:"二少爷,温柔怎么也算是我的女儿……"

"您与她不是已经断绝关系了吗?"萧惊堂说道,"如果您要认回她,芙蕖怕是会不高兴。"

"不管芙蕖高不高兴,温柔是我的女儿,我都会认。"杜振良微微皱眉,"温柔有什么冒犯的地方,二少爷不如就高抬贵手?"

萧惊堂沉默,想了想,说道:"如果她当真重归杜家,那我自然不会再下狠手。就只怕,夫人和老爷的恩情,杜温柔并不想领。"

"这事就交给我们吧。"杜振良说道,"我等会儿就出去找人。"

"好。"萧惊堂颔首应了,一把就抓过旁边的萧少寒,"那我们就先告退了,还有事情要做。"

"慢走。"

萧少寒笑着被自家二哥拽了出去,不用萧惊堂开口就说道:"我知道你想干什么,现在就差一个人,这台戏就能唱圆喽。"

萧惊堂睨他一眼,轻哼了一声:"你又知道了?"

"这有什么不知道的?杜温柔先前就吩咐我了,去找刘氏的人现在已经在路上,不日就能把人给带回来。"

杜温柔想名正言顺地拿回嫡女的位置,那就只差刘氏这最后一个助力了。

眼眸微微一亮,神色也跟着柔和下来,萧惊堂抿了抿唇,低声说道:"她比我想象的更聪明。"

"所以您这是得意又骄傲吗?"萧三少爷翻了个白眼,轻嗤,"以后有的是让你难受的事。"

萧二少爷置若罔闻,抬脚就往外走。萧少寒在后头看着他,轻轻摇了摇头。

自家二哥可真是……身处下风还不自知啊!要倒霉的。

接下来两天,温柔每天都在接待杜家夫妇,平静地听着他们扯亲情,就是不见许氏主动认她。

于是她也就笑眯眯地把杜老爷想让她回杜家的话都堵了回去。

威逼利诱都没有用,顾及许氏又不能动手,杜振良气了个半死。许氏每天都郁郁寡欢,他更是心疼为难。

第三天,刘氏到了幸城。

温柔起了个大早,吩咐凌修月跟疏芳,歇业一天,有贵客需要的东西都主动送上门去。

凌修月好奇地看着她问:"今日有什么事吗?"

"没事,"温柔笑眯眯地看了看镜子,说道,"就是可能要跟人闹上一场。"

凌修月有点儿茫然,正想着呢,面前的人就站了起来。一身团花纹锦裙,裹了白狐毛的披风,头上一套金镶温玉的首饰,温柔整个人看起来大方得体,并且富贵之气扑面而来。

"哇。"凌修月眨了眨眼,感叹,"温姐姐总是不爱打扮,一打扮起来比别人都好看!"

"嘴巴真甜。"温柔笑眯眯地摸了摸凌修月的脑袋,"今天你就跟着我,我没喊你的时候,就算对面的人打过来了,你也不要动手,知道吗?"

凌修月有点儿茫然,旁边的疏芳直接皱起了眉:"主子,谁会打过来?"

"还能有谁?"温柔打开房门看了一眼外头,眯起眼,似笑非笑地说道,"今日刘氏到了幸城,听闻她的日子过得不太好,乍一看杜温柔这么有钱,不上来打人才怪。"

疏芳愣了愣,低头想了想,眉头皱得更紧。

刘氏贪婪,被休之后想必被赌债逼得焦头烂额,也是自家主子被休了,要是没有,刘氏定然是会来问主子要钱的。

"那……您还这么招摇做什么?咱们关了店子出去避避风头吧?"

"无妨,"温柔微笑,"舍不得孩子套不着狼。"

这层窗户纸早晚要被捅破,那就需要刘氏这样的强力选手来个痛快的。

在温柔的估算里,刘氏顶多是来吵闹问她要银子,但温柔没想到的是,刘氏在来琉璃轩之前被人半路拉去了一个茶馆。

"你说什么?"一身粗布衣裳、狼狈万分的刘氏瞪着面前的杜芙渠,惊讶万分,"温柔有钱了?"

杜芙渠叹息了一声,目光同情地看着刘氏:"您还不知道吧?她赚的银子已经足够还您的赌债了,然而她可没有要救您的意思,自个儿躲着享乐,哪里管过您的死活?"

刘氏看了她两眼,微微叹道:"我没想到,养了她半辈子,最后竟然还是你对我尚有尊敬之意。"

杜芙渠掩唇,眨眼道:"毕竟我有人性些,不像她,您供着她享乐了这么多年,她可半点儿没念您的好。"

刘氏越听越气,拍桌就站了起来:"我只听人说她过好日子了,打算来投奔她,谁知道她竟然是这般没孝心不顾自己娘亲死活的人!我这就去找她!"

"哎,您可当心些。"杜芙渠轻笑,"人家现在店子里可全是打手,您别让人轰出来就难看了。"

"她敢轰我?"刘氏皱眉,"我可是她的母亲!"

真被轰出来,她就大吵大闹!自古百善孝为先,杜温柔敢不孝,哪里还能开店？！

刘氏气冲冲地下楼，冷哼着一路找去了琉璃轩。

萧二少爷今日也起了个大早，坐在门口掐算了一会儿时辰，回头就见有人出来了，飞快地就翻身上了马。

"哎！二少爷！"许氏追出来，急急忙忙地说道，"你先别这么着急，温柔只是一时拧巴，再过两天就会回杜家的！"

萧惊堂捏着缰绳，面沉如水："夫人不必太惊慌，我只是想去琉璃轩看看。最近她的生意做得不错，新出的东西卖得比萧家好，我也想去借鉴一二。"

话是这么说，许氏还是不放心得很，生怕萧惊堂一个不高兴就把温柔给害了，捏着手帕犹豫了片刻，说道："我与二少爷一起去吧。"

今日杜老爷去了外头与老友喝茶，本是让她不要出门的，可……她不出去不行。

"夫人还是在府里休息为好。"萧惊堂没应他，策马就走。

然而他走得不快不慢，许氏一看能追上，立马上了旁边停着的马车，让车夫跟上萧惊堂。

两个人快到温氏琉璃轩的时候，不意外地，那儿已经围了一圈人。

萧惊堂挑眉，下马走了过去，就听得人群中央传来吵闹声。

"我赌钱怎么了？哎，你现在富家的夫人，有几个没个喜好？我赌钱还不是因为你父亲被狐媚子给勾搭走了，我闲得无聊才赌？！你是我养大的，给我银子怎么了？不应该吗？啊！你看看你如今这富贵模样，再看看我这落魄的样子！你看得下去？！"

被她的唾沫星子喷了一脸，温柔面无表情地拿帕子擦着，淡淡地开口道："我被萧家休了已经有不少日子了，中途也没见您来问过一句。"

"我……我那不是也狼狈不堪吗？！我哪里有工夫来问你？"

"那现在呢？"温柔抬眼看着刘氏，问，"您现在不狼狈了？"

"那不是听说你出人头地了，我赶来投奔吗？"刘氏皱了皱眉，缓和了神色，扫了一圈四周围着的人，叹息道，"咱们在这儿吵着也不好看，你还是把银子给我，咱们进去再说，成不成？"

银子？温柔很想笑："您一上来就问我要两万两银子，我去哪儿给您变出来？"

"你这么大个店，两万两银子都拿不出来？！"刘氏难以置信地看着她，冷笑道，"你怕只是不想给而已吧？"

"嗯，"温柔点了点头，"就算有钱我也不打算给您。"

"你！"刘氏脸色骤变，气得直笑，"你有钱，凭什么不给我？！那叫不孝你知道吗？！"

"孝也不愚孝。"温柔反驳道，"明知道您是拿去继续赌的，我为什么要给您银子？"

门口又吵嚷了起来，旁边的百姓议论纷纷。许氏下马的时候，就看见温柔沉默地站在刘氏面前，被刘氏一巴掌推开了老远。

"姐姐！"许氏脸色一白，也顾不得旁边的萧惊堂了，连忙跑了过去，护在温柔面前皱眉道，"您这是做什么？"

"哟？"一看见许氏，刘氏就跟岁了毛的火鸡似的，盯着许氏就说道，"这不是如今的杜夫人吗？怎么？你躲着我一直不敢见我，这会儿倒是冲出来了？"

许氏略微后退了半步，怯懦地低下头道："不管怎么样，孩子都是无辜的。"

孩子是无辜的？刘氏顿了顿，猛然想起一件事，眯了眯眼看向面前的人。

"你说起孩子，我倒是想起来了。"刘氏皮笑肉不笑地说道，"咱们年轻的时候，是不是做过不少错事啊？"

身子僵了僵，许氏瞳孔微缩，猜到了刘氏要说什么，连连摇头。

那秘密若说出来，可是会害了芙蕖啊！虽然芙蕖不是自己亲生的，但也到底是自己养大的孩子，许氏怎么能看着她被自己的生母毁了？

许氏越想回避，刘氏越是得意，舒了一口气，仰起下巴盯着许氏："你生来就比我会讨大家喜欢，也比我会讨男人欢心，除了地位，我什么都比不上你。老实说，现在看你过得这么得意，我真的是好生气，气得想抓烂你的脸，撕了你的衣裳，让你再也不能勾引我的男人！"

温柔皱眉，往许氏身前站了站。许氏苦笑，拉了拉温柔的袖子，让她站远些。

"我自认为没有对不起姐姐的地方。姐姐要的东西，我都给了。这么多年来，我以为恩情应该已经还清了。"碍着人多，许氏说得很小声，"如今振良看透了你，你也算是罪有应得，又何必再来为难孩子？"

"我罪有应得？！"一张脸扭曲起来，刘氏冷笑，"要不是你当初凭着一张狐狸脸勾去了振良的心，他怎么可能放着我这正室不理，我又怎么会爱上赌钱？我成今日这样，都是你害的！你这女儿也是不争气，不得萧家二少爷喜欢，害得我做了亏本生意！"

温柔冷笑："在您心里，女儿就是拿来卖的？"

"不然呢？我养你这么个赔钱玩意儿给自己添堵？"刘氏嗤笑，"你也真是够没出息的，我帮了你多少？最后你还是败给了杜芙蕖，丢死人了！"

"姐姐，"许氏微微皱眉道，"温柔有温柔的好，芙蕖有芙蕖的好，您又何必非这样说？"

"她好？"刘氏看了一眼温柔脸上那冰冷的表情，冷笑连连，"养出来个白眼儿狼，扶半天也是个阿斗，这种女儿也只有你生得出来！"

"姐姐！"

"您说什么？"温柔皱眉，"谁生的我？"

许氏着急了，想伸手扯刘氏的衣裳，却被刘氏一手挥开。

许氏越是不想让她做的事情，她就越要做！刘氏挑眉，抱着胳膊就说道："你这样的不孝女，还能是谁生出来的？只能是许氏这样的贱蹄子！我算是看走眼了，这么多年白帮扶你了，靠你？我还不如靠芙蕖呢！"

她的声音不小，但周围的百姓都听得有些迷糊。许氏急得跺脚，连忙想将刘氏推进店铺里。

"哎？"刘氏一把挥开她的手，笑道，"怎么？你害怕了？怕人知道你不是萧家二少奶奶的生母？我今儿光脚的不怕穿鞋的，就要戳穿这件事！萧二少奶奶是我生出来的！当年是你拿鱼目换珍珠，换走了我的女儿，把这个赔钱货塞给了我。如今我落魄了，走投无路了，你们这没良心的母女都没打算伸出援手，那好，我还能去靠我自己的女儿！"

许氏脸色惨白地看着她，眼泪都要出来了："姐姐！您怎么就不会为芙蕖想一想？！"

"她？"刘氏撇嘴，"她在萧家吃好的喝好的，还被你蒙在鼓里，我需要想的就是让她知道真相！"

在刘氏的心里，杜芙蕖是很得萧惊堂的心的，毕竟当初她下了那么多功夫才让人把杜温柔塞进萧家，而杜芙蕖一回来就稳坐萧家二少奶奶之位。从前是她押错了宝，不过还有血缘关系在，自己就还能扳回一局！

只要杜芙蕖的生母变成她，那萧惊堂一定不会见死不救，一定能再救救她！

光给面前这两个人说没用，刘氏一转身就朝旁边喊道："大家都来听一听哪，这上京杜家如今的正室夫人，原来是杜振良的侧室，生了杜家大小姐，却因为想让自己的女儿过好一点儿，而求我收了她的女儿做嫡女！如今我被休啦,她做了正室,还霸占着我的亲生女儿,也就是萧家二少奶奶不放,就要我不好过!你们说这种恩将仇报的人……"

"什么?萧家二少奶奶不是萧家正室夫人的女儿?"

"不是说她是嫡女吗?"

"可听这话的意思,那二少奶奶是这位的亲生女儿啊。"

"高门大户里的事可真是够乱的……"

听到众人议论起来,许氏急得直跺脚。刘氏半点儿不觉得不对,反而更加得意,眼尖地看见了人群里的萧惊堂,当下更是兴奋,跑过去一把抓住了萧二少爷的袖子:"女婿!"

萧惊堂皱眉,颇为不悦地看着她。

"我给你说啊女婿,你千万别听这个女人的妖言,我才是芙蕖的生母,芙蕖是我生的!"

"有什么证据?"萧惊堂不相信地看着她,"我不信信口雌黄的东西。"

"这儿人多,咱们去萧府对质吧!"刘氏说道,"这件事要从很久之前说起,我可以一点点慢慢说!"

温柔挑眉,抬头就看见了萧惊堂深沉的眼神。

"好。"

天突然就阴沉了下来,像极了十几年前的安乐山上的景象。

杜家的正室和陪嫁同时怀孕,彼时杜振良忙于朝中之事,屡受威胁,于是刘氏和许氏在快生产的时候一齐上了山,说是静心生子,可只有她们身边的稳婆知道,她们这分明是要换子。

本来刘氏打算,若是她生的是男孩,那就不换了。但很可惜,两个人一前一后生的都是姑娘,并且她的女儿还早产,分外弱小,怎么也当不得姐姐。为了万无一失,刘氏还是换了女儿,只把一块玉佩放在了杜芙蕖身上。

那时的刘氏尚有人性,舍不得亲生女儿,对杜芙蕖贴心又照顾,以至府里人一度拿杜芙蕖当嫡女,对杜温柔并不在意。

小小的杜温柔受了不少委屈,五岁之时便想了法子,将杜芙蕖的玉佩给要了过来。小孩子单纯,以为玉佩才是自己不受宠的原因。然而刘氏看见了,醒悟过来,明白杜温柔才是以后她能利用的孩子,于是从杜温柔有玉佩开始,其嫡女地位才真正体现了出来。

这也是为什么杜温柔执拗地强调自己是嫡女,后来的吃穿用度都非金贵的不可。她顶着嫡女的名头,小时候的日子过得却还不如杜芙蕖。

萧家大厅里，萧家的一众叔伯和萧惊堂安静地听刘氏说完整件事的前因后果，脸上神色各异。被叫来的杜芙蕖惨白着一张脸，看着刘氏一张一合的嘴，甚至没反应过来刘氏说了什么。

"本是家丑不可外扬，"刘氏哼笑，"但我如今已经不是杜家的人，杜家的脸面也与我没什么干系了！我只想要回我的女儿，让她来供养我。"

许氏浑身发抖，眼泪横流："姐姐，在你心里，女儿就是拿来供养你的吗？！"

"不然呢？"刘氏莫名其妙地回头看了她一眼，反问道，"我生她养她，她长大了回报我不是应当的？"

周围的人一阵感叹，萧少寒"啧啧"两声摇了摇头，低声说道："我算是知道为什么杜老爷休妻休得那般果断了。"

刘氏都这个年纪了还这么折腾，这种情况本就极为少见，他先前还以为是杜家老爷薄情，如今看来……也真是辛苦这一家人了。

刘氏这样的人，自私自利，连自己女儿的后路都不曾考虑，只想着杜芙蕖是萧家二少奶奶，能帮她一把，就毫不犹豫地将人拖下了水。这样的人，能养出杜温柔那般性子豁达的姑娘，也算是祖上积德了。

"按照刘氏的意思，那二少奶奶就是刘氏的亲生女儿，而杜氏温柔才是许氏的亲生女儿？"旁边的萧家叔伯问了一句。

刘氏骄傲地点头，扫了杜温柔一眼："她这样忘恩负义没个出息的人，哪里能是我的骨血？"

"可是照这样来看的话，"萧家叔伯微微皱眉道，"杜氏芙蕖便还是庶女，而杜氏温柔依旧算是杜家嫡女。"

"嫡庶有什么要紧，关键不是二少爷喜欢吗？二少爷是个重情重义的人，当初咱们芙蕖失踪了一年，他可是没放弃，一直在找"刘氏轻笑，看向萧惊堂："如今有情人终成眷属了，我也替你们高兴。"

屋子里一片寂静，杜芙蕖咬牙看着刘氏，气红了眼："我母亲是许氏，你是什么东西？！"

"你说什么？"刘氏愣了愣，转头皱眉，"芙蕖，你不记得你小时候我对你有多好了吗？"

"小时候？"杜芙蕖冷笑，"谁记得那么远的事情？我只记得你帮着杜温柔欺负我，要置我于死地。你这样的人，也敢说是我的生母？"

"你可真是没良心。"刘氏皱眉，"你忘记我是如何放你一马的了？你说再也不出现在萧家二少爷面前，我就给了你银子让你远走高飞。如今，你竟然说我要置你于死地？！"

萧惊堂挑了挑眉，看了杜芙蕖一眼。

杜芙蕖慌了，两步走到他身边，哀声说道："二少爷，这个女人是个疯子，您千万别听她的话。妾身当时被杜温柔和这刘氏下药，差点儿没命，躲在山谷里一年才养好……"

温柔听着这话，歪了歪脑袋。

这可真是有意思，她觉得刘氏这模样不像是在撒谎，那就是说，这一年多，杜芙蕖只是留在山谷里勾搭听风了，压根没有重病不能回到萧惊堂身边的情况。

不过这也情有可原，她自己回来，势单力薄，也许没见着萧惊堂就会被刘氏的人给拦着。但……这杜芙蕖不见得有表现出来的那般喜欢萧二少爷。

萧惊堂也是贼惨，身边的女人怎么一个个都没个真心对他的？

"这本是杜家该管的事情，"一片凝重气氛之中，萧少寒笑眯眯地开口，"不过恰好，我萧家对这杜氏芙蕖也有话要说，杜老爷是现在听，还是缓缓再听？"

旁边的杜振良全程脸色发白。虽然没出现血脉混淆的问题，但这也够丢人的，所以他一直没吭声。

然而萧三少爷这么说了，他就知道，今天的事情还不算完。芙蕖一旦不是嫡女，那萧家自然不会像先前那般忍让，芙蕖做的事也委实过分，真要摆到台面上来说，那他杜家更是无地自容。

"萧二少爷和三少爷不如借一步说话？"杜振良勉强地笑了笑，看向旁边的温柔和杜芙蕖："你们也一起过来。"

温柔点头，看着萧惊堂等人都出去了，便跟着跨出了门。杜芙蕖心虚得紧，捏着手帕犹豫了半晌，才慢吞吞地抬脚。

萧家书房里，杜振良连连叹气，眼里满是愧疚之色："我家宅不宁，倒是牵连了萧家。小女芙蕖不知规矩，已经犯了七出之罪，此事我已知晓，但萧、杜两家……二少爷，这联姻，总不能说没就没了。"

萧惊堂面无表情地站着，余光扫着旁边的杜温柔，后者一脸"关我啥事啊叫我来"的表情，看得他好气又好笑。

"萧、杜两家的联姻自然不能说没就没。"萧少寒似笑非笑地开口了，"可难不成杜家就仗着我二哥对杜家的诚意，硬生生让我二哥将这苍蝇咽下去，继续留着杜芙蕖做萧家二少奶奶？"

这话可不是直接骂杜芙蕖是苍蝇吗？温柔一个没忍住，咧嘴笑了笑。

杜芙蕖瞧着，气得跺脚："父亲，我怎么就犯了七出之罪了？他们有证据吗？您竟然听他们一张嘴瞎说……"

"你闭嘴！"杜振良对她没有先前的包容之心，沉了脸就吼道，"没教养的东西，也就刘氏能生出你这样的女儿，自己做的事情自己心里没数？你还想推诿？整个幸城的人都在笑话萧家有你这么个二少奶奶，我要是二少爷，也得休了你！"

说罢，他扭头又对萧惊堂说道："二少爷当真是委屈了，事已至此，我杜家也不会蛮横到要二少爷咽下这口气。芙蕖我们会接回去，至于联姻……老夫的四女儿倒是乖巧端庄……"

"杜伯父，"萧惊堂开口了，语气冷淡，称呼又变了回去，"这几娶几废，侄儿对联姻之事当真是有心无力。四小姐若是当真合适乖巧，不如许给我三弟如何？"

萧少寒没有想到自己埋在地里也中了一箭，当即瞪圆了眼："我不着急的！"

"说什么呢？"萧惊堂责怪地看了他一眼，一副苦口婆心的样子，"母亲也说了，你如今功成名就，总是要成家立业的，我与杜家之女无缘，那便只能靠你维系两家的姻亲关系了。"

每个世家子弟的婚姻都是不自由的，这是常态，萧少寒也没什么好抱怨的。

他叹了一口气，看了看杜家老爷："这个……也不是不可以，只是那杜家四小姐……可否让小侄先接触接触？若是最终闹成二哥这样的惨剧，这对两家都不好。"

"好。"杜振良心里有愧，答应起来也很爽快，"等萧夫人下山，她来写芙蕖的休书，咱们两家的姻亲关系是早晚要成的，也不急了，急了没个好结果。"

"父亲！"杜芙蕖万分不能理解地看着他，"他们这样把我休了，我回去还怎么嫁人？"

"别胡闹。"杜振良斥责一声，皱眉看着她，"你跟你娘先去宗庙里领罚吧！"

她娘？杜芙蕖愣了愣，这才反应过来自己已经不是许氏的女儿了，而是刘氏的。刘氏那一身的债，加上令杜家长辈都十分厌恶的性子，自己成了她的女儿，那还有什么出头之日？！

杜芙蕖腿软地跌坐在了地上，怔怔地想着，想了半晌才抬头看向面前的萧惊堂："你一早就安排好了，是不是？"

萧惊堂没有看她，冷漠地看着别处。

定然是这样吧……浑身的力气似都被抽走了，杜芙蕖"哈哈"笑了两声。

是她太蠢了，完全没意识到危机。她还以为萧惊堂这两日对她好了，是顾忌杜家的人。谁承想，他压根就是在下一盘棋，一盘让杜家都觉得他深爱她，是她做得太过分，从而让杜家理亏，好顺理成章地休了她的棋。

好个萧家二少爷啊，她怎么没看出来，他这张淡然的皮下头有这么狠绝的心？！

"温柔，"杜老爷没管杜芙蕖，看着旁边的温柔，声音温和地说道，"你受的委屈，现在也该算平了，如今许氏才是你的娘亲，你也该回杜家来了吧？"

她这么多天的欲擒故纵手段，许氏看不出来，他还看不出来吗？他没想到这丫头的心思这么深，不过……看在她变了不少，又对许氏颇为尊敬的分上，他让她回杜家也无妨。

然而面前的女子笑了笑，没有像他想象中的那样欢天喜地，而是像完成了什么任务似的拍了拍手说道："不回，我该做的事都做了，剩下的就是做我自己了。"

萧惊堂顿了顿，不是很意外，但也略微失落。

杜老爷则是分外震惊，难以置信地看着她："你为什么不回？你娘……"

"我会好好孝敬我娘的。至于杜家，我不觉得回去有什么好的。"温柔笑了笑，看着他说道，"子女都是你们手里交易的筹码，不看品行看身份，半点儿亲情的温度都没有，这种府邸，谁乐意去啊？您自个儿好生待着吧。"

温柔说罢，潇洒地一甩袖子就打开了门，只扔下一句话："三少爷，记得结账。"

杜振良皱眉，万分不能理解地看着杜温柔的背影。

萧惊堂皮笑肉不笑地看了萧少寒一眼。

"我真冤，真的。"萧三少爷神色凝重地看着自家二哥，"你们两个为什么都不念我的一片好心，一个个上赶着把我拖下水？"

"该到你成亲的时候,你跑不掉的。"萧惊堂眯了眯眼,拍了拍他的肩膀,"我有事出去一趟,这里就交给你了。"

凭什么啊?!萧少寒要气死了。他是来帮忙的,为什么最后什么事都落到了他身上?

因为你官大啊!萧惊堂眼里充满鼓励之色。同样是晚辈,但是萧少寒有官职在身,做什么事都会比他方便一点儿,这烂摊子也只能交给萧少寒收拾了。

至于结什么账,自己应该去问问那跑得比兔子还快的杜温柔。